4

아제로스의 여행자

제우미디어

월드 오브 워크래프트 : 아제로스의 여행자 4

초판 1쇄 | 2018년 6월 1일

지은이 | 그렉 와이즈먼
옮긴이 | 김수아

펴낸이 | 서인석
펴낸곳 | 제우미디어
출판등록 | 제 3-429호
등록일자 | 1992년 8월 17일
주소 | 서울시 마포구 상수동 324-1 한주빌딩 5층
전화 | 02-3142-6845
팩스 | 02-3142-0075
홈페이지 | www.jeumedia.com

ISBN | 978-89-5952-642-0
        978-89-5952-562-1(set)
• 파본은 구입하신 서점에서 교환해드립니다.

제우미디어 네이버 포스트 | post.naver.com/jeumediablog
제우미디어 페이스북 | facebook.com/jeumedia

만든 사람들
출판사업부 총괄 손대현 | **편집장** 전태준 | **책임 편집** 안재욱 | **기획** 홍지영, 장윤선, 박건우, 조병준, 성건우
디자인 총괄 디자인 수 | **영업** 김금남, 권혁진

물 위에서 만난 친구들

피즐과 포직

물에 잠긴 '버섯구름 봉우리'에 정박한 쾌속선의 두 주인. '배 경주'로 북적이는 피즐과 포직의 쾌속선은 그 지역에서 작은 마을 역할을 하고 있다.

데이지와 핫픽스

언제나 미소를 띠는 인간 여자 데이지와 그녀의 좋은 친구, 고블린 소년 핫픽스. '피즐과 포직의 쾌속선'에서 지내는 그들은 아람 일행에게 큰 도움을 준다.

가즈로

아람 일행이 물속에서 발견한 신비로운 수정 조각을 꺼내게 도와줄 수 있는 고블린. 인양 작업 전문가지만, 큰 몫을 요구해 친구들을 곤란하게 만든다.

챠르나스

'아기조'(아제로스 기계공학자 조합)의 공식 화가. 매우 잘 생긴 고블린이다. 그림 그리기를 좋아하는 아람에게 많은 것을 알려준다.

물 밖에서 만난 골칫덩어리

드렐라

탈리스가 아람에게 남긴 도토리. 물을 멀리하라는 경고에도 불구하고, 아람이 실수로 물웅덩이에 떨어트리자 도토리에서 태어난 어린 드리아드다. 세상 물정을 잘 모르고 제멋대로 행동해 아람이 많이 걱정하고 있다.

마린 노겐포저

가젯잔의 남작이자 스팀휘틀 무역회사의 대표. 실리를 챙길 줄 알고 계산이 빠른 고블린이다. 평범한 연금술사였지만, 수완이 좋아 지금의 자리에 올랐다.

'가려진 자들'과 오우거

아람의 나침반을 뺏기 위해 말루스 선장이 보낸 위험한 무리. 언데드 발드레드, 트롤 자스라, 거구의 오우거 등으로 구성되어 있다. 그들은 아람과 친구들을 바짝 추격해 위협을 가한다.

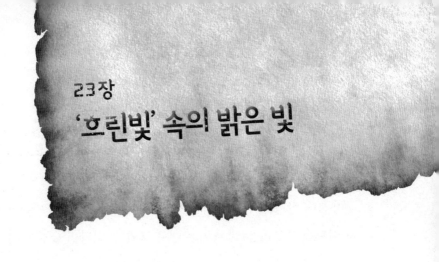

23장
'흐린빛' 속의 밝은 빛

아람, 마카사, 머키, 쓱싹, 드렐라는 렌도우의 배에 탄 채로 다음 날 하루를 보냈다. 높은 협곡 절벽과 높이 솟은 바위투성이 고원 사이를 지나갔다. 풍경에 마음을 완전히 빼앗긴 아람은 영감을 받아 이전에 한 번도 해보지 않은 일을 하려고 했다. 자신의 시점이 아닌 다른 시점에서 그림을 그리는 것이었다. 먼저 협곡 벽과 뾰족한 꼭대기를 몇 개 그린 다음 자기가 앉은 자리에서 보이는 일부분이 아니라 물 위에 떠 있는 배 전체를 그렸다. 그런 다음 동료 넷을 그리고, 마지막으로 자신의 모습을 그려 넣었다.

아람에게는 마지막 작업이 가장 어려웠다. 자기 얼굴을 확인할 거울이 없었기 때문이었다. 아람은 넝마가 된 자기 옷을 내려다보고 가끔은 물 위로 스쳐 지나가는 자신의 모습을 포착해보려고 했다. 하지만 배가 움직이는 탓에 물에 비친 아람의 모습은 흐트러지거나 일그러지기 일쑤였다. 그래서 할 수 있는 최선의 노력을 다했다. 마지막 마무리는 특별히 더 신경을 썼다.

마침내 상당히 만족스러운 결과가 나왔다. 아람은 색을 사용해서 미묘한 색조를 눈에 보이는 대로 그릴 수 있다면 풍경을 더 잘 표현할 수 있었으리라 생각했다. 자기 자신을 그린 결과가 그리 흡족하진 않았지만, 이 여정을 그리면서 자신의 모습이 빠지는 건 아니라고 생각했다. 아람은 그림을 동료들에게 보여줬다. 머키, 드렐라, 쓱싹 모두 놀라움을 금치 못했다.

마카사가 인상을 쓰며 말했다.

"좋네."

아람도 인상을 쓰며 물었다.

"그런데 왜 인상을 써?"

마카사가 몸을 숙이고는 아람의 귀에 대고 속삭였다.

"왜냐하면, 이 빌어먹을 배에 빌어먹게 너무 많이 타고 있어서지."

아람도 속삭이며 되물었다.

"모두 도움이 되는 존재라는 걸 이번에 한 번 더 확인하지 않았어?"

"모두 골칫거리라는 것도 이번에 다시 한 번 확인했지."

아람은 마카사가 동료 중 그 누구도 싫어하지 않는다는 것만은 확신할 수 있었다. 적어도 이제는 아니었다. 그저 의지하는 게 싫을

Sailing through Thousand Needles

버섯구름 봉우리를 지나는 배

뿐이었다. 그리고 동료가 늘어날수록 더 복잡한 일들이 생기기 마련이고, 그러면 문제를 해결하고자 마카사는 다른 이의 도움을 더 많이 받아야 했기 때문이었다. 독립적이고 자부심 강한 마카사에게는 악순환인 셈이었다.

마카사는 조용히 한숨을 내쉬었다. 아람과 자신만 챙기던 때가 그리웠다. 어쩌면 마카사는 마카사 자신 하나만 챙기던 때가 그리운지도 모르겠다고 아람은 생각했다.

그래서 주변을 경계하면서도 아람은 아람 나름대로 시간을 보냈고, 마카사 또한 마카사 나름대로 시간을 보냈다. 쓱싹은 협곡을 따라 배를 저어 내려가면서 마카사가 늘 행동하던 모습을 본받아 바짝 경계하고 있었다. 드렐라는 멀록 말로 머키와 대화를 나누었다. 마카사는 둘이 주절주절 떠드는 모습을 보며 인상을 썼는데, 아람은 그 표정에 미소가 절로 지어졌다. 마치 탈리스와 머키가 대화를 나누던 모습을 보는 듯했다. 아마 탈리스는 주기적으로 드리아드의 도토리에 멀록 말을 속삭여서 어떻게든 그 언어를 가르친 모양이었다. 머키와 이야기하는 드렐라를 보면서, 탈리스와 함께 있다는 기분이 들었다. 탈리스가 그렇게 드렐라 안에 살아 있고, 드렐라의 몇몇 기이한 행동은 탈리스의 기이한 행동처럼 느껴졌다.

"머키가 뭐래요?"

아람이 드렐라를 보며 물었다.

"여러 가지 이야기를 해요. 음, 사실 그건 아니군요. 두 가지 이야기를 해요. 우리 넷과의 우정에 대한 이야기와 그물 얘기요. 대부분 그물 이야기를 해요. 그물이 없어서 무척 아쉬워해요."

"그렇겠죠."

아람은 머키의 미끄덩한 머리를 툭툭 두들겨주고는 바지에 손을 문질렀다.

"머키는 우리를 도우려고 두 번이나 그물을 포기했어요. 엄청난 희생이죠."

아람의 말에 머키가 고개를 끄덕였다.

"아옳, 아옳."

늦은 오후가 되고 아직 태양이 떠 있을 때, 아람은 스케치북을 치우고 시원한 물을 얼굴에 끼얹었다. 배에 기대어 몸을 뒤로 젖히고 더운 여름 바람으로 얼굴을 말렸다. 눈을 감았다. 그때 누군가 튜닉 앞자락을 잡아당기는 느낌이 들었고, 한쪽에서 쓱싹이 외치는 소리가 들렸다.

"저기! 봐라!"

모두 고개를 돌렸다. 협곡이 '흐린빛 구덩이'로 이어지며 눈앞에 피즐과 포직의 쾌속선이 분명한 거대하고 낯선 무언가가 보였다. 1.6킬로미터 밖에서도 쾌속선이 시야에 들어왔다. 못 보고 지나칠 리 없다는 렌도우의 말은 농담이 아니었던 모양이다. 쾌속선은 십자 모양으로 도시만 한 크기의 배 같기도 하고 인공으로 조성된 섬

같기도 했다. 양쪽 옆으로 부두가 하나씩 있고 맨 위에는 기계인지도 모를 건물이 다닥다닥 붙어 있었다.

"저거네." 마카사가 말했다.

"아욿, 아욿!" 머키도 동의했다.

쾌속선 주위에 빽빽이 정박해 있는 배가 얼마나 많았던지, 아람은 스톰윈드 항구를 포함하여 한 곳에서 이렇게 많은 배를 본 건 처음이라고 생각했다. 누군가가 이 광경을 어서 보라는 듯이 셔츠를 잡아당기고 있었다. 잡아당기는 게 누군지 보려고 아래를 내려다봤다. 그건 누군가의 손이 아니었다. 셔츠 안에 있는 나침반이 셔츠를 밀어내고 있었다!

'나침반! 확인을 안 한 지…… 얼마나 됐지?'

실제로는 24시간도 채 지나지 않았지만, 며칠도 더 지난 기분이었다. 드렐라를 구출하기 전부터 나침반에 대해 계속 잊고 있었고, 도보가 아닌 배를 타고 움직인 터라 이동속도가 빨라 많은 시간이 지난 듯했다. 아람이 셔츠 밖으로 나침반을 꺼냈다. 문자반 위로 태양이 내리쬐고 있었지만, 수정 바늘이 밝게 빛나고 있다는 걸 알 수 있었다. 물 위로 몸을 기울이자, 마력이 깃든 나침반이 아람을 배 밖으로 끌어낼 정도로 세게 잡아당겼다.

수정 바늘이 빠른 속도로 빙글빙글 돌고 있었다. 무슨 뜻인지 아람이 모를 리 없었다.

"세워! 배를 세워줘!"

아람의 외침에 쓱싹이 젓던 노를 물 밖으로 꺼냈다. 모두의 시선이 아람에게로 향했다.

"이곳에 수정 조각이 있어."

아람은 말루스가 물 밑에서 엿듣기라도 한다는 듯이 잔뜩 긴장한 목소리로 속삭였다.

"어디에 있다는 거야?" 마카사가 물었다.

"바로 여기에. 나침반이 그렇게 말하고 있어. 지금 우리 바로 밑에 수정 조각이 있다고 알려주고 있어."

아람은 나침반을 꽉 잡은 채 배 옆으로 몸을 기울여 아래를 내려다보았다. 모두가 아람의 행동을 똑같이 따라 했다. 하지만 흐릿하게 반짝이는 수면 말고는 아무것도 보이지 않았다. 깊고 흐릿하게 빛나는 물이었다. 그래서 이름도 '흐린빛 구덩이'로 불렸다.

아람은 장화를 벗기 시작했다. 물에 빠져 죽을지도 모른다는 두려움이 있었지만, 아버지가 부탁한 일을 해내야 한다는 책임감으로 두려움을 덮어버렸다.

"물속으로 들어가야겠어."

"응크, 응크."

머키가 반대했다.

"머키 말이 맞아. 아람, 너무 깊어."

마카사도 거들었다.

그때 머키가 속사포처럼 말을 내뱉기 시작했다. 너무 빨라서 아람은 한마디도 알아들을 수 없었다. 그래서 도와달라는 눈빛으로 드렐라를 쳐다보았다.

시선이 마주친 드렐라는 미소를 지어 보일 뿐, 아무 말도 하지 않았다.

"드렐라, 머키가 뭐라고 해요?"

"아, 새로운 얘기를 하네요. 당신의 나침반과 그 수정 얘기를 해요. 그게 뭔지는 아직 잘 모르겠네요. 이 나침반 얘기를 자세히 해줄래요? 수정 얘기도 자세히 해줄 수 있어요? 이 문제를 당신이 완벽하게 이해하고 있다는 생각이 안 드네요."

그러자 머키가 다시 알아들을 수 없는 말로 목소리를 높였고, 드렐라는 뽀로통한 표정을 지었다.

"일단 그 이야기들은 나중에 들으라고 하네요. 사실 지금 나를 몹시 닦달하고 있어요. 마음에 들지 않아요."

"드를라!"

"드렐라!"

머키와 아람이 동시에 외쳤다.

"이제 둘 다 나를 닦달하는군요."

드렐라가 입을 비죽 내밀었다.

"좋아요. 머키는 자기가 나침반을 받아서 물속으로 들어가 수정을 찾아오겠다고 해요."

"꽤 괜찮은 생각인데."

마카사가 말했다.

아람은 천천히 고개를 끄덕이긴 했지만, 왠지 내키지 않았다. 나침반을 누구에게도 주고 싶지 않았다. 이유는 알 수 없었다. 말루스와 그 하수인들이 계속 빼앗으려고 해서 그런 것인지도 몰랐다. 아니면 아버지의 마지막 당부가 나침반을 지키라는 것이었기 때문인지도 몰랐다. 이유야 뭐가 되었든, 머키의 제안이 합당한지 냉정하게 생각해봤다. 그런 후에 아람은 목에서 나침반 사슬 목걸이를 풀었다. 머키가 손을 내밀었다. 하지만 아람은 선뜻 건네지 못한 채 계속 머뭇거렸다.

마침내 나침반을 건네준 아람은 머키의 미끌미끌한 손가락을 감싸면서 말했다.

"꼭 쥐고 있어야 해."

머키는 활짝 웃더니 일어나서 '흐린빛 구덩이'로 뛰어들었다.

*　　*　　*

머키는 친구에게 도움이 될 수 있어서 정말 기뻤다. 자신이 싸움에는 소질이 없다는 것을 잘 알고 있었다. 므르크사나 똑딱처럼 싸울 수는 없는 노릇이었다. 그리고 머르글리 삼촌 말로는 우룸처럼 똑똑하지도 않다고 했다. 하지만 머키는 의리가 있었다. 친구들을 위해서 얼마든지 의리를 지킬 수 있었다. 마침내 이렇게 도움이 되는, 진짜로 도울 수 있는 기회가 생겼다. 머키는 물속 바닥까지 내려가는 내내 얼굴에서 웃음이 떠나지 않았다.

'흐린빛 구덩이'는 어둡고 이름처럼 탁했다. 하지만 작은 멀록 머키는 물속에서도 보는 능력이 탁월했기에 칠흑 같은 어둠 속에서도 사물을 분간할 수 있었다. 몇 초마다 한 번씩 나침반을 확인했는데, 수정 바늘이 워낙 밝게 빛나서 머키의 특별한 능력이 없어도 문제될 게 없었다. 더 깊이 헤엄쳐 들어갈수록 더 밝게 빛났다. 바늘이 빙글빙글 돌면, 수정 바로 위에 있다는 뜻임을 알고 있었고, 바늘이 돌다가 멈추면 올바른 방향으로 돌아가야 한다는 것도 머키는 잘 알고 있었다. 그래서 머키는 망설임 없이 서둘러 나아갔다. 몸에 단단히 감은 그물 없이 자유롭게 헤엄칠 수 있다는 사실이 감사했다. 하지만 머키는 일말의 죄책감을 느꼈다. 삼촌이 말씀하시길, 그물이 없는 멀록은 진짜 멀록이 아니라고 하셨기 때문이었다.

머키는 먹고 싶은 유혹도 뿌리쳤다. 눈앞에서 맛있는 먹잇감들이 잔뜩 헤엄치고 있었다. 손만 내밀면 잡을 만한 거리였다. 하지만 머키는 우룸이 수정을 찾도록 돕는 중이었다. 끊임없이 속을 긁어대는 굶주림같이 사소한 일로 가야 할 길을 벗어날 생각은 추호도 없었다. 좋다. 솔직하게 말하겠다. 아주 쪼끄만 농어 한 마리를 잡아서 딱 한 번 입으로 쑤셔 넣었다. 하지만 일부러 그런 건 아니었다. 물고기가 입안으로 곧장 헤엄쳐 들어왔을 뿐이었다.

머키가 위험해질 수도 있는, 어마어마하게 큰 고래상어 한 마리가 여름 햇살에 수온이 높아져 느긋해졌는지 느릿느릿 헤엄치며 지나갔다. 상어가 머키를 무시하고 지나갔기에 머키도 무시했다.

마침내 바닥에 닿았다. 대격변으로 물에 잠기기 전에는 소금 평원이라 불리던 곳이 머키의 눈앞에 펼쳐져 있었다. 여기저기 돌집이 흩어져 있고, 수백의…… 음, 머키는 그게 뭔지 알 수 없었다. 무슨 금속 관 같았다. 그 안에는 한 개씩 좌석이 달려 있었는데 가끔 두 개의 좌석이 달린 것도 있었다. 안에는 이상하게 생긴 바퀴가 좌석을 마주하고 달려 있었지만, 굴러갈 만한 자리는 따로 보이지 않았다. 관 밖에도 바퀴가 있었다. 노새가 끄는 수레바퀴와 비슷하면서도 더 작고 더 단단했다. 호기심이 든 머키는 관 하나에 앉아 안에 있는 바퀴를 손가락 두 개가 달린 손으로 잡아봤다. 꼼짝도 하지 않았다. 그래도 양손을 쓸 수는 없었다. 다른 손으로는 나침반을 쥐고 있어야 했기 때문이었다.

'맞다, 나침반!'

머키는 큰 소리로 자신을 '제멋대로 구는 바보'라고 욕했다. 욕설이 물속에서 또렷하게 퍼졌다. 원래 멀록 언어가 물속에서 쓰려고 만든 언어였으니 그럴 만도 했다. 머키는 관 밖으로 나와 곧바로 나침반을 확인했다. 바늘이 바로 오른쪽, 한때 어떤 건물이었다가 대격변으로 홍수가 밀어닥쳤을 때 무너졌을 돌무더기를 가리키고 있었다.

머키는 돌무더기 사이를 헤엄쳤고, 수정 바늘은 빙글빙글 돌며 아래의 어둠을 밝힐 정도로 빛나고 있었다. 머키는 다른 쪽 손으로 나침반 윗면을 덮어 빛을 가렸다. 그러자 밝게 빛나는 또 하나의 빛이 돌무더기 잔해 아래에서 뻗어 나오는 게 보였다. 수정이었다!

　머키는 나침반의 사슬 목걸이를 목에 걸었다. 아니, 걸려고 했다. 하지만 머리가 너무 커서 머리띠처럼 두를 수밖에 없었다. 머키의 세 번째 눈처럼 이마 위에 놓인 나침반에서 나오는 빛이 애를 쓰는 머키를 비췄다. 머키는 작은 돌 하나를 여기로, 또 하나를 저기로 옮겼다. 커다란 석판 하나를 옮기려 했지만 들어 올릴 수가 없었다. 그래서 아래에 있는 석판과 함께 옆으로 밀어내려고 했다. 하지만 꿈쩍도 하지 않았다. 물갈퀴 발을 모랫바닥에 박아 넣으며 석판에 등을 대고 밀었다. 머키의 작은 몸에 있는 힘을 모조리 쥐어짜서 밀어봤지만 여전히 미동도 하지 않았다.

　그래서 머키는 가장 밑에 있는 석판 아래로 헤엄쳐 내려가 모래를 파내기 시작했다. 하지만 그것도 소용이 없었다. 석판 아래를 파고 들어 갔지만, 수정은 보이지 않았다. 가장 무거운 석판 사이에 수정이 있는 것 같았지만, 머키의 힘으로는 도저히 석판을 움직일 수 없었다.

　도움이 필요했다.

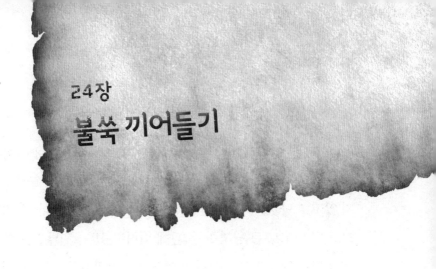

24장
불쑥 끼어들기

다섯 명 모두 침울한 얼굴로 물속의 수정 조각을 어떻게 해야 할지 곰곰이 생각하며, 무슨 뜻인지는 몰라도 렌도우가 '쾌속선'이라 불렀던 인공 섬에 배를 댔다. 해가 지고 있었지만, 그곳은 시끌벅적했다. 노움과 고블린과 몇 안 되는 인간이 부산하게 돌아다니는 광경을 보니 벌집에 돌을 던졌을 때 벌들이 윙윙거리는 모습 같았다. 물 위에 떠 있는 바깥쪽 부두에서 나무판자로 된 너벅선의 통로를 가로질러 여관을 찾으려고 주위를 둘러보았다. 그동안의 경험으로 봤을 때, 여관이나 선술집은 문밖에 손님들을 불러들이는 간판이 달려 있었다. 심지어 껍질깎이 거점에 있던 무두장이의 상점도 두꺼운 천으로 벽을 세운 보잘것없는 곳이었지만, 간판은 있었다. 하지만 이곳에서는 어디에도 간판 같은 게 보이지 않았다.

　마카사는 일행과 떨어져 노움 두 명과 고블린 한 명에게 여관 위치를 알려달라고 했지만, 두 종족 다 대답은 고사하고 질문조차 듣지 않고 그냥 지나가 버렸다. 결국 마카사는 검을 뽑아 든 채 귀도 크고 빨간 코도 큰 남자 노움 앞에 버티고 섰다. 흰날검을 뽑아 들고서 여관 위치를 묻자 노움이 어딘가를 가리켰다. 아람 일행이 자리를 뜨자 남자 노움은 부리나케 도망가 버렸다.

　이곳은 몇 달 동안 아람이 가본 항구 중에서 가장 컸다. 쏜 선장은 주로 파도타기호를 잘 알려지지 않은 곳에 정박시키곤 했지만, 이곳은 아람이 본 항구 중 가장 기묘하고 이상했으며 구조물은 기이하기 짝이 없었다. 거대한 폐처럼 두꺼운 관이 사방으로 뻗어 있었는데, 그 관들은 서로 이어진 채 연기를 내뿜기라도 할 듯이 들썩거렸다. 배가 들어오고 배가 나갔다. 지금껏 보았던 배와는 전혀 다른 형태의 배도 있었다. 벌레 같은 덮개에 사자처럼 포효하며 어떤 물고기보다도 빠르게 물살을 갈랐다. 여느 때라면 아람은 보이는 광경, 들리는 소리 하나하나에 마음을 빼앗길 만한 곳이었다. 당장이라도 스케치북을 꺼내 노움과 고블린을 그리고, 이상한 배들도 어느 한 척 빼놓지 않고 전부 그렸을 터였다.

　하지만 지금은 아니었다.

　지금 아람은 수정 조각과 그걸 손에 넣을 수 있는 방법을 찾는 데 골몰했다.

아람은 머키가 물 위로 올라오기를 초조하게 기다렸다. 한순간이라도 눈을 뗐다간 머키가 잘못되기라도 한다는 듯이 물만 뚫어지게 응시했다. 목에 걸려 있지도 않은 나침반을 무심코 자꾸 만지려 했다. 그때마다 흠칫 놀라며 나침반이 지금 어디 있는지를 스스로 되새겼다. 잔뜩 초조해진 아람이 중얼거렸다.

"들어간 지 한참 된 것 같은데. 안 그래요?"

"그건 아까도 물어봤잖아요. 네 번이나. 혹시 기억력에 무슨 문제 있어요?"

드렐라가 대답했다.

아람은 아는 건 거의 없지만 다시 한 번 드렐라에게 나침반과 수정 바늘과 자신들이 찾아내야 하는 수정 조각에 대해 설명했다. 그게 중요한 물건이라는 사실이 드렐라에게 얼마나 와닿았을지는 알수 없었다. 솔직히 말하면, 아람도 그게 얼마나 중요한지 잘 알지 못했다. 하지만 아람과 다른 일행들이 수정을 중요하게 여긴다는 것만큼은 알아챘는지, 드렐라도 일행들과 마찬가지로 조용히 머키가 돌아오기를 기다렸다.

돌아온 머키에게는 수정 조각도, 좋은 소식도 들려 있지 않았다. 나침반이 달린 사슬 목걸이를 머리띠처럼 머리 위에 두른 우스운 모습을 가져오긴 했다. 아람은 머키가 미처 입을 열기도 전에 나침반을 낚아채서 다시 목에 걸었다. 드렐라의 통역으로 이야기를 시작하면서, 머키는 꼬박 5분 동안 아무것도 건져오지 못해 미안하다고 사과했다. 그래서 일행은 반강제적으로 무슨 일이 있었는지 털어놓게 했고, 얘기를 들은 후에는 진퇴양난의 고민에 빠졌다.

아람, 마카사, 쓱싹, 심지어 드렐라까지 모두 기꺼이 물로 뛰어들어 머키를 도와 석판을 치워버리고 조각을 가져올 생각이 있었다. 그러나 머키 말로는 바닥이 너무 깊다고 했다. 누구든 그 아래 수정이 있는 곳까지 내려가기 전에 숨을 쉬러 다시 올라와야 할 거라고 했다.

대신 머키는 아주 긴 밧줄을 쓰면 어떻겠냐고 제안했다. 그러면 자기가 한쪽 끝을 석판에 묶고 다른 한쪽 끝은 배에 묶은 뒤 마카사와 쓱싹이 힘껏 노를 저으면 석판을 치울 수 있을지도 모른다고 했다. 마카사와 쓱싹 둘 다 눈살을 찌푸린 채 고개를 저으면서도 더 좋은 방법을 생각해내지는 못했다.

마카사는 일단 쾌속선으로 가자는 결정을 내렸다. 아람이 반대했지만, 마카사는 그리 멀리 가는 게 아니고 어쩌면 해결책이 짠! 하고 나타날지도 모른다고 설득했다.

하지만 아직까지 그 어떤 해결책도 나타나지 않았다. 아람은 자기도 모르게 아주 큰 밧줄 뭉치가 있는지 주위를 살폈다.

그러는 사이, 일행은 왁자지껄한 소리를 따라 쾌속선의 내부로 들어갔고, 그곳에서 여관 겸 술집을 발견했다. 아람 일행은 쾌속선에 있다던 '데이지'라는 사람을 찾아보기로 했다. 데이지에 관해 아는 거라고는 인간이고 술집에서 일한다는 사실뿐이었다.

문지방을 넘어서는 순간, 마카사는 아람을 홱 잡아당겨 날아드는 땜납 술잔을 피하게 했다. 138센티미터 정도의 제법 큰 고블린이 76센티미터 정도의 작은 노움을 향해 던진 술잔이었다. 자기보다 작은 노움에게 던지다 보니 조준이 잘못되는 바람에 아람의 이마를 정통으로 맞힐 뻔한 것이다. 게다가 그 술잔을 시작으로 호드의 힘을 신봉하는 고블린, 타우렌 몇 명과 얼라이언스의 힘을 따르는 노움과 인간 몇 명이 패싸움을 벌일 판이었다. 최소한 패싸움까지는 아니더라도 주먹다짐이 오고 갈 분위기였다.

바로 그때, 음악이 흘러나오기 시작했다. 모두의 관심이 애잔하고도 달콤하게 바이올린을 연주하는 황록색 고블린 소년에게로 향했다. 그 옆으로는 늘씬한 다리 한 쌍이 앞뒤로 흔들리는 게 보였다. 모두가 그 다리를 따라 시선을 위로 향하자 붉은빛이 도는 긴 금발의 아리따운 인간 여자가 무언가를 기다리는 듯 술집의 선반 탁자 위에 앉아 있었다.

싸움은 시작되기도 전에 갑자기 끝나버렸다. 노움, 고블린, 타우렌, 인간 모두 각자 자리를 찾아 앉았다.

마카사, 아람, 쓱싹, 머키도 술집 뒤편에 놓인 의자에 앉았고 드렐라는 아람의 발 옆에 몸을 말고 앉았다. 마카사는 귀가 크고 힘줄이 많이 돋은 푸른색 코의 여자 노움에게 선반 탁자에 앉은 여자가 데이지냐고 물었다. 그 노움은 대답은커녕 마카사의 존재 자체를 깡그리 무시하고 가버리려는 그때, 선반 탁자에 앉아 있던 인간 여자가 노래를 부르기 시작했다. 구슬픈 바이올린 소리와 여자의 달콤한 목소리가 대격변 동안의 사랑과 상실을 노래하자 술집에 있던 손님 모두 쥐 죽은 듯이 조용해졌다. 마카사가 푸른색 코의 여자 노움에게 원하는 정보를 얻어낼 심산으로 칼을 뽑으려는데 아람이 팔을 잡으며 속삭였다.

"노래가 끝날 때까지 기다리는 게 좋겠어. 그러면 일이 더 잘 풀릴 것 같아."

마카사는 떨떠름하게 고개를 끄덕였고, 자리에 앉아 귀를 기울였다.

그 범람으로…… 내가 알던 모든 것이 변했네
우리는 물바다 아래 잠겼고,
그 오랜 우리의 사랑도 끝났네

그 범람으로…… 내 지난날이 씻겨갔네
대격변은 엄청났고,
난 빠르게 가라앉았지

물이 차오를 때 난 꼭 잡았네
한없이 차오르기에 끝나지 않을 것 같았네

내가 숨 쉬려고 애쓸 때 우리의 사랑은 죽었고,
내 영혼은 부서지고 구겨져버렸네

사실…… 물은 피처럼 진하고,
우리를 범람에서 구해줄
항구도 없고 피난처도 없다네

황록색 고블린 소년이 계속 바이올린을 연주했다. 간간이 훌쩍
이는 소리 말고는 술집에 있는 모두가 침묵했다. 아람이 둘러보니
그 노래 한 곡이 술집 손님들의 심금을 얼마나 애절하게 울렸는지
알 수 있었다. 푸른색 코의 노움은 눈물을 닦아냈는데, 훌쩍이는 손
님이 한둘이 아니었다.
다시 노래가 시작되었다.

물이 차오를 때 난 꼭 잡았네
한없이 차오르기에 끝나지 않을 것 같았네
내가 숨 쉬려고 애쓸 때 우리의 사랑은 죽었고,
내 영혼은 부서지고 구겨져버렸네

사실…… 물은 피처럼 진하고,
우리를 범람에서 구해줄

항구도 없고 피난처도 없다네

　노래가 끝났다. 바이올린 연주가 몇 소절 더 이어지더니 곧 잦아들었다. 술집은 침묵만이 감돌았다. 아람은 연주와 노래에 감탄하긴 했지만, 손님들이 그 정도의 반응을 보인다는 게 잘 이해되지 않았다. 주위를 둘러보았다. 억세 보이는 인간, 더 억척스럽고 거칠어 보이는 고블린과 노움, 그리고 타우렌들 모두 슬픔에 잠긴 채 고개를 떨구고 있거나 얼굴 위로 눈물이 흐르고 있었다. 아람은 이들 모두 대격변에서 살아남은 자들이며 방파제가 무너져 내리고, 대해가 버섯구름 봉우리를 덮쳐 소금 평원을 쓸어버리고, 흐린빛 구덩이로 변했을 때, 소중한 누군가를 잃었다는 사실을 깨달았다.
　문득, 물속에 잠겨 있는 수정 조각쯤은 별일 아닌 것처럼 느껴졌다. 흐린빛 구덩이의 깊은 물속에는 훨씬 더 많은 것들이 잠겨 있었다.
　고블린 소년이 바이올린 가방을 연 채로 손님들 사이를 걸어 다녔다. 술집 손님들은 너나 할 것 없이 가방 안에 동전을 후하게 넣었다. 이윽고 고블린 소년이 아람 일행에게까지 왔다. 마카사는 아람과 고블린 소년에게만 보이게 금화 한 닢을 건넸다. 소년의 눈이 휘둥그레졌다.
　"조금은 거슬러줬으면 좋겠는데."
　마카사의 말에 고블린 소년은 고개를 끄덕이며 바이올린 가방을 들어 올리고는 속삭였다.

"다 가져가세요."

"여기서 말고. 이 술집 주인, 그 노래 부른 사람, 그 사람 이름이 데이지니?"

"그걸 알려면 금화 한 닢을 주셔야 해요."

마카사가 인상을 쓰자, 고블린 소년이 한 걸음 뒤로 물러났다. 마카사 특유의 언짢아하는 표정과 그 위력을 잘 아는 아람은 웃음이 나와 저절로 올라가는 입꼬리를 들키지 않으려고 입을 가렸다.

"맞아요, 맞아요. 데이지예요."

고블린 소년이 바로 대답했다.

"우리와 만나게 해줘. 어딘가 조용한 곳에서."

"기대하셔도 좋아요."

"아니, 기대 같은 건 하지 않아. 도박은 안 하니까. 확실하게 보장 받았으면 하는데…… 이름이 뭐지?"

"제 이름이요?"

고블린 소년은 마치 아제로스의 역사 전체를 통틀어 누군가가 자기 이름에 관심을 두는 건 처음이라는 듯이 되물었다.

"저는 핫픽스예요."

"그래. 핫픽스, 얘기한 대로 다른 사람 모르게 조용히 만나도록 해주겠다고 약속하겠니?"

"네, 약속할게요."

핫픽스는 그 자리에 서서 초록색 눈으로 금화를 뚫어지게 바라봤다. 마카사가 금화를 다시 주머니 속으로 넣자, 그제야 마카사를 쳐다봤다.

"데이지에게 렌도우가 보내서 왔다고 전해."

"네, 네."

"지금 당장."

"알았어요, 알았어."

핫픽스는 곧장 자리를 떴다.

일행은 핫픽스가 선반 탁자 뒤로 달려가는 모습을 보았다. 키가 작아서 그 뒤로는 보이지 않았다. 노래를 부른 데이지는 미소를 지으며 이제 바텐더가 되어 있었다. 그녀는 술이 어느 정도 들어가 점점 목소리가 커지는 손님들에게 그로그주를 건넸다. 노래를 듣고 마음의 울분이 풀린 손님들은 기분도, 지갑도 느슨해져서 놀라운 속도로 술을 마시고 돈을 지불했다. 데이지는 별 힘도 들이지 않고 그 속도에 맞춰 술을 내주고 있었다. 그런 데이지 옆에서 나직하게 속삭이고 있을 핫픽스의 모습이 아람의 머릿속에 그려졌다. 데이지가 몸을 펴더니 미소를 잃지 않은 채 손님들에게 계속 맥주를 건네주며 술집을 둘러보다가 마카사를 발견했다. 그녀는 미소를 머금고서 마카사를 향해 고개를 까딱했다.

마카사도 데이지를 향해 짧게 고개를 끄덕였다.

30분 정도 지나자 혼잡하던 술집이 한가해졌다. 그제야 데이지는 행주를 들고 나무로 된 선반 탁자를 돌아 나왔다. 핫픽스는 쟁반을 들고 뒤를 졸졸 쫓아왔다. 데이지는 탁자를 닦고 물 잔, 머그잔, 손잡이 없는 술잔, 통 술잔 등을 쟁반 위로 치웠다. 자그마한 몸집의 핫픽스가 산을 이룬 땜납 잔들과 유리잔들을 들고 있는 것이 용했다. 휘청거리면서도 데이지 뒤를 잘 따라갔다. 어느덧 데이지가 천천히 아람 일행이 앉아 있는 곳으로 다가왔다. 그러고는 한쪽 구석에 난 문을 향해 눈을 찡긋했다.

"3분 후에 갈게요."

이 말을 속삭이고는 다시 걸음을 옮겼다.

마카사가 몸을 굽혀 쓱싹에게 말했다.

"아람과 나만 갈 테니 넌 일행과 같이 있어. 그리고 문을 감시해. 만약 저 여자 말고 다른 자들이 들어오려고 하면 바로 곤봉을 들고 와."

쓱싹은 자신이 마카사의 오른팔이라는 데 자부심을 느끼며 씩씩하게 고개를 끄덕였다.

마카사가 아람에게 고개를 끄덕인 후 둘은 자리에서 일어났다. 드렐라도 자리에서 일어나자 마카사는 드렐라에게도 따로 당부했다.

"드렐라, 쓱싹과 머키와 함께 여기 있어."

"그러지 않았으면 좋겠어요."

마카사는 뭐라고 반응해야 할지 몰라 머뭇거리자 아람이 간청하듯 말했다.

"드렐라……."

"데이지라는 사람과 나누게 될 이야기가 정말 재미있으리라는 생각이 들어요. 게다가 같이 가면 내가 아람 당신을 보호할 수 있으니 현명한 방법이죠. 지난번 당신이 시야에서 사라졌을 때, 상황이 아주 복잡했잖아요. 혹시 뼈 무더기에서 있었던 일을 벌써 잊었나요?"

다들 멍한 표정으로 드렐라를 바라보는 상황이 한두 번도 아니었지만, 지금 또다시 모두가 할 말을 잃은 채 드렐라를 빤히 쳐다보았다.

마카사는 결국 백기를 들었다.

"좋아. 하지만 듣기만 해. 한마디도 하지 마."

드렐라는 그 말에 손사래를 쳤다.

"말도 안 되는 소리하지 마세요. 내가 얼마나 말을 잘하는데요. 목소리도 좋고 어휘력도 풍부하다고요. 특히 지금이 봄이라는 점을 생각해봐요."

"지금은 여름이라고."

마카사가 작게 중얼거렸다. 그러나 더 이상 반대는 하지 않은 채, 드렐라와 함께 문으로 향했다.

문을 열어보니 그곳은 작은 방이었다. 마카사는 별 특별할 것도 없는 작은 공간을 빠르게 파악했다. 다른 문이나 창문도 없었고 마카사의 금화를 탐내는 자가 숨어 있을 만한 곳도 없었다. 문은 단 하나였고 그 문도 밖에 있는 쓱싹이 긴 탁자에 앉아서 감시하는 상황이었다. 마카사와 아람은 문 쪽으로 향해 있는 의자에 앉았고, 드렐라는 그 옆에 섰다.

데이지는 정확히 3분 후에 핫픽스와 함께 문을 열고 방으로 들어왔다. 쓱싹이 곧바로 곤봉을 든 채 쫓아와서는 마카사에게 물었다.

"고블린은 괜찮나?"

"데리고 다니는 저 꼬마는 다른 데로 보내."

마카사가 데이지를 보며 단호하게 말했다.

그러자 데이지도 지지 않고 되받아쳤다.

"당신이 데리고 다니는 저 아이부터 다른 데로 보내요. 그러면 생각해볼 테니."

아람은 모욕당한 기분을 느끼며 몸을 쫙 폈다. 그러고 보니 핫픽스도 아람과 똑같은 동작을 취하고 있었다.

"이쪽은 남동생, 아라마르 쏜, 아람이야. 난 마카사 플린트윌이고."

마카사가 말했다.

자신의 소개가 빠져서 달갑잖은 드렐라가 끼어들었다.

"난 타린드렐라예요. 드렐라라고 부르면 돼요. 세나리우스의 딸이죠."

곧이어 쓱싹이 어깨를 으쓱하고는 말했다.

"쓱싹은 쓱싹이다."

어딘가 뒤쪽에서 머키의 목소리가 들려왔다.

"머키 옳올름."

데이지가 웃으며 말했다.

"전 데이지라고 해요. 이쪽은 저의 좋은 친구 핫픽스이고요. 저와는 긴밀한 사이예요. 여러분이 이해하시리라 믿어요."

"좋아."

마카사가 못마땅해하면서도 일단 고개를 끄덕였고 쓱싹과 머키는 함께 문을 닫고 나갔다.

데이지는 마카사 맞은편에 앉았다. 핫픽스는 데이지 옆에 있는 의자로 기어올라 앉았다. 데이지와 마카사 두 여자가 서로를 빤히 바라봤다. 데이지는 미소를 띠고, 마카사는 인상을 쓰고서. 데이지는 마카사가 언제나 인상을 쓰는 것처럼 자연스럽게 미소를 짓는 듯했다. 하지만 두 여자의 표정에는 힘이 있었다. 아람은 앞으로 일어나는 일이 협상이라고 가정했을 때, 마카사가 드디어 싸움 상대가 아닌 협상 상대를, 제대로 된 맞수를 만난 게 아닐까 생각했다.

두 여자는 기다렸다. 시간이 지나자 데이지의 웃는 눈이 마카사의 주머니 쪽으로 향했다. 마카사는 금화를 꺼내 탁자 위에 놓았다.

핫픽스가 소곤거렸다.

"저 여자, 거스름돈을 받고 싶어 해요."

데이지가 핫픽스의 머리에 부드럽게 손을 올리고는 말했다.

"글쎄, 뭐가 필요해서 그러는지 알아보자. 그런 다음 얼마를 거슬러 줄지 결정하면 돼."

그러고는 마카사에게 고개를 돌리며 물었다.

"그러니까, 렌도우를 안다는 거죠?"

아람은 자신이 그저 마카사가 데리고 다니는 아이가 아님을 증명해야겠다는 기분으로 나서서 말했다.

"맞아요. 렌도우가 저에게 배를 내주고는 여기에 도착하면 당신에게 넘겨주라고 했어요."

"렌도우에게서 배를 훔친 게 아니라는 걸 어떻게 알죠?"

그 대답은 마카사가 했다.

"우리가 훔쳤다면, 굳이 당신을 찾아서 배를 넘기겠어?"

드렐라도 거들었다.

"칼도레이는 항상 세나리우스의 딸에게 도움이 되기를 바라는 법이죠. 그래서 렌도우가 우리에게 배를 제공했어요."

"그건 맞는 말이네요. 그러면 내 친구 배를 맡는 것 말고, 별 볼일 없는 제가 세나리우스의 딸과 그 친구들을 어떻게 도와드려야 할까요?"

"렌도우 말로는 당신이 가젯잔으로 가는 배편을 알아봐줄 수 있다고 했어."

마카사가 대답했다.

"그 정도는 쉽죠. 가젯잔으로 가는 배는 매일 있으니까요."

"하나 더 있어요."

아람이 머뭇거리며 말했다.

"저희가 뭔가를 흐린빛 구덩이 물속에 빠뜨렸어요. 그걸 건질 방법이 있었으면 해요."

"일행 중에 멀록을 본 것 같은데 잘못 봤나요? 멀록이 헤엄쳐서 가져오면 되잖아요?"

"물론 시도해봤어요. 그런데 무거운 석판 밑에 깔려 있어서 꼼짝도 하지 않는대요."

이야기를 듣고 있던 데이지의 미소가 어딘가 날카로워졌다.

"그러니까 무언가를 물속에 떨어뜨렸는데, 그 위에 무거운 게 있다는 말인가요?"

아람은 곧바로 대답하지 않았다. 잠시 시간이 흐른 후 신중하게 입을 열었다.

"제 아버지는……."

아람은 말을 하다 말고 마카사를 힐끗 보고는 말을 고쳤다.

"저희 아버지는 언제나 흐린빛 구덩이에서 해왔던 인양 작업 얘기를 해주셨죠. 사람들은 대격변으로 잃었던 것들을 찾는다고요. 도와주실 수 있는 건가요?"

"그 일을 해줄 만한 친구를 소개해줄 수 있어요."

"감사합니다. 빠를수록 좋아요."

"오늘 밤에도 가능해요. 그 일에 딱 맞는 고블린을 알거든요. 그럼 다 됐나요? 배, 가젯잔, 그리고 사소한 인양 작업까지?"

"방이 두 개 필요해. 따뜻한 음식 5인분하고."

"그건 더 쉬운 일이죠."

"제발 고기는 빼고요."

드렐라가 말했다.

"5인분 중 하나는 고기 없이. 하지만……."

"하지만 다들 육식주의자겠죠. 알아요."

데이지가 금화를 다시 마카사에게 밀었다.

"당신 장부를 따로 만들게요. 렌도우의 친구니까 가젯잔으로 떠나기 전에 한 번에 계산해주리라 믿어요."

"물론이야."

마카사가 대답하고는 금화 한 닢을 다시 주머니에 넣었다.

핫픽스는 위층으로 올라가 서로 붙어 있는 방 두 개로 일행을 안내했다. 하나는 마카사와 드렐라가 쓸 방이고, 다른 하나는 아람, 쓱싹, 머키가 쓸 방이었다. 방에는 작은 침대 두 개와 바닥에 깔린 짚자리 두 개가 있었다. 잠시 후, 핫픽스가 여주인 데이지와 함께 음식과 음료가 놓인 쟁반 다섯 개를 가지고 돌아왔다.

아람은 스케치북을 꺼내 창문에서 보이는 쾌속선의 모습을 마무리했다. 그 기이하고 웅장한 모습을 전부 그렸지만, 어딘가 부족해 보였다. 아람은 다시 한 번 외눈박이 와이번의 등에 올라타 하늘로 날아오르고 싶었다. 그렇게 하늘에서 섬을 내려다보며 그림을 그리고 싶었다. 하지만 그럴 수는 없으니 그 대신 이곳의 살아 숨 쉬는 폐, 북적거리는 분주함, 다양한 종족들, 그리고 정박해 있는 아주 많은 배들을 전부 담으려고 애썼다. 쟁반을 내려놓는 데이지의 눈길이 아람의 그림에 머물렀다.

"정말 잘 그렸네요. 그러니까…… 미안해요, 기억이 안 나서. 당신 이름이……?"

"아라마르 쏜이에요."

아람이 큰 소리로 말했다. 그러고는 얼굴을 붉히며 작은 소리로 한마디 덧붙였다.

"아람이라고 부르시면 돼요."

"그래요, 아람. 굉장한 재주가 있네요."

아람은 자신의 그림 실력을 보여주고자 스케치북을 뒤로 넘겨서 엘르마린의 그림을 데이지에게 보여주며 말했다.

"당신을 그리고 싶어요. 시간이 되시면요."

그러고는 머키 앞에 날생선이 담긴 쟁반을 놓는 핫픽스를 힐끔 보았다. 아람이 재빨리 덧붙였다.

"당신 둘 모두 그리고 싶어요."

"내 초상화를 그리고 싶다는 제안을 받은 건 이번이 처음은 아니에요. 하지만 곧바로 그 제안을 받아들이고 싶은 기분이 든 건 처음이네요. 난 지금 시간이 되는데. 식사하면서 그려도 괜찮을지 모르겠네요."

"문제없어요."

데이지는 다른 침대에 앉아 핫픽스더러 자기 옆으로 올라오라고 손짓했다. 아람은 연신 뜨거운 스튜를 숟가락으로 퍼먹으며 빵을 찢어 입에 넣고 향신료를 넣은 사과맛 탄산수를 홀짝거리면서 그림을 그려나갔다.

그림을 그리고 식사를 하는 사이, 쾌속선에 관해 더 자세히 알고 싶다는 호기심이 계속 일었다. 데이지는 이 떠다니는 섬이 이렇게 북적이는 이유는 피즐과 포직의 쾌속선에서 '피즐과 포직의 연간 배 경주'가 열리기 때문에, 닷새 안에 모든 준비를 마치고자 다들 분주하다고 얘기해주었다. 아까 보았던 기묘한 배들은 '쾌속정'이라고 하는데, 기계 엔진을 달아 수면에서 아주 빠른 속도로 움직이게끔 설계된 배였다. 아람은 그런 게 존재하는지도 몰랐다. 이 배 경주 때문에 수백 명의 도박꾼, 경주 참가자, 아기조 회원들이 쾌속선으로 몰려든다고 했다.

"아기조가 뭐예요?"

"아기조. '아제로스 기계공학자 조합'의 약자죠."

아람은 고개를 끄덕이며 다시 물었다.

"그렇군요. 음, 기계공학자는 뭔가요?"

"기계 종류를 만드는 자들이에요. 그러니까 쾌속정 같은 것. 피즐과 포직 둘 다 조합원이고 아기조는 이 경주를 비롯해 아제로스 전역에서 열리는 비슷한 경주들을 전부 후원해요. 공학자들에게 자신의 실력을 알릴 기회를 주는 거예요."

"으스댈 기회겠지."

방문에 기대선 채 마카사가 중얼거리자 데이지는 미소를 지으며 대꾸했다.

"어감은 좀 다르지만 결국 같은 것 아닌가요?"

"무슨 시간 낭비람."

마카사가 투덜거렸다.

"그런 말은 그분이 듣지 않도록 주의해요. 귀에 들어가면 큰일 나니까."

"그분이라니 누구? 쟤 말이야?"

마카사가 핫픽스를 가리키며 물었다.

"아뇨. 당신들이 잃어버린 보물을 인양할 수 있도록 도와줄 고블린이에요. 경주에 참가하는 배 하나를 후원하시거든요. 그리고 장담하는데, 그분은 절대 시간 낭비라고 생각하지 않으신답니다."

"그분 이름이 뭔가요?"

아람이 데이지를 보며 물었다.

"가즈로예요."

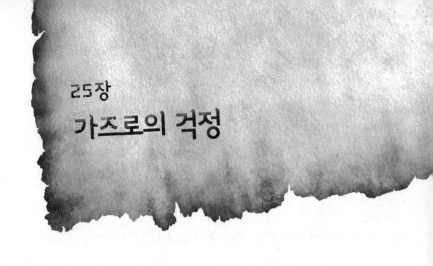

25장
가즈로의 걱정

밤이 찾아왔지만, 쾌속선은 대낮같이 환했다. 거대하고 반질반질한 조개껍데기 모양의 받침대 위에서 횃불이 타오르고 있었다. 아람은 눈부신 발상이라고 생각했다. 반으로 쪼개놓은 듯한 조개껍데기 받침대를 움직이면 원하는 곳 어디나 반사된 빛을 비출 수 있었다.

데이지와 핫픽스는 마카사, 아람, 드렐라, 머키, 쓱싹을 데리고 통로를 가로질러 바깥쪽 부두로 향했다. 그곳에는 남자 고블린이 홀로 있었고 양옆에 있는 조개껍데기에서 반사된 빛이 희미하게 빛나는 수면 위를 비추고 있었다. 그 고블린은 이상하게 생긴 회중시계를 손에 들고서 물끄러미 바라보고 있었다. 쏜 선장이 마력이 깃든 나침반을 빤히 내려다볼 때와 매우 흡사했는데, 이를테면 아주 살짝 실망하는 표정이 얼굴에 묻어나는 점이 그랬다.

데이지가 미소를 지으며 인사했다.

"가즈로 님, 만나보셨으면 하는 사람들이 있어 데리고 왔어요."

고블린 가즈로는 마흔 살쯤 되어 보였다. 120센티미터 정도의 키에 피부는 밝은 초록색이었고 노란색 눈에는 핏발이 서 있었으며, 두드러지게 튀어나온 광대뼈와 인상적인 코, 길고 뾰족한 귀가 눈에 띄었으며 앞코에 징을 박은 장화를 신고 벙어리장갑을 끼고 있었다. 가즈로는 회중시계에서 눈도 떼지 않은 채 말했다.

"데이지, 지금은 좋지 않아. 9분 후에 다시 와."

"제 생각엔 그 9분 중 8분 동안 이들이 하는 말을 들어주면 될 것 같은데요."

데이지의 말에 가즈로가 빙그레 웃었다.

"그렇겠지?"

그러고는 데이지가 데려온 아람 일행을 올려다보며 말했다.

"7분 30초 줄게."

데이지가 빠르게 모두를 소개했다.

"윽! 이름이 너무 많잖아. 다 기억 못해. 그냥 용건만 말하라고."

마카사가 아람에게 고개를 끄덕였다. 시간에 쫓겨 마음이 다급해진 모양이었다. 아람은 크게 심호흡을 한 후, 자기 목적을 분명하게 이야기했다.

"흐린빛 구덩이에서 뭘 잃어버렸어요. 위쪽으로 1.6킬로미터쯤 되는 곳에서요. 그런데 저희 멀록 친구가 옮기기엔 너무 무거운 석판 밑에 깔려 있어요. 데이지 씨가 말하길, 이곳에서 인양 작업을 하셨다고 들었어요. 제 생각엔 아주 간단한 일일 거예요."

"그런 것 같군. 그러면 조건을 말하지. 건져내는 것의 30퍼센트를 내가 갖겠어. 거기다 장비사용료 10퍼센트와 발견자 수수료 10퍼센트야. 어때?"

아람이 당황한 눈빛으로 마카사를 힐끔거리고는 말했다.

"그건…… 그건 나눌 수 있는 물건이 아니에요. 하나거든요. 게다가 작아요. 정말이에요."

가즈로는 '정말'이라는 단어가 과연 정말인지 파악하려는 듯 아람의 얼굴을 유심히 살폈다.

"네 말을 믿는다고 치자. 그렇다고 해도 이렇게 넓디넓은 바다에서 그 작은 물건 하나를 천 년이 걸린들 찾을 수 있겠어?"

"위치를 정확히 알거든요. 여기 머키가……."

아람이 몸을 돌려 머키를 가리켰다.

"정확한 위치를 안내해줄 수 있어요."

"아옳, 아옳."

"저희는 그저 돌과 석판을 옮길 방법이 필요해요."

"작지만 아주 값진 물건인가 보군."

"저한테는 그래요. 아버지께서 돌아가시기 전에 주신 선물의 일부거든요."

가즈로가 다시 히죽 웃었다.

"너희 아버지가 선물을 주고 그다음에 죽었는데 그 선물이 어떻게 된 일인지 수몰된 협곡 바닥에 가라앉았고 그 위에 석판이 떨어졌다고? 그건 정말이지 말도 안 되게 복잡하잖아. 꼬마야, 조금도 그럴듯하게 들리지 않는구나."

잠자코 있던 드렐라가 끼어들었다.

"하지만 사실인걸요. 아람은 믿어도 돼요. 아람은 거짓말 안 해요."

드렐라의 말이 가즈로에게는 전혀 먹혀들지 않는다는 걸 파악한 아람이 서둘러 덧붙였다.

"거짓말을 할 수도 있겠지만, 지금은 아니에요."

그러자 드렐라가 질겁하며 말했다.

"음, 나는 거짓말하지 않아요. 절대로."

"물론 드렐라는 거짓말 같은 건 절대로 하지 않죠."

아람은 고블린에게 시선을 고정한 채 말했다.

"좋아. 하지만 내가 챙길 몫이 없는데 어떻게 일을 진행하겠어? 꼬마야, 난 공짜로는 일 안 한다."

"돈을 낼게요."

"얼마나?"

"금화 한 닢이요."

"스무 닢."

"스무 닢은 없어요."

"도대체 얼마나 있는데? 그리고 너희 아버지가 주신 아주 귀중한 선물을 찾는 일이라는 걸 잊지 마라. 그러니 거짓말하면 안 돼."

아람이 마카사를 쳐다보니 아니나 다를까 잔뜩 인상을 쓰고 있었다. 마카사는 딱 잘라 대답했다.

"금화 세 닢이라면 지불할 수 있어. 네 닢이 있지만, 거기서 일부는 숙박 요금을 내야 하고 일부는 여기서 가젯잔으로 가는 뱃삯으로, 또 일부는 가젯잔에서 스톰윈드 항구로 가는 뱃삯으로 써야 해."

고블린 가즈로가 휴 하고 숨을 내쉬었다.

"금화 한 닢도 안 되는 돈으로 다섯 명이 가젯잔에서 스톰윈드로 간다고? 잠은 어디서 잘 건데? 배 밑바닥에서 쥐랑 같이 잘 건가?"

"그래야 한다면 그래야죠."

아람이 말했다.

"머키 아오오옳 으르르흐스 음음음."

머키가 입술을 핥으며 무언가 말했지만 모두 머키의 말을 무시했다. 가즈로가 말을 이었다.

"상관없어. 그건 내가 신경 쓸 일이 아니니까. 자, 들어봐. 나는 해적선 한 척을 통째로 건지는 인양 작업을 해. 그러면 내 몫은 보통 어림잡아 금화 천 닢에 은화도 최소한 그만큼 받아."

"하지만 저희 작업은 훨씬 쉽잖아요. 안 그런가요?"

아람이 애원했다.

"그래서 금화 스무 닢만 받고 하겠다는 거야. 그보다 적은 보수라면 내 시간을 들일 가치가 없지."

"그래도……."

"이봐, 꼬마. 네가 절실한 건 알겠어. 그리고 나도 동정은 가. 하지만 금화 세 닢으로는 이런 일에 드는 비용을 감당할 수 없다고. 거절이야."

"그래도……."

"그리고 7분 30초도 지났어."

가즈로는 물 쪽을 향해 돌아서서 회중시계를 확인하고는 투덜거렸다.

"빌어먹을, 돌아올 때가 한참 지났잖아!"

아람이 데이지를 돌아보며 물었다.

"또 얘기해볼 데 없을까요?"

데이지가 씁쓸한 미소를 지었다.

"있어요. 하지만 그렇게 적은 돈으로 작업하려는 사람은 없겠죠. 만약 하겠다고 한다면, 그건 당신을 뒤에서 찌른 다음에 전리품을 가로채려는 사람일 거예요."

데이지의 말에 가즈로가 히죽 웃으며 한마디 했다.

"그렇겠지?"

아람은 계선주 하나에 털썩 주저앉아 마카사를 올려다봤다.

"이제 어떻게 해?"

"뭐든 방법을 찾아야지."

단호한 결의는 있지만, 뾰족한 해결책은 없는 대답이었다.

바로 그 순간, 아람에게 생각이 떠올랐다. 자리에서 일어나 다시 한 번 마법이 효력을 발휘해주길 바라며 뒷주머니에서 스케치북을 꺼내 들었다. 하지만 그걸 가즈로에게 보여주기도 전에 쾌속정 하나가 부채꼴로 물살을 가르며 가즈로 바로 앞에 섰다. 그 바람에 가즈로, 머키, 핫픽스, 쓱싹은 물을 흠뻑 뒤집어썼다. 아람도 젖긴 했지만, 스케치북을 재빨리 뒤로 휙 돌린 덕분에 그림은 무사할 수 있었다.

식식거리는 증기 소리와 함께 쾌속정 덮개가 위로 열리며 배 조종사가 모습을 드러냈다. 그런데…… 그 조종사는 머리만 있었다. 커다란 유리 단지 안에 담긴 머리! 생김새는 노움과 비슷했지만, 피부는 아람이 봤던 고블린 중에서 가장 밝은 초록색이었다. 마치 빛이 나는 듯했다. 하지만 눈은 야광 초록색이었고 반짝반짝 빛이 났다. 짧은 진녹색 머리카락이 나 있었고…… 어려 보였다.

"싫어, 싫어, 싫어, 싫어, 싫어, 싫어, 싫어……."

드렐라는 신음하며 뒤로 물러섰다.

머리가 드렐라를 보고 눈살을 찌푸리더니 잔뜩 골이 난 목소리로 말했다.

"나가겠어."

목소리가 유리 단지 안에서 살짝 울렸다.

아람은 무언가 병 안에서 움직이는 소리와 머리가 계속 호흡하며 들쭉날쭉 울리는, 거슬리는 소리를 들었다.

"안 돼요!"

드렐라가 비명을 질렀다.

"배에서, 배에서 나간다고."

머리가 말했다.

발드레드 같은 언데드와 움직이는 해골 전사들을 무더기로 본 아람이었지만, 병에 담겼든 안 담겼든 잘린 머리가 인상을 쓰고 큰 소리로 말하는 모습은 받아들이기가 어려웠다. 그때, 병 안에 든 머리가 일어서기 시작했다. 아람은 그게 머리만이 아님을 깨달았다. 유리 단지는 금속 몸체에 붙어 있었는데 거기에서 증기로 움직이는 긴 금속 팔다리가 펼쳐졌다. 뭔지 모를 그 존재가 쾌속정에서 나와 부두에 올랐다. 전신을 쭉 펴니 눈높이가 아람보다 2에서 5센티미터 정도 위에 있었다.

아람은 주위 동료들을 살펴보았다. 머키는 식식거렸고, 쓱싹은 낮게 으르렁거렸다. 마카사는 당연히 입을 앙다문 채 절제하고 있었지만, 한 손은 칼자루를 쥐고 있었고 다른 한 손은 쇠사슬 걸쇠에 올려둔 상태였다. 데이지는 부드러운 미소를 띠고 있었고, 핫픽스는 따분해 보였다. 가즈로는 금속인간의 머리만큼이나 짜증이 난 듯했다.

드렐라는 얼굴을 가린 채로 여전히 신음하고 있었다. 그러다 조종사의 머리를 올려다보더니 머뭇머뭇 한두 걸음 앞으로 내디디며 중얼거렸다.

"나는…… 내 생각에 나는…….."

하지만 용기가 사라졌는지 그대로 돌아섰다. 드렐라가 훌쩍이는 소리가 들리는 것 같았다.

아람은 이해가 안 간다고, 이 생물체가 뭔지 모르겠다고, 왜 이 생물체 때문에 드렐라가 저렇게까지 속상해하는지 모르겠다고 말하고 싶었다. 드렐라는 넘쳐나는 호기심과 순진무구한 영혼의 소유자로 누구를 만나든, 무엇을 보든 눈도 깜짝하지 않는 존재였다. 아람은 아무것도 이해하지 못하고 있었는데, 뒤늦게 저 괴이한 존재가 무엇인지 이해할 수 있었다.

"저건 강화복이야! 금속과 증기와 유리로 만들어진 강화복!"

정체를 깨달았다는 사실에 아람은 흥분하며 마카사를 돌아보았다.

"강화복, 그러니까…… 강화복 가슴 부분에 있는 건 작은 노움이야!"

"난 작지 않아!"

노움이 투덜거렸다.

"오염된 노움이군."

마카사가 말했다.

그 말에 충격을 받은 아람이 노움을 다시 돌아보았다. 아버지에게 오염된 노움 얘기를 들은 적이 있었다. 방사능에 노출되어 미쳐

버리는 바람에 감금되었거나 추방됐다고 했다. 게다가 다른 이들을 전염시킬 수도 있었다! 노움의 얼굴에서 작은 물집이 터지는 걸 보자 아람도 몇 발짝 뒤로 물러났다.

가즈로는 진정하라는 뜻으로 양손을 들었다.

"괜찮아, 괜찮다고. 강화복이 나쁜 물질을 막아줘. 강화복이 저 노움, 우리, 그리고 세계를 보호해주니까 아무 문제없어."

그러고는 노움 조종사를 향해 소리를 꽥 질렀다.

"강화복 때문에 저 배가 속도를 내지 못하잖아!"

"가즈로, 그러니까……."

노움이 말문을 열었지만, 가즈로는 들어줄 마음이 없었다.

"안 돼, 스프로켓. 네가 한 번만 더 기회를 달라고 해서 내가 줬잖아. 이제 인정해. 현실을 좀 깨달으라고. 네가 만든 암망아지는 이렇게나 작고 근사한데, 기수가 빌어먹을, 너무 무겁잖아. 우승하려면 이 시합 경로를 12분 미만으로 달려야 한다는 걸 너나 나나 빤히 다 알고 있잖아. 저 배는 그게 가능해. 그런데 네가 타면 그게 안 돼. 방금 달린 게 네 최고 기록이었어. 얼마인지 알고 싶어?"

"15분 52초요."

노움이 잔뜩 풀이 죽어서 대답했다.

"그래, 15분 52초야."

가즈로가 화를 내며 주먹으로 노움의 금속 가슴을 쳤다.

그때 데이지가 둘 사이에 끼어들었다.

"내 정신 좀 봐. 이런 실례를 하다니. 김블 스프리스프로켓, 새 친구들을 소개할게요. 이쪽은 아람, 마카사, 쓱싹, 머키, 그리고 세나리우스의 딸 드렐라예요. 여러분, 이쪽은 김블 스프리스프로켓이에요."

"그냥 스프로켓이라고 불러요."

스프로켓이 귀찮다는 듯 커다란 금속 손을 내저으며 말했다.

"제 이름은 제대로 다 부르기엔 너무 기니까요."

그러고는 가즈로에게 말했다.

"가즈로, 제가 몸무게를 줄일게요. 방제복도 강화하고요."

"그건 이미 다 해봤잖아."

"다시 할게요."

"어떻게? 널 움직이게 하는 기어와 모터를 빼게? 그러면 배 조종은 어떻게 하려고?"

"호흡 장치로……."

"뭐라고? 15분 52초 동안 숨을 참겠다고?"

"그러면 엔진 출력을 더 높일 수 있어요."

"그게 될 일이었으면 벌써 됐겠지."

가즈로가 고개를 저었다.

"유감이로군."

"알았어요. 라즐이 아직 오는 중이니까요."

스프로켓이 눈길을 피하며 말했다.

"집어치워. 그 말은 이제 더는 안 먹혀. 넌 나한테 거짓말했어."

"아니에요. 저는……."

"그만해. 알았어. 네가 저걸 만들었어. 그러니 네가 조종하고 싶겠지. 그래서 네 사촌 라즐을 준비시켜놨다고 나한테 거짓말을 한 거야. 나는 거기에 속아 넘어가고. 내 잘못이야. 내가 아는 놈을 불렀어야 했는데, 안 그랬지."

"라즐은 꼭 올 거예요. 내일이나 모레."

"기록보유자 선수인데 어쩐 일인지 라즐은 항상 늦는단 말이지. 기다리는 동안, 너는 우리 이쁜이를 정상 궤도에 올려놓겠지. 어쩌면 네가 이 일에 딱 맞는 노움이라고 날 설득할지도 모르고. 하지만 라즐은 오지 않아. 원래 안 올 거였어. 그렇게 설득은 물 건너가는 거지. 그런데, 난 이 배에 금화 삼백 닢을 투자했고 이 경주에 이천 닢을 걸었거든. 게다가 이제 닷새밖에 안 남았는데 새로운 선수를 찾아야 한다고."

"제가 할게요."

아람에게 모두의 시선이 쏠렸다. 아람 자신도 말해놓고 스스로 놀란 모양이었다. 침을 꿀꺽 삼키더니 존댓말 같은 건 무시해버리는 '고블린 방식'으로 말했다.

"당신은 여기에 많은 돈을 걸었을 거야, 그렇지? 내가 당신 배를 몬다면 금화 스무 닢 정도의 가치는 있겠지. 그러면 당신이 우리 아버지의 선물을 건져내는 비용으로 요구한 금액과 딱 맞아떨어지잖아, 안 그래?"

가즈로가 히죽 웃었다.

"그렇겠지?"

"안 돼!"

뒤늦게 어리둥절해진 스프로켓과 그보다 훨씬 더 어리둥절해진 마카사가 동시에 외쳤다.

아람은 일단 스프로켓은 제쳐두고 마카사를 보며 물었다.

"왜 안 되는데?"

"너무 위험해."

"배 경주잖아. 우리가 지난 몇 주간 겪었던 일들과 비교한다면, 제일 안전한 일일걸."

최근 물속에서 경험했던 일들을 고려해볼 때, 생각보다 훨씬 더 자신에 찬 목소리였다.

"이 일을 하면 그……걸 찾을 수 있어. 그리고 우리는 동전 한 닢 안 써도 되고. 그러면 닷새 후에 다시 가젯잔을 향해 갈 수 있어."

"만약 그 해골바가지 언데드나 그 일당 중 하나가 닷새가 지나기 전에 이곳에 오면 어쩔 거야?"

"그게 항상 불안 요소이긴 하지만……."

뒷말은 덧붙이지 않아도 될 듯싶었다.

'……달리 우리가 뭘 할 수 있겠어?'

불만스럽긴 하지만, 마카사는 아람의 말에 달리 반박할 거리를 찾지 못했다.

하지만 스프로켓은 반박할 거리가 있었다.

"배 조종하는 법을 알긴 해요?"

"전에 배 경주를 해봤어요."

"어디에서요?"

"영원고요 호수에서요."

"어떤 종류를 몰았죠?"

"종류별로 전부 다요."

"노를 젓는 배들이었겠죠."

"뗏목도요."

스프로켓이 금속 몸체를 돌려 가즈로를 보니, 가즈로는 진지하게 아람의 몸 크기를 가늠해보고 있었다.

"진지하게 받아들이시면 안 돼요."

"왜 안 되지? 이 녀석은 배짱이 있어. 자기가 원하는 걸 어떻게 손에 넣어야 하는지도 알고. 이 녀석 성격이 마음에 들어."

가즈로가 성큼성큼 다가오더니 놀라는 아람을 팔로 안았다. 처음에 아람은 이 고블린이 포옹이라도 해주는 줄 알았다. 하지만 가즈로는 아람을 번쩍 들어 올리더니 5초 동안 들고 있다가 내려놨다.

"하지만 무엇보다도, 새털같이 가볍다는 게 마음에 들어!"

"아니에요!"

스프로켓이 외치자 그 목소리가 유리 단지 안에서 메아리쳤다.

"그 애는 아무것도 모르잖아요! 역대 가장 빠르게 만들어진 쾌속정이라는 사실은 둘째치고 쾌속정 조종에 관해서 아무것도 모른다고요!"

"이런. 스프로켓, 진정하라고."

가즈로가 놀리는 말투로 말을 이었다.

"너 같은 천재가 닷새 동안 이 아이를 훈련시킬 방법을 찾아내지 못한다는 건 아니겠지?"

"그런 말은 안 했어요."

"하지만 그렇잖아. 안 그래? 별로 내키지 않나 보군. 알았어. 다른 적임자를 찾아봐야……."

"그 애를 훈련시키지 못한다는 말은 안 했어요. 마음만 먹으면 저 멀록도 훈련시킬 수 있어요."

"아옳, 아옳."

머키가 고개를 끄덕였다.

가즈로가 어이없다는 표정을 지으며 비아냥거리듯 중얼거렸다.

"어련하시겠어."

"정말 할 수 있다고요!"

"진정해. 네가 이 녀석을 우승자로 만들지 못한다는 데에 은화 쉰 닢을 걸겠어."

"좋아요! 두고 보라고요!"

가즈로가 아람에게 눈썹을 으쓱하며 속삭였다.

"스프로켓 저 녀석을 다루는 건 아주 쉽지."

그러고는 큰 소리로 말했다.

"꼬마야, 그럼 하기로 한 거다!"

가즈로는 아람과 악수를 하고 나서 물었다.

"그런데 네 이름이 뭐라고 했지?"

25장
ㄷㄹㄹ루ㄱㄱ은
ㅇ르륵ㄹㄹㄹ

염되었든 오염되지 않았든, 어쨌든 스프로켓은 똑똑한 노움이었다. 그냥 영리한 정도가 아니라 아주 뛰어난 두뇌의 소유자였다. 너무 똑똑해서 누군가에게 속거나 바보짓을 하더라도 그리 오래 지속되지는 않았다.

"스프로켓 저 녀석을 다루는 건 아주 쉽지."

스프로켓은 물주인 가즈로가 속삭이기 0.5초 전에 자신이 파렴치한 술수에 말려들어 인간 소년을 훈련시켜야 하는 처지가 되었음을 깨달았다. 조금은 슬픈 자기 인식을 바탕으로, 스프로켓은 자신이 실제로 거절할 엄두도 내지 못한다는 사실을 잘 알았다. 이제는 은화가 걸린 일이 되었다. 있지도 않은 은화이지만 자신의 배, 자신의 발명품, 뱃고동호가 경주에서 우승해 가즈로의 상금 중 10

퍼센트를 받지 않는 한 영원히 가질 수 없는 은화였다. 그 말은 스프로켓이 (1)이 소년을 우승자로 만들거나 (2)가즈로에게 이 소년은 싹수가 노랗다, 그러니 자기가 대신 배를 몰겠다고 설득해야 한다는 뜻이었다. 사촌 라즐에 관해서는 가즈로의 말이 옳았다. 스프로켓은 애초에 연락조차 하지 않았다. 당연히 스프로켓은 (2)안을 원했다. 하지만 조금은 비참한 또 다른 자기 인식을 바탕으로, 자신의 기계 강화복이 우승할 만한 기록을 내기엔 정말이지 지나치게 무겁다는 사실을 받아들여야만 했다.

스프로켓은 강화복을 자랑스러워했다. 오염된 노움 대부분은 비참하게 침이나 줄줄 흘리며 다니는 존재였다. 다른 이들과 소통할 수도 없고 무언가를 해낼 수도 없었다. 스프로켓이 스스로를 천재라 생각하는지는 모르지만, 어쨌든 이 천재적인 작품을 설계하고 만들어냈다. 사실, 일련의 아주 탁월한 장비들을 설계하고 개발한 다음 하나로 조합하여 복잡한 방제 강화복으로 만들어낸 덕분에 스프로켓은 동료들 사이를 안전하게 활보하면서 뛰어난 재능을 발휘할 수 있었다. 방제 강화복만 있으면 무엇이든 할 수 있었다. 그 안에 있으면 정말이지 무엇이든 할 수 있었다. 물론 그렇다고 해서 부끄럽고 저주스러운, 오염된 육신을 낫게 할 수는 없었다.

이토록 놀라운 강화복에도 결점은 있었다. 너무 무겁다는 점이었다. 그리고 닷새라는 시간은 그 문제를 해결하기엔 턱없이 부족했다. 그래서 (1)안으로 결정됐다. 그렇다고 이 아람이란 아이를 살살 다룰 생각은 없었다.

훈련은 다음 날 화창한 아침 일찍 시작되었다. 아람은 뱃고동호
에 곧바로 뛰어올라 한번 몰아보고 싶은 모양이었다. 하지만 스프
로켓은 자신이 해낸 일이 얼마나 굉장한지 이 꼬마가 감명을 받게,
혹은 기가 죽게 하고 싶었다. 그래서 배의 청사진을 꺼내 자신이 설
계한 걸작의 복잡한 세부 요소 하나하나를 전부 살펴봐야 한다고
주장했다. 놀랍게도 아람은 깊은 감명을 받았고 엄청난 집중력으
로 청사진을 살펴보며 제도공의 솜씨에 찬사를 보내고 적절한 질
문들을 수도 없이 해댔다. 스프로켓은 기쁘기보다 이상하게도 실
망스러웠다. 굳이 말하자면 짜증이 났다. 그리고 가즈로가 나타나
아람을 배에 태우라고 강요했을 때 더 짜증이 났다. 스프로켓은 아
람이 배에 오르자마자 뱃고동호가 자신이 탔을 때보다 훨씬 덜 가
라앉는 것을 알 수 있었다. 그 말인즉슨 아람이 강화복을 입은 스프
로켓보다 엄청나게 가볍다는 뜻이었고, 이론적으로는 아람이 스프
로켓보다 빠른 속도로 경주할 수 있다는 뜻이었다.

'이거 되겠는데.'

역시 짜증 나는 일이었다.

마카사는 아람이 오염된 노움 스프로켓과 작업하는 모습을 지켜
보았다. 강화복을 입었든 안 입었든 전염성 생물체와 남동생 아람
이 저렇게 가까이 있는 광경은 보고 싶지 않았다. 드렐라가 노움에

대해 불쾌감을 드러냈다는 사실도 도움이 되지는 않았다. 그 어린 드리아드는 스프로켓 근처에도 얼씬하지 않는 터라 마카사는 쓱싹과 머키더러 드렐라를 데리고 쾌속선 주위를 한 바퀴 돌고 오라고 했다.

얼마 후, 머키와 드렐라가 돌아왔다. 머키는 물을 뚝뚝 흘리면서 정신이 나간 모습이었고, 쓱싹은 보이지 않았다.

"무슨 일이야?"

마카사가 다급히 묻자, 머키가 대답했다.

"으르륵르르르! 드르르루그그 은 으르륵르르르!"

마카사는 그게 무슨 뜻인지 정확히 알아들었다.

스로그, 카르가, 구즈루크, 슬렙가르, 짧은수염과 긴수염 그림토템 배에 타고 사흘 보낸다. 배 미어터지고 편하지 않다. 슬렙가르 너무 크다. 슬렙가르 너무 많이 잔다. 스로그 얼굴에 여러 번 슬렙가르 큰 발 닿은 채로 한참 있어야 한다. 좋은 점 있다. 배가 좁아서 카르가 스로그에게 가까이 붙어 있다. 카르가 가까우면 스로그 좋다.

배 위 지루하다. 스로그에게 시간 생긴다. 스로그 생각할 시간. 스로그 생각하기 싫다. 스로그 생각하면 스로그 기억한다. 스로그 기억하기 싫다.

스로그 어리다. 스로그 강하다. 스로그 스로그의 부족과 호드 위

해 싸운다. 마흐룩 오우거 부족과 함께한다. 마흐룩 전사 얼라이언스 병사 많이 죽인다. 하지만 마흐룩 전사 속았다. 얼라이언스가 마흐룩 전사들 깊은 협곡으로 몰아넣는다. 많은 인간과 드워프들이다. 아주 많다. 마흐룩 전사들 얼라이언스 병사 많이 죽인다. 하지만 얼라이언스 병사 더 온다. 아주 많이 온다. 마흐룩 전사들 얼라이언스한테 죽는다. 스로그만 남았다. 스로그만 살아서 싸운다. 스로그 계속 싸운다. 스로그 화살 맞는다. 많이 맞는다. 하지만 스로그 손 두 개 있다. 화살 뽑아서 인간 찌른다. 철퇴로 드워프 박살 낸다. 하지만 얼라이언스 병사 너무 많다. 스로그는 스로그 죽을 거 안다. 나머지 마흐룩 전사들과 함께 죽는다. 스로그 이 죽음 좋은 죽음이라고 생각한다.

그때 오크 왔다. 오크들 얼라이언스 뒤쪽 협곡으로 들어온다. 오크들 얼라이언스 병사 뒤에서 싸운다. 오크 인간 죽인다. 드워프 죽인다. 얼라이언스 병사들 스로그에게서 돌아서서 오크와 싸운다. 이제 스로그 얼라이언스 병사들 뒤에서 죽인다. 얼라이언스 병사들 마흐룩 전사처럼 모두 죽었다. 오크와 스로그 가운데서 만난다. 얼라이언스와 마흐룩 시체 위에서 만난다. 스로그 오크 본다. 스로그 오크에게 손 하나만 있는 거 본다.

이 오크들 '으스러진 손'이다. 아제로스에 으스러진 손 많이 안 남았다. 으스러진 손 오크 많이 안 남았다. 마흐룩 오우거 안 남았다. 스로그 보기에 으스러진 손 오크들 훌륭한 전사다. 으스러진 손 오크 보기에 스로그 훌륭한 전사다.

으스러진 손 오크 테레모크 죽은 자들 둘러본다. 으스러진 손 테레모크 스로그에게 고개 끄덕인다. 테레모크 말한다.

"이 오우거는 전사다. 부족에서 제일 강한 자다."

마흐룩 전사 스로그 테레모크에게 고개 끄덕이고 말한다.

"스로그 제일 강하다."

테레모크 말한다.

"으스러진 손에서 스로그, 너 같은 오우거는 여러모로 쓸모가 있다. 우리와 함께하자. 소수인 우리와 함께하자. 우리는 형제로서 뭉쳤다. 으스러진 손이 되면 너도 우리 형제다."

스로그 스룰 내려다본다. 스룰은 스로그 형제다. 하지만 인간들 스룰 죽였다. 이제 스룰 죽었다. 이제 마흐룩 모두 죽었다. 스로그 남은 형제 없다. 스로그 말한다.

"스로그 형제 필요하다. 스로그 으스러진 손 함께한다."

테레모크 고개 끄덕인다. 테레모크 도끼로 스로그의 손 자른다. 좋은 손이다. 하지만 지금 없다. 이제 스로그 한 손만 있다. 이제 스로그 으스러진 손이다.

으스러진 손 대장장이 울모크 이제 스로그 손 없어진 자리에 쇠 밑동 단다. 스로그에게 여러 무기 담긴 주머니 준다. 스로그에게 쇠 밑동에 무기 돌려 끼우는 법 보여준다. 이제 스로그 항상 손 하나 무기 하나 있다. 다른 무기도 된다. 철퇴 지겨우면, 스로그 창 끼운다. 창 지겨우면, 스로그 도끼 끼운다. 스로그 옛날 손 많이 안 그립 다. 많이는 아니다.

스로그 으스러진 손 오크와 함께 얼라이언스와 싸운다. 스로그 으스러진 손과 함께 얼라이언스 병사 많이 죽인다. 얼라이언스 엘 프에게 울모크 죽었다. 울모크 으스러진 손에서 스로그 친구였다. 울모크 스로그 형제였다. 스로그 엘프 죽인다. 스로그 울모크 그 립다.

스로그 으스러진 손 오크와 함께 싸운다. 스로크 으스러진 손과 함께 얼라이언스 병사 많이 죽인다. 인간에게 테레모크 죽었다. 인 간 다섯 힘 합쳐 테레모크 죽였다. 테레모크 으스러진 손에서 스로 그 친구였다. 테레모크 스로그 형제였다. 스로그 인간 다섯 죽인 다. 스로그 테레모크 그립다.

이제 스로그 으스러진 손 돌아본다. 모두 오크다. 테레모크 죽었 다. 울모크 죽었다. 스로그 으스러진 손에서 친구 없다. 오크들 스 로그 안 좋아한다. 스로그 너무 강하다. 스로그 너무 좋은 전사다. 오크들 스로그 나쁘게 대한다. 하지만 스로그 테레모크와 으스러 진 손에 충성 맹세했다. 스로그 생각에 스로그 죽을 때까지 으스러 진 손이다. 하지만 으스러진 손 더는 스로그 형제 아니다.

으스러진 손 가려진 자들과 손잡고 바보 같은 나침반 찾는다. 가 려진 자들과 손잡고 그레이턴 쏜 찾는다. 스로그 말루스 만난다. 스 로그 말루스 본다. 스로그 말루스 강한 거 안다. 스로그 가려진 자들에게 좋은 전사인 거 말루스 안다. 말루스 스로그 본다. 말루스 스로그 강한 거 안다. 스로그 으스러진 손에 좋은 전사인 거 말루스 안다. 말루스 으스러진 손 오크가 스로그 형제처럼 대하지 않는 거 안다. 말루스 말한다.

"스로그, 난 내일 떠난다. 나와 같이 가자."

스로그 말한다.

"스로그 으스러진 손에 충성 맹세했다. 스로그 안 간다."

말루스 말한다.

"그 충성 맹세를 깰 수 있는 방법이 없나?"

스로그 말한다.

"없다."

말루스 말한다.

"절대로 없나?"

스로그 말한다.

"절대로 없다."

말루스 스로그에게 고개 끄떡한다. 말루스 스로그에게 다른 말 하지 않는다. 하지만 말루스 가라모크에게 말한다. 가라모크 스로그만큼 세지 않다. 가라모크 스로그 형제 아니다. 말루스 묻는다.

"가라모크는 으스러진 손 오크 사이에 오우거 하나가 있으면 좋은가?"

가라모크 말한다.

"아니. 오우거는 진짜 으스러진 손이 될 수 없어."

가라모크 말하는 거 들을 때 스로그 속에서 불난다.

말루스 말한다.

"스로그를 충성 맹세에서 자유롭게 놓아줘. 내가 데리고 갈 테니."

가라모크 어깨 으쓱한다. 가라모크 말한다.

"안 돼, 인간. 스로그는 등에 보급품을 지고 나르기 좋거든."

말루스 말한다.

"놔주면 은화 스무 닢을 주지."

가라모크 어깨 으쓱한다. 가라모크 말한다.

"안 돼, 인간."

말루스 말한다.

"서른 닢."

가라모크 어깨 으쓱한다. 가라모크 말한다.

"그래, 좋아."

가라모크 은화 서른 닢 받고 스로그 충성 맹세에서 놓아준다.

말루스 말한다.

"스로그, 이제 나와 함께하겠나? 가려진 자들에 합류하겠어?"

스로그 아무 말도 하지 않는다.

말루스 말한다.

"가려진 자들에게 충성 맹세를 하겠나? 모든 가려진 자들을 형제
자매로 받아들이겠나?"

스로그 아무 말 안 한다. 스로그 생각한다. 스로그 기억한다. 스룰 죽었다. 울모크 죽었다. 테레모크 죽었다. 스로그 형제 없다. 오우거 형제 없다. 오크 형제 없다. 스로그 말한다.

"스로그 가려진 자들에 충성 맹세한다. 스로그 말루스 형제다."

말루스 여전히 스로그 형제다. 하지만 스로그 말루스가 골두니 오우거에게 한 짓 안 좋아한다. 카르가도 안 좋아하는 것 안다. 말루스가 모든 오우거 혈투의 전장에서 나가게 한다. 그래서 카르가 안 좋아한다. 카르가 인간이 새 고르독이라 안 좋아한다.

카르가가 스로그 좋아한다고 생각한다. 스로그 카르가 행복하게 해주고 싶다. 스로그 카르가 편에서 싸우고 싶다. 스로그 카르가 위해 싸우고 싶다. 스로그 카르가 좋아하지만, 카르가 형제 되고 싶지 않다. 스로그는 형제 말고 다른 거…… 원한다.

하지만 말루스 여전히 스로그 형제다. 그리고 스로그 말루스와 가려진 자들에게 충성 맹세했다. 그래서 스로그 말루스 명령 따른다.

마카사가 힐끗 보니 아람은 쾌속정의 덮개 아래 밀폐된 공간에 자리를 잡고서는 가뿐하게 시야에서 벗어났다. 가즈로와 스프로켓이 보는 가운데 쾌속선 주위를 달려본 첫 번째 시험 운전이었다.

그래서 마카사는 다시 눈앞에 닥친 문제로 돌아왔다. 드렐라의 도움으로 머키에게서 자세한 얘기를 들을 수 있었다. 머키, 쓱싹,

드렐라는 이리저리 거닐다 쓱싹이 그림토템 배를 대는 오우거 하나를 보았다.

드렐라가 말했다.

"오우거를 직접 보다니 믿기지 않아요. 우리 가서 인사해요."

하지만 쓱싹은 머키를 붙잡고 물로 뛰어들었고 덕분에 둘은 들키지 않을 수 있었다.

스로그, 머키 표현에 따르면 드르르루그그를 포함한 오우거 다섯이 드렐라 바로 앞을 지나갔다. 드렐라는 심지어 자기소개까지 했다. 드렐라 말로는 오우거 다섯은 유쾌한 눈빛으로 자신을 쳐다보긴 했지만 아무 말도 없이 가버렸다고 했다.

쓱싹과 머키가 다시 물 위로 올라왔다. 쓱싹은 드렐라와 머키더러 마카사에게 돌아가라고 일렀다. 그런 다음 쓱싹은 거리를 유지하며 들키지 않게 오우거들을 따라갔다.

스프로켓이 손을 한 번 흔들자, 아람은 다시 한 바퀴를 돌았다. 또 한 번 돌기 전에 쓱싹이 데이지와 핫픽스를 데리고 돌아왔다.

오우거는 술집에서 모두에게 칼을 겨누고는 아람과 그 일행들이 어디 있냐고 물었다. 지금까지는 아무도 말을 흘리지 않았다. 노움과 인간은 오우거에게 협조할 것 같지 않았고 고블린은 협박보다는 돈을 주는 편이 더 잘 먹혔다.

"하지만 시간문제일 것 같네요."

데이지가 체념한 듯한 미소를 띠고 말했다.

바로 그때, 아람이 쾌속정을 타고 다시 지나갔다. 가즈로는 회중시계를 치켜들고서 흥분한 채로 고래고래 소리를 질렀다.

"여덟 바퀴에 14분이야! 그런데 저 녀석은 자기가 뭘 하는지도 몰라!"

마카사와 데이지가 가즈로와 상의했고, 데이지가 이야기를 마치며 덧붙였다.

"새로운 숙소를 찾아야 해요."

"우리는 이 쾌속선을 떠나야 해."

마카사의 말을 잠자코 듣고 있던 가즈로가 마카사를 빤히 보며 물었다.

"왜 오우거가 너희를 쫓는 거지?"

"그게 중요해? 놈들은 오우거야. 우리를 잡으면, 우리를 죽일 거라고."

"그렇겠지? 좋아, 알았어. 하지만 너무 멀리 갈 필요는 없어. 너희를 내 요트에 태워줄 테니. 물론, 우리만 아는 비밀로 해주지."

"잠깐만."

마카사가 어처구니가 없다는 듯 물었다.

"우리가 이곳에 계속 머무를 거라고 생각하는 거야?"

"머물러야 해. 저 꼬마와 난 계약을 했으니까."

"저 꼬마의 이름은 아람이야. 그리고 계약은 취소야."

"그래? 지금?"

"그래, 지금."

"난 그렇게 생각 안 하는데. 경주가 시작되기 전에 떠나면 너희 아버지의 그 뭔지 모를 물건을 건져내는 건 물 건너가는 거야. 그래도 넌 괜찮을지 모르겠지만, 저 애가 괜찮을지는 의심스러워."

마카사는 가즈로를 노려봤지만, 아무 말도 하지 않았다.

가즈로가 한 손을 마카사의 어깨 위에 올렸다.

"걱정하지 마. 난 꼬마가 마음에 드니까. 조심할게. 약속해."

진지한 목소리였지만, 가즈로가 아람을 마음에 들어 하는 이유는 고작 경주에서 얻게 될 이익 때문이라는 걸 마카사는 알고 있었다. 가즈로가 아람을 마음에 들어 하는 게 거짓은 아닐지 몰라도, 자신의 금전적 이익보다 아람의 목숨을 더 소중히 여길 리는 없었다. 게다가 가즈로는 아직도 아람의 이름조차 기억하지 못했다.

여덟 바퀴를 더 돌고, 아람이 다시 돌아왔다. 가즈로는 두 인간 여자와 이야기를 하느라 시간을 잴 틈이 없었고, 그래서 어쩔 수 없이 스프로켓이 시간을 쟀다. 13분 34초.

'이거 되겠는데.'

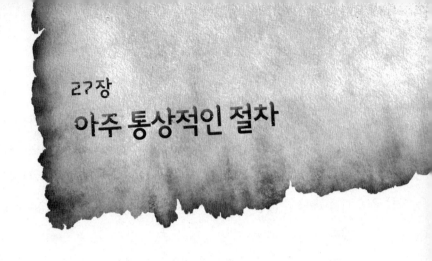

27장
아주 통상적인 절차

그렇게 새로운 일상이 시작되었다.

일행은 데이지의 여관으로 돌아가지 않았는데, 알고 보니 아주 잘한 일이었다. 데이지와 핫픽스가 렌도우의 배를 타고 와 소식을 전해주기를, 고블린 하나가 술에 잔뜩 취해서는 오우거의 설명과 딱 맞아떨어지는 인간 둘, 놀 하나, 멀록 하나가 전날 밤 술집에 있었다고 생각 없이 지껄여댔다고 알려줬다. 곤드레만드레 취한 그 고블린은 도망자 넷이 드리아드와 함께 있다는 얘기까지 하는 바람에 쾌속선에서는 드렐라도 더는 안전하지 않았다.

오우거들은 여관으로 몰려와 아람의 방이 어디인지 다그쳤다. 데이지는 순순히 방으로 안내해준 후 아람과 친구들이 그저 하룻밤 묵었을 뿐이며 다음 날 아침 배를 타고 신 탈라나르로 떠났다는 말을 믿게 하려고 애썼다. 데이지는 그렇게 하면 오우거들이 쾌속선에서 떠나는 동시에 잘못된 방향으로 가게 할 수 있으리라 생각했다. 하지만 너무 앞서 나갔다는 생각이 들었다. 오우거들이 쾌속선을 떠나지 않는 걸 보면, 데이지의 말을 전혀 믿지 않는 게 분명했다.

"가젯잔이라고 말했으면 믿었을 거예요. 놈들은 당신이 그쪽으로 가는 걸 아는 모양이더군요."

다섯 여행자는 가즈로의 요트에 짐을 풀었다. 배는 쾌속선에서 100여 미터 떨어진 곳에 정박한 상태였다. 일행은 커다란 선실 하나를 같이 쓰면서 되도록 갑판으로 나가지 않았던 터라 쾌속선에서 이쪽을 봐도 들킬 염려가 없었다. 이런 상황 때문에 모두, 그중에서도 특히 마카사가 미치기 직전이었지만 달리 뾰족한 해결책은 없었다.

스프로켓도 요트에 타고 있었는데 매일 날이 밝기 직전 아람을 뱃고동호에 태우고 방제 강화복에 달린 망원경으로 아람이 시합 경로를 달리는 모습을 지켜보았다. 계속, 계속, 계속.

쾌속정에 탄 아람은 좌석에 몸을 딱 붙이려 했다. 그러면 몸이 반쯤 수면 아래로 내려가는 셈이었다. 좌석에 있는 이중 벨트를 가슴에서 서로 교차되도록 맸다. 마카사가 사슬을 두른 모습이 생각났다. 그러자 어쩐지 전사가 된 기분이 들었다. 스프로켓이 준 헬멧을 썼을 때도 그랬다.

"이걸 왜 써야 하죠?"

"배가 박살 날 수도 있으니까."

"저는 물 위에 있잖아요. 박살 나면 물에 빠지겠죠. 물에 빠져 죽을지도 모르는데 헬멧이 무슨 도움이 되죠?"

스프로켓이 아람을 빤히 쳐다보며 말했다.

"쏜, 너 정말 단순하구나. 헬멧이나 써."

"저기, 아람이라고 부르셔도 돼요."

"그건 두 글자잖아. 쏜은 한 글자고. 훨씬 경제적이지."

"그럼 아라마르라고 불리는 일은 아예 없겠네요?"

스프로켓은 못 들은 척 그냥 넘겨버렸다.

아람은 자리를 잡고 앉으며 엔진에 시동이 걸리고 돌아갈 때까지 레버를 당겼다. 어느 정도 엔진이 달구어졌을 때, 아람이 다른 레버를 당기자 위쪽 덮개가 내려와 머리 위로 덮었다. 덮개가 완전히 닫히려 할 때쯤 아람이 손잡이를 힘차게 아래로 내리자 덮개가 제자리에 딸칵하고 고정되면서 조종석은 완전히 밀폐되었다.

덮개 안쪽에는 길고 좁은 구멍이 있어 아람이 밖을 내다볼 수 있었지만, 넓지 않아서 배 밖에서는 아무리 가까운 거리라도 안에 있는 아람을 들여다볼 수 없었다. 그래서 아람은 스로그나 다른 덩치 큰 친구들에게 들킬 걱정 없이 쾌속선에서 몇 미터 떨어지지 않은 시합 경로를 마음 놓고 달렸다.

다음으로 아람은 스프로켓이 조절판이라고 부르는 다른 손잡이를 밀어 올렸다. 이름에 걸맞게, 뱃고동호는 뱃고동을 울리며 속도를 내기 시작했다. 조종할 수 있는 키는 작지만 파도타기호에서 키잡이 톰 프레이크스가 잡는 법을 가르쳐주었던 키와 별반 다르지 않았다. 하지만 뱃고동호가 더 작고 날렵했기에 훨씬 더 민감하게 키를 움직여야 했다. 키를 과도하게 돌리지 않아야 한다는 점은 아람이 처음 배워야 했던 내용 중 하나였다.

아람은 '피즐과 포직의 쾌속선' 주위를 도는 시합 경로로 들어섰다. 북쪽과 남쪽에 하나씩 직선 구간이 있고 동쪽과 서쪽의 철탑 사이에 장애물 구간이 하나씩 있었다. 스프로켓이 왜 그렇게 간절히 배 조종을 직접 하고 싶어 했는지 이해가 가기 시작했다.

'이거 엄청나게 재미있잖아!'

배는 물수제비뜬 돌처럼 통통 튕기며 나는 듯이 물살을 갈랐다. 그 속도감이 짜릿했다. 철탑 사이를 앞뒤로 가르는 순간도 짜릿했다. 아람은 이 일이 아주 마음에 들었다.

매일 밤 아람, 마카사, 쓱싹, 머키, 드렐라, 가즈로, 스프로켓까지 모두 함께 모여 식사를 했다. 데이지와 핫픽스는 거리를 유지하며 지냈다. 데이지의 말을 의심하던 오우거들이 뒤를 밟기 시작했기 때문이었다. 다행히도 미행이라는 교묘한 작업을 수행하기에는 오우거들의 덩치가 너무 컸던 터라 쉽게 꼬리가 밟혔다.

가즈로는 '잘 먹자'는 주의라서 자신의 손님들도 잘 먹었다. 요트에서 먹는 음식은 잔치 수준이었다. 칠면조 구이와 돼지고기 구이가 차려졌다. 머키가 먹을 날생선도 있고 드렐라를 위한 과일과 채소도 듬뿍 있었다. 음식을 받은 드렐라는 접시를 들고 오염된 노움 스프로켓에게서 가능한 한 멀리 떨어진 곳으로 갔다. 그러나 식사를 하는 도중에는 조금씩 스프로켓 쪽으로 슬금슬금 다가가다가 갑자기 겁을 먹고 다시 뒷걸음질 치곤 했다.

가즈로는 단 것을 좋아하기도 해서 후식으로 먹을 갖가지 빵, 쿠키, 파이, 케이크가 넘쳐났다.

세 번째 밤에 가즈로는 달라란 초코빵 하나를 다 먹고 나서 아람에게 훈련은 잘되고 있는지 물었다.

아람은 막 선홍딸기 삼각파이 하나를 통째로 입에 넣던 참이라 그대로 꿀꺽 삼키고 대답했다.

"아주 좋아요! 이제 뱃고동호에 완전히 적응한 기분이에요!"

가즈로가 힐끗 쳐다보니 스프로켓은 마지못해 고개를 끄덕이며 아람의 말이 사실임을 확인해주고는 기계 팔로 강화복의 가슴 부분을 열었다. 그러고는 자두 케이크를 안에 넣고 덮개를 닫았다. 강화복의 유리 헬멧으로 스프로켓이 케이크를 자신의 손으로 집어먹는 모습이 보였다.

가즈로가 다시 아람을 돌아보며 물었다.

"시합 경로도 익히는 중이고?"

"한 번 돌 때마다 더 좋은 기록이 나오죠."

첫째 날이 저물었을 때, 아람은 자신의 기록을 13분 3초로 줄였다. 둘째 날이 저물었을 땐 경주 구간을 무려 백 바퀴쯤 돌고 나서 12분으로 줄였다. 셋째 날이 저물었을 때는 11분 32초였다. 우승할 수 있는 기록이었다.

"시합 날까지 11분 이하로 줄일 수 있을 거예요."

"환상적이야. 그럼, 내일은…… 속도를 좀 줄였으면 해."

"속도를 줄이라고요? 왜요?"

"네가 연습하는 걸 보는 눈이 많거든."

"알아요. 하지만 오우거는 쾌속정 안에 있는 저를 못 보는데요."

"오우거는 신경 안 써."

마카사가 화난 눈빛으로 힐끗 쏘아보았지만, 가즈로는 개의치 않는 듯 말을 이었다.

"그러니까, 지금은 오우거가 중요한 게 아니라고. 경쟁자들과 도박사들이 문제지. 배 조종과 시합 경로 연습은 계속해. 하지만 네가 얼마나 잘할 수 있는지를 미리 보여주지는 말자고. 지금은 비밀로 하자는 얘기야. 아주 약간만. 중요한 순간이 왔을 때 빵 터뜨리자는 말이지."

아람이 고개를 끄덕였지만 그렇게까지 절제력을 발휘할 수 있을지는 자신이 없었다. 기록을 단축하는 게 무척이나 재미있었으니까.

아람은 스케치북을 꺼내 기억에 의지하여 배를 배경에 놓고 가즈로와 스프로켓이 누가 뱃고동호를 몰지 논쟁하던 광경을 마저

Gazlowe, Sprocket, Daisy, and Hotfix

가즈로, 스프로켓,
데이지, 그리고
핫픽스

그렸다. 아람은 데이지가 후원자 가즈로와 공학자 스프로켓 사이에 끼어들던 순간을 그렸는데 왜냐하면…… 음, 왜냐하면, 그냥 데이지를 그리는 게 좋아서였다. 그리고 약간 떨어진 곳에 핫픽스도 그렸다. 딱히 별 이유 없이, 핫픽스가 바이올린을 켜고 있는 모습을 그렸는데, 사실 당시에는 이 황록색 고블린 꼬마에게 바이올린은 없었다. 하지만 아람은 그림을 좀 더 자유롭게 구사하며 상상력을 발휘하는 게 좋았다.

기억으로만 그리는 그림도 좀 더 쉬워졌다. 정말 그랬다. 아람은 스프로켓과 가즈로를 힐끗 보면서 이미 완성한 데이지와 핫픽스의 스케치도 다시금 살펴보았다. 참고할 대상이 있고 그림의 소재가 되어준 두 명이 눈앞에 있는 터라 여러모로 도움이 되었다. 하지만 아람은 대부분 그저 기억하는 대로, 느끼는 대로 그렸다.

"한 가지 더 있어. 내일 밤……."

가즈로는 말하다 말고 주저하며 마카사를 슬그머니 쳐다봤다.

"뭔데?"

마카사가 험악하게 물었다.

"내일 밤엔 우리 선수가 쾌속선으로 가서 정식으로 경주에 참가 신청을 해야 해."

"당신이 해. 아람은 쾌속선 근처에 갈 일 없으니까. 그리고 나한텐 오우거가 가장 큰 문제야."

"스프로켓과 내가 갈게. 하지만 저 녀석도 함께 가야 해. 안 그러면 실격이야. 통상적인 절차에 불과하니까 너무 걱정하지 마. 그리고 내게 묘안이 있어. 두건 달린 망토인데, 내가 그러니까…… 진짜 SI:7 요원에게서 뺏은 거거든. 진짜 첩보용 망토라고. 이 일엔 안성맞춤이지."

마카사가 반대하기도 전에 가즈로가 덧붙였다.

"갔다가 바로 나올 거야."

"그러면 나도 가겠어."

"망토는 하나밖에 없어. 그리고 장담하는데, 네가 갔다가는 곧바로 들킬 거야. 사실, 넌 어딜 가든 상당히 눈에 띄는 인물이야. 그러니까 그냥 빠져 있어. 안 그러면 너 때문에 저 녀석이 더 큰 위험에 빠질걸."

"저 녀석 이름은 아라마르 쏜, 아람이야."

"맞아, 맞아. 알아, 안다고."

"이름을 말해봐."

"뭐라고? 아니 왜?"

"그래야 당신이 내 남동생을 길가의 돌멩이가 아니라 사람으로 취급한다는 걸 확인할 수 있으니까. 최소한 그 빌어먹을 이름 정도는 알고 있다는 걸 확인해야 아람에게 조금이나마 신경 쓰고 있구나, 싶을 테니까."

가즈로는 몸을 곧게 쭉 펴고 똑바로 섰다. 그런 다음 탁자 위에 몸을 굽히고 마카사의 눈을 똑바로 바라보며 말했다.

"내 선수는 아라마르 쏜이야. 사실 난 저 녀석, 아니 아람이 마음에 들어. 쾌속선에서 아람에게 아무 일도 일어나지 않도록 할게. 맹세해."

마카사는 가즈로의 말에 진심이 담겼는지 곰곰이 생각해보았다. 잠시 후 마카사는 고개를 끄덕이며 안심했다. 가즈로가 아람에게 아무 일도 일어나지 않게 해준다는 말에 안심했다. 적어도 시합 전에는 아무 일도 없을 듯싶었다.

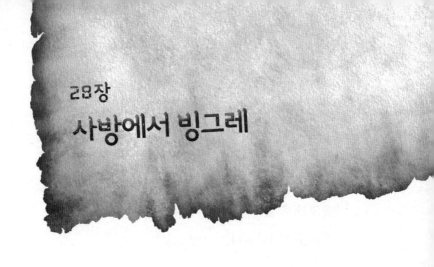

28장
사방에서 빙그레

가즈로와 스프로켓은 뱃고동호를 뒤로 끌며 아람을 거룻배에 태워 쾌속선으로 데리고 갔다.

배를 대며 아람은 똑바로 서려고 했지만 입고 있는 두건 망토를 밟는 바람에 하마터면 계선주에 머리를 부딪힐 뻔했다. 아람보다 훨씬 더 키가 큰 사람이 입도록 만들어진 망토였고 게다가 발드레드의 망토가 생각나서 더 마음에 안 들었다. 기분 탓인지 천에서 발드레드의 말리꽃 향수 냄새가 나는 것만 같았다.

가즈로와 스프로켓 사이를 걸으며 아람은 발을 헛디디지 않으려고 애쓰면서, 노움인 피즐과 고블린인 포직에게 참가 신청을 하고자 대기자 줄에 섰다. 쾌속선의 공동 창립자인 피즐과 포직이 긴 나무 탁자 뒤에서 커다란 명부에 이름을 적고 있었고, 앞에는 고블린

한 명이 참가 신청을 하고 있었다.

"배는?"

피즐이 물었다.

"술고래호야."

고블린이 대답했다.

"후원자는?"

포직이 물었다.

"래저릭이야."

대답하는 고블린의 목소리에 약간의 짜증이 섞이기 시작했다.

"기술자는?"

피즐이 물었다.

"래저릭이야."

고블린이 불만 가득한 목소리로 다시 대답했다.

"선수는?"

포직이 물었다.

"래저릭이야!"

고블린이 폭발했다.

"빌어먹을, 내가 누군지 다 알잖아! 너희 둘 다!"

"가봐."

피즐이 귀찮다는 듯 손사래를 치며 말했다.

아람은 래저릭이라는 이름의 고블린이 투덜거리며 초록색과 빨간색이 섞인 쾌속정 앞으로 가는 모습을 지켜보았다. 그때 나이가 지긋해 보이고 준수한 외모의 고블린 하나가 래저릭 앞에 자리를 잡더니 래저릭과 배의 모습을 스케치하기 시작했다! 이 고블린 화가는 손이 아주 빨랐다. 스케치를 당장 끝낼 생각은 없어 보였는데, 대신 나중에 마무리할 때 충분한 정보가 되도록 페이지에 선을 넉넉히 긋고 있었다.

"배는?"

피즐이 물었다.

"파멸자호야."

이번엔 코걸이를 한 다른 고블린이 대답했다.

"후원자는?"

포직이 물었다.

"그리즈낙이야."

코걸이 고블린이 대답했다.

"기술자는?"

피즐이 물었다.

"마제르 스트립스크류."

이번엔 옆에 있던 노움이 대답했다.

"선수는?"

포직이 물었다.

"리즐 브라스볼츠."

다른 노움이 대답했다. 괴이한 생김새가 마치…….

"가봐."

피즐이 귀찮다는 듯이 손사래를 치며 말했다.

그리즈낙, 스트립스크류, 리즐은 노란색과 검은색이 섞인 쾌속정 앞에 섰다. 그러자 조금 전의 그 잘생긴 고블린이 다가와 세 명을 스케치했다. 아람은 다시 고블린 화가의 속도와 능력에 경탄했다.

"배는?"

피즐이 물었다.

"해적단의 불꽃호다."

대답하는 남자 트롤의 머리에는 흰색의 해골과 교차하는 뼈다귀 모양이 그려진 검은색 2각모가 놓여 있었다.

"후원자는?"

포직이 물었다.

"쌍엄니 토니 제독."

트롤 해적이 대답했다.

"기술자는?"

피즐이 물었다.

"징키 트위즐픽싯."

자그마한 여자 노움이 대답했다.

"선수는?"

포직이 물었다.

"러그피즐."

상투 모양의 머리를 하고 잘 차려입은 고블린이 대답했다.

"가봐."

피즐이 대답했다.

지금까지 본 중에 가장 이상한 팀이었다. 뱃고동호의 팀만큼이나 이상한 조합이었다. 트롤, 노움, 고블린이 해골과 교차하는 뼈가 그려진 검은색과 흰색의 쾌속정 앞으로 갔고, 역시나 준수한 외모의 나이 지긋한 그 고블린이 다가와 그림을 그렸다. 아람은 화가를 만나서 얘기를 나누고 싶었다. 당장이라도 스케치북을 꺼내 그림을 그리고 싶었고, 스케치북의 그림들을 저 고블린 화가에게 보여주고 싶은 마음이 굴뚝같았다. 하지만 한편으로는 자신의 그림을 보여주는 게 겁나기도 했다.

'그랬다가 괜히 조롱이나 당하면 어쩌지?'

가즈로가 앞으로 가라고 아람의 옆구리를 찌르는 바람에 초조한 생각을 멈췄다.

"배는?"

피즐이 물었다.

"뱃고동호."

가즈로와 스프로켓이 동시에 대답했다. 둘은 짧게 서로를 쳐다봤다.

"후원자는?"

포직이 물었다.

"가즈로야."

가즈로가 대답했다.

"기술자는?"

피즐이 물었다.

"김블 스프리스프로켓이에요."

스프로켓이 말했다.

"선수는?"

포직이 물었다.

"잠깐만."

피즐이 명부에서 눈을 떼고는 오염된 노움을 올려다봤다.

"이 경주의 기술자로 참가하려면 제대로 된 아공조 조합원이어야 해."

"제대로 된 아공조 조합원 맞아요."

스프로켓이 성질을 내며 말했다.

"예전엔 그랬겠지. 하지만 오염된 노움이 제정신을 유지할 수 있을지 모르겠는데. 그것도 충분히 오랫동안……."

말을 채 끝내기도 전에 스프로켓의 기계 팔 하나가 나무 탁자 위에 아공조 회원증을 거칠게 올려놨다. 피즐이 회원증을 집어 들고는 자세히 살폈다. 그러고는 다시 스프로켓을 쳐다봤다.

"전부 날짜에 맞춰 갱신되어 있군."

피즐이 바로 알아보고는 회원증을 다시 내밀자 기계 팔이 낚아채
듯 가져갔다. 피즐이 명부에 김블 스프리스프로켓이라고 적었다.

"선수는?"

다시 포직이 물었다.

"아라마르 쏜이요."

아람이 기어들어 가는 목소리로 말했다.

"뭐라고? 크게 말해."

"아라마르 쏜이요."

아람이 최대한 크게 말했다.

"가봐."

피즐이 귀찮다는 듯이 손사래를 치며 말했다.

아람은 서둘러 걸음을 옮겼지만, 고블린 화가에게 가는 것은 아
니었다. 그때 뒤에 서 있던 머키가 외쳤다.

"우룸! 으르륵르르르스! 플룰루르록!"

놀란 아람이 고개를 돌리는 순간, 혈투의 전장 투기장에서 본 배
불뚝이 오우거에게 시선이 멈췄다. 퉁퉁한 오우거가 입술에 양뿔
뿔피리를 대고 터질 듯 뺨을 부풀렸다가 세차게 불었다. 그야말로
사방에서 오우거들이 아람, 머키, 스프로켓, 가즈로에게 달려들었
다. 그래서 작은 머키는 유일하게 자신이 할 수 있는 일을 했다. 아
람을 붙잡고 옆으로 잡아당겼다.

아람은 물속으로 빠졌고 긴 두건 망토를 입은 채 헤엄을 치려고 안

간힘을 썼다. 가까스로 숨을 크게 들이쉬자마자 머키가 물 아래로 깊이 아람을 잡아당겼다. 머키는 가즈로의 소중한 첩보 망토를 아람에게서 벗겨내고 함께 수면 밑으로 헤엄쳐 요트 아래까지 갔다.

숨이 모자라 더는 못 견딜 정도가 되었을 때, 머키가 마침내 아람을 물 위로 이끌었다. 어지러워진 아람은 수면 위로 나오자마자 숨을 헐떡였다.

'왜 난 항상 물에 빠져 숨넘어가기 직전의 상황에 놓이는 걸까?'

둘은 요트 반대편으로 헤엄쳤다. 이제 쾌속선에서는 둘의 모습이 보이지 않을 터였다.

"우룸 음음음음?"

"괜찮아."

아람이 숨을 몰아쉬며 말했다.

"고마워…… 내 칭구."

머키가 씩 웃었다.

*   *   *

"그 애를 안전하게 지키겠다고 맹세했잖아."

마카사는 속삭임에 가까울 정도로 작게 말했지만, 사실 속삭일 때가 소리칠 때보다 훨씬 무섭다는 건 마카사를 아는 사람이라면 다 아는 사실이었다.

가즈로는 마카사를 잘 알지 못했지만 반사적으로 한 발 뒤로 물러났다.

"아무 일도 일어나지 않게 하겠다고 맹세했지. 봐, 아무 일도 안 일어났잖아."

"아무 일도 안 일어났다고?"

마카사는 당장이라도 폭발할 것 같았다.

사실 가즈로가 미덥지 않았던 마카사는 머키더러 참가 신청을 하는 동안 쾌속선으로 헤엄쳐 가서 물속에 있다가 문제가 없는지 잘 지켜보라고 일렀었다.

만약 그렇게 하지 않았더라면…….

"알았어. 꼬마가 좀 젖긴 했지. 거참, 큰일이군. 첩보 망토를 잃은 건 바로 나인데."

마카사가 검을 뽑으려는 찰나 아람이 얼른 붙잡았다. 그러고는 가즈로를 돌아보며 말했다.

"우리한테 보상을 해주셔야겠어요."

가즈로는 고개를 옆으로 기울이며 아주 흥미로운 듯이 물었다.

"난 쩨쩨한 고블린이 아니지. 바라는 게 있어?"

"인양이요. 오늘 밤에."

"꼬마야, 그건 우리가 합의한 내용이 아니지."

"얘 이름은 꼬마가 아니라 아람이라고."

마카사가 딱딱거렸다.

"좋아. 아람, 그건 우리가 합의한 내용이 아니야. 너희 아버지의 그 정체 모를 물건은 시합이 끝난 후에 건져줄게."

"먼저 인양 작업이 끝난 후에 뱃고동호를 몰겠다고 약속할게요. 나도 경주에 참가하고 싶어요. 하지만 오우거들이 저렇게 있으니 경주가 끝난 다음에 이곳에 계속 머물러 있는 건 어려울 거예요. 오늘 밤 수정을 건져야 해요."

"수정이라고?"

"그…… 그건 중요한 게 아니잖아요."

아람이 말실수를 한 자신을 속으로 탓하며 말을 돌렸다.

"아직도 쩨쩨하지 않은 고블린 맞죠?"

아람의 말에 가즈로가 빙그레 웃었다.

스로그 행복하지 않다. 스로그 말한다.

"소년 사라졌다. 나침반 사라졌다."

카르가 말한다.

"소년 안 사라졌다. 소년 경주에 나온다. 소년 파란 배 타고 경주한다. 파란 배에 빨간 줄 있다. 소년 경주하러 오면 스로그 소년 잡는다."

스로그 기분 좋아서 빙그레 웃는다.

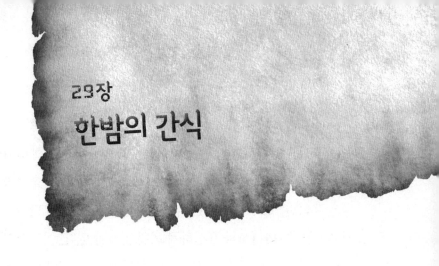

29장
한밤의 간식

머키가 다시 물로 들어갔다. 이번에는 아람의 나침반을 들고 서 닻을 올린 요트를 수정 조각이 묻혀 있는 곳으로 안내했다. 그 자리에 도착해 머키가 신호를 보내자, 가즈로는 마카사와 아람이 입을 잠수복을 꺼내주었다. 스프로켓의 방제 강화복과 비슷하게 생겼지만, 기계 부속이 붙어 있지 않았고 더 크고 우람했다. 아람과 마카사는 동시에 불안한 눈빛을 주고받았다.

가즈로가 눈치를 채고는 말했다.

"완벽하게 안전해."

마카사는 가즈로의 말을 믿을 수 없어 눈살만 찌푸렸다. 그러면서도 아람과 마카사는 가즈로와 정비반 고블린 두 명이 자신들에게 잠수복을 입히도록 허락할 수밖에 없었다.

시간이 꽤 걸리는 일이었다. 아람과 마카사는 스프로켓처럼 잠수복의 가슴 부분에 앉지는 못했다. 팔을 넣는 소매와 쇠 장갑이 달려 있었고, 다리와 발을 넣는 장화도 달려 있었다. 가슴판과 헬멧 앞은 유리판으로 막혀 있었다. 그리고 물이 새지 않게 단단히 밀폐될 수 있도록 하나하나 세심하게 끼워 맞춰야 했다. 아람과 마카사가 잠수복을 입는 동안 스프로켓도 합류했다. 자신의 방제 강화복을 적당히 조절하면서 물에 뛰어들 준비를 했다.

마지막 절차는 긴 공기 호스를 세 명에게 하나씩 다는 일이었다. 호스는 요트 위에 있는 증기 펌프에 단단히 고정되었는데, 그 펌프를 통해 물속에 들어간 후부터 3인조에게 신선한 공기가 계속 공급될 예정이었다.

밀폐 작업이 끝나자, 아람은 꼼짝도 못할 것만 같았다. 뒤뚱뒤뚱 다섯 걸음을 걸어 왼쪽 난간까지 겨우 갔다. 잠수복은 아주 무거웠기 때문에 그걸 입고 움직이려니 몹시 불편하기 짝이 없었다. 이런 걸 입고 저 아래에 내려가서 뭘 제대로 할 수나 있을까 싶은 생각이 들었다. 말도 해보았지만 두터운 헬멧과 유리판에 막힌 터라, 누구도 무슨 말인지 정확히 알아듣지 못했다. 의사소통은 엄지손가락을 치켜들거나 내리는 것으로 해결해야 했다.

아람이 옆을 보니 머키가 바로 아래에 있었다. 위를 올려다보니 가즈로가 머키에게 비키라고 손짓을 하고 있었다. 고개를 돌려 반대편을 보니 쓱싹과 드렐라가 지켜보고 있었다. 드렐라는 여전히 그 불편한 눈빛으로 스프로켓을 빤히 쳐다보고 있었다. 쓱싹은 고개를 절레절레 저었다. 아람은 자기 숨소리 외에 다른 소리는 제대로 들을 수 없었지만, 쓱싹이 낮게 으르렁거리는 소리가 귀에 들리는 듯했다.

스프로켓은 모두에게 설명했던 사항들을 직접 시범으로 보이면서 먼저 뛰어들었다. 가장 좋은 방법은 물을 등지고 천천히 뒤로 넘어가는 것이라고 했다. 수면 아래로 스프로켓의 모습이 사라지자 마카사가 곧장 그 뒤를 따랐다.

지난 며칠간 쾌속정을 그렇게나 많이 몰았지만, 아람은 여전히 물에 빠지는 것이 죽을 만큼 두려웠다. 하지만 침을 꿀꺽 삼키고는 무게중심을 뒤로 보냈다. 그러자 잠수복의 무게 때문에 몸이 곧장 뒤로 쏠리더니, 그대로 넘어갔다. 아람은 순간 공포에 휩싸였다! 하지만 재빨리 마음을 굳게 먹었다. 물속에 들어가 보니 물의 부력이 움직이는 데 도움이 되는 듯했다. 기를 쓰지 않아도 기본적인 움직임은 가능했다. 힐끗 돌아보니 마카사와 스프로켓이 보였다. 잠수복의 무게 때문에 셋 모두 빠른 속도로 가라앉고 있었다. 물속으로 하강하는 세 명의 주위를 빠르게 돌며 헤엄치는 머키의 머리에는 나침반 사슬 목걸이가 칭칭 감겨 있었고, 나침반은 이마 위에서 제3의 눈처럼 빛나고 있었다. 나침반을 생전 처음 보는 스프로켓이 강화복 안에서 물끄러미 보다가 기계 팔을 뻗어 만져보려고 했다. 그러자 머키가 물갈퀴 발로 금속 손을 찰싹 쳐냈다.

아람의 불안도 한껏 고조되었다. 오우거나 해골들이 난폭하게 덤벼들 때처럼 목숨이 위태로운 상황은 아니었지만, 잠수복이며 물이며 모든 것이 온몸을 조이는 것 같았다. 심장이 빠르게 고동치는 게 느껴졌다. 하지만 천천히 물 밑으로 내려가면서 공기펌프가 규칙적으로 공기를 빨아들이고 내뱉는 소리가 들리자 마음이 진정되기 시작했다.

이윽고 모두 바닥에 닿았다. 머키가 셋을 석판이 쌓인 곳으로 안내한 다음 치워야 하는 석판을 가리켰다. 엄청나게 큰 석판이었다. 땅에서라면 한 발짝 옮기는 데도 말 몇 마리가 끌어야 할 수준이었다. 하지만 물속에서라면 네 명으로도 가능성이 있었다.

바로 작업을 시작했다. 들어 올릴 수는 없지만, 석판을 앞뒤로 흔들며 그 밑에 있는 석판과 약간 떨어뜨려 놓을 수 있었다. 아람은 석판 사이에서 수정이 가루가 되지는 않았을지 걱정했지만, 석판에 눌려 있는 수정 조각에서는 계속 빛이 나고 있었다.

머키가 우룸, 므르크사, 이상하고 아파 보이며 통 안에 들어 있는 노움을 도와 석판을 앞뒤로 흔들었지만, 무언가 중요한 것을 잊었다는 생각을 지울 수 없었다. 바로 그때 작은 농어 한 마리가 헤엄쳐 지나가자 생각이 났다. 여름 햇빛에 물이 따뜻해지면, '그것'은 느릿느릿 여유롭게 움직이며 주위에 뭐가 있든 상관하지 않았다. 그러나 지금은 밤이었다. 물이 차가웠다. 식사 시간이었다.

무언가가 아람을 뒤에서 붙잡았다. 붙잡고는 거칠게 흔들어댔다. 아람은 잠수복 안에서 주변을 볼 수 없었기에 무엇으로부터 공격을 받는지 알 수가 없었다. 벗어나려고 몸부림을 쳤지만, 더 거세게 흔들리면서 헬멧 내부에 머리를 이리저리 부딪히는 바람에 정신이 멍해졌다. 금속으로 보강된 잠수복인 터라 어느 정도 보호가 되긴 했지만, 구멍이 몇 개 뚫리면서 물이 스며들어 오기 시작했다. 얼핏 마카사, 스프로켓, 머키가 도와주러 오는 모습이 보였지만, 곧바로 셋의 모습을 놓쳤다. 누군가가 비명을 질렀다. 그치지 않고 계속 비명을 질렀다.

'누가 비명을 지르는 거지? 아니, 그보다 비명 소리가 들리다니 이상하잖아?'

문득 아람은 비명을 지르는 게 자신이라는 사실을 깨달았다.

마카사조차 이런 건 한 번도 본 적이 없었다. 잠시 공포로 얼이 빠져 있다가, 그 와중에 작살이 없어서 안타까워하다가, 곧바로 행동에 나섰다. 발로 물을 차고 아람을 구하러 헤엄쳐 갔다. 하지만 머키가 가로막았다. 마카사의 손을 잡더니 아람과 그 생물체의 입 위쪽으로 잡아끌었다. 그러더니 마카사를 놓고는 두 주먹으로 그 생물체의 길고 납작하며 네모진 주둥이를 내리쳤다. 마카사는 무슨 말인지 곧장 알아듣고 '그것'의 주둥이를 세차게 내리쳤다. 하지만 큰 효과는 없는 듯했다. 그때 스프로켓이 합류했고 금속 기계 주먹으로 그 생물체의 주둥이를 내리쳤다. 머키와 마카사도 사력을 다해 있는 힘껏 내리쳤다.

비명을 그쳤을 땐 이미 끝나 있었다. 아람은 뭔지 몰라도 자신을 붙잡고 있던 것으로부터 풀려났다.

아람은 몸을 돌려 '그것'의 정체가 무엇인지 보았다. 평생 처음 보는 크기의 회색빛 물고기였다. 어마어마한 크기로, 입안 한가득 칼날 같은 끔찍한 이빨이 나 있었다. '그건 고래상어야.'라고 말하는 아버지의 목소리가 들리는 듯해서 '시끄러워요, 시끄러워요, 시끄러워요! 저 괴물한테 잡아먹힐 뻔했다고요!'라며 소리치고 싶은 기분이 들었다. 그 잿빛 물고기는 너무 컸기에 한쪽에서 봐서는 한눈에 다 들어오지도 않았다.

*　　*　　*

간식 껍질 단단하다. 깨물기 어렵다. 씹어봤다. 아무 맛 안 난다. 피 안 난다. 멀록이 다른 간식과 함께 공격한다. 멀록이 주둥이 친다. 아프다. 간식들이 주둥이 세게 친다. 계속, 계속. 더 아프다. 이 간식 안 좋다. 그리고 별로 배고프지 않다.

고래상어는 몸을 틀어 물 밑 어둠 속으로 헤엄쳐 가버렸다. 이제 다른 이유로 다시 다급해진 아람이 석판 위로 헤엄쳐 돌아왔다. 서둘러 수정 조각을 꺼내 더 빨리 가즈로의 요트 위로 돌아가고 싶었다. 마카사가 헤엄쳐 다가와 아람의 헬멧을 붙잡고 유리 너머 동생의 눈을 똑바로 들여다봤다. 아람은 잠수복 안으로 물이 서서히 스며드는 걸 느꼈지만, 마카사는 알아차리지 못한 모양이었다. 그래서 아람은 고개를 까딱하고는 엄지를 치켜들어 보였다. 당연하게도, 마카사는 어딘가 의심스러운 눈치였다. 하지만 아람은 석판을 가리켰고, 마카사와 스프로켓과 머키가 다시 제자리로 돌아갔다.

모두 함께, 석판을 앞뒤로 더 흔들었다. 그리고 순간, 머키가 시야에서 사라졌다가 곧바로 다시 나타났다. 발톱 사이에는 반짝이는 수정이 들려 있었다!

물 위로 나오자, 아람이 쓴 헬멧의 유리를 통해 물이 3분의 1쯤 차 있는 게 마카사의 눈에 보였다. 아람은 물이 입 위까지 차오른 상태에서 코까지 잠기지 않으려고 애를 쓰고 있었다. 가즈로의 정비반이 잠수복에 들어간 물 무게 때문에 안간힘을 쓰며 가까스로 아람을 물 밖으로 끌어내 부두 위로 아무렇게나 던졌다. 아람의 잠수복에 뚫린 구멍으로 흘러나오는 물이 흐린빛 구덩이 물의 절반은 되는 것 같았다.

가즈로가 따졌다.

"내 잠수복에 무슨 짓을 한 거야? 굉장히 비싼 거라고, 알아?"

아람의 잠수복에서 물이 빠져나오면서 아람이 익사할 위험은 사라졌지만, 마카사는 진심으로 가즈로를 끝장낼 생각이었다. 그런데 잠수복을 벗는 데에도 꽤나 시간이 걸렸다. 잠수복을 벗는 동안, 마카사는 가즈로를 향한 분노를 간신히 억누를 수 있었다. 온종일 일어났던 일들 모두 하나 같이 마카사에게 좌절감만 안겨주었다. 쾌속선에서 아람이 오우거의 공격을 받았을 때 같이 있어주지도 못했다. 고래상어가 공격했을 때 아람을 어떻게 구해야 할지 몰랐다. 특히 작살이 없어서 더욱 당황스러웠다. 두 사건 다 머키가 해결했다. 다른 누구도 아닌, 머키라니! 마카사는 아랫입술을 이빨로 잘근잘근 씹으며 이 여정의 통제권을 되찾아야겠다고 굳게 결심했다. 마카사 자신만이 아람을 제대로 안전하게 지킬 수 있다고 믿었다. 다른 이의 손을 빌리지도 않을 것이고, 빌릴 수도 없으리라. 절대로.

객실에 모여 앉은 다섯 여행자는 촛불 가까이 모여 있었다. 가즈로가 분위기를 바꿔보려고 약소하게나마 쿠키와 우유를 보냈다. 가즈로는 '완벽하게 안전'하다고 장담했는데도 '그 꼬마'가 또 한 번 죽을 뻔했다는 걸 뒤늦게 알았다. 가즈로는 자기 선수의 기분을 풀어주면서 동시에 선수의 누나가 폭력을 쓰지 않았으면 싶었다. 한밤의 간식은 가즈로가 생각해낼 수 있는 최선이었다.

아람은 바닥에 앉아 새로 찾아낸 수정 조각을 하늘봉우리 아래에서 찾아낸 수정 조각과 비교해봤다. 새 수정 조각이 더 컸는데, 길이가 아람의 새끼손가락만 했다. 수정 조각 두 개가 빛났고, 나침 반 위의 수정 바늘도 빛났다. 다시 아람의 목으로 돌아온 나침반은 두 개의 수정 조각 쪽을 향해 아람을 잡아당기고 있었다.

전에도 이런 일을 겪어본 아람이 "그만해."라고 말하자 나침반이 복종했다. 수정 바늘은 계속 빛나며 다른 수정 조각을 가리켰지만, 아람을 잡아끌지는 않았다.

드렐라는 잔뜩 흥분했다.

"그게 당신이 말한 대로 하네요!"

"보통은요."

아람은 수정 조각 두 개를 한 손에 하나씩 놓은 채로 뒤집으며 살펴보았다.

드렐라가 계속 말을 걸었다.

"만약 만물이 내가 하라는 대로 한다면, 정말이지 이 세상이 훨씬 좋은 곳이 되리라 확신해요."

"드렐라 뭐라고 할 건가?"

쓱싹이 물었다.

"음……."

거기까지는 생각해보지 않았는지 드렐라는 고개만 갸웃거렸다.

갑자기 어떤 생각이 아람의 머리를 스쳤다. 큰 수정 조각을 뒤집 고 작은 수정 조각을 돌린 다음 옆으로 나란히 놓았다. 두 수정 조각의 아귀는 서로 꼭 맞았고 더 강렬하게 반짝이며 밝게 빛나기 시작하더니…….

*   *   *

빛이었다. 사방이 빛이었다. 빛의 목소리가 말했다.

"보이느냐, 아람? 보이느냐?"

"온통 빛만 보여요."

"무엇이 빛을 가져오는지 보아라. 무엇이 빛을 만드는지 보아라."
목소리가 말했다.

"네 죽음을 보아라."

밝은 흰빛이 아닌, 무언가 다른 빛에 비친 말루스의 그림자가 말했다. 붉은색과 주황색의 불길이 뒤에서 타오르고 있었다.

목소리가 말했다.

"저자를 두려워하지 마라. 너는 너의 길이 있다. 둘이 하나가 되리라. 일곱이 곧 하나가 되리라."

말루스가 협박하듯 으르렁거렸다.

"적어도 하나는, 다시는 일곱에 속하지 못하리라."

그러나 빛의 목소리는 같은 말만 되풀이할 뿐이었다.

"일곱이 하나가 되리라."

마카사가 아람을 받치고 있었다.

"다른 환상이야?"

"응."

아람이 숨을 헐떡이면서 대답했다. 한 손에는 수정 조각을 쥐고 있었다.

이제는 두 조각이 아니었다.

"뭔가 알아냈어?"

"응."

수정 조각 두 개를 서로 맞추면, 갈라져 있던 흔적은커녕 이음 매조차 보이지 않았다. 이제 두 조각은 하나가 되었고 반짝이지도 않았다.

"무언가 생각을 연결해보고 있어. 아니…… 다시 구성해보고 있어."

아람이 마카사를 올려다봤다.

"다섯 개가 더 있어. 다섯 개의 수정 조각이 더 있다고."

"나침반을 확인해봐."

아람은 나침반을 확인했다. 나침반의 수정 바늘 역시 빛이 사라 졌다. 그리고 이제 남쪽을 가리키고 있었다. 남동쪽이 아니었다. 정남 쪽, 곧장 남쪽이었다. 아람이 마카사를 비롯한 모두에게 나침 반을 보여줬다. 그런 후에 칼림도어 지도를 꺼냈다. 가젯잔은 쾌속 선에서 정확히 남쪽에 있었다.

"여전히 우리가 가젯잔으로 가기를 바라고 있어."

"그러면 내일 떠나자."

"경주를 마친 다음에."

아람은 약속을 지키려는 자신의 계획을 마카사가 확실히 알아주기를 바랐다.

"만약 오우거들이 제멋대로 날뛴다면, 경주를 마친 '다음에'는 없을 거야."

"그러면 우리는 다음이 생기도록 다른 계획을 생각해내겠지."

30장
여덟 바퀴

쾌속선 주위를 여덟 바퀴 돌기. 그것만 하면 된다. 아람은 헬멧을 준비해놓고 그걸로 얼굴이 가려져서 오우거가 자기를 알아보거나 발견하지 않기를 바랐다. 그러나 아무리 긍정적으로 생각하려 해도, 그럴 가능성은 없어 보였다.

그리고 그 생각이 맞았다.

경주에 참여할 쾌속정 열여덟 척이 모두 출발을 기다리며 정렬해 있었다. 선수 열여덟 명이 배에 타려면 작은 통로를 지나야 했다. 마카사는 아무도 보지 못하게 아람이 먼저 배 안에 타고 덮개를 내린 채로 있다가 경주를 시작하면 어떻겠냐고 제안했다. 그러나 가즈로 말에 따르면 도박사들은 선수들이 자신의 배로 걸어가는 모습을 보고 싶어 한다고 했다. 왜냐하면 선수들이 어깨에 힘을 주고 으스대듯 배로 걸어가는 모습을 보며 막판에 돈을 걸기 때문이었다.

"으스대듯 걸어야 해요?"

아람의 물음에 가즈로가 대답했다.

"아니. 다들 네가 우승 가능성이 없다고 생각하게 해줘. 나도 그때 약간의 조치를 해놓을 테니. 그러니까 네가 겁먹은 척해줬으면 좋겠어."

'겁먹은 척이 아닐 텐데.'

아람은 속으로 생각했다.

아람은 보라색과 초록색의 메이 여왕호를 몰게 될 줄리엣이라는 고블린과 초록색과 붉은색의 술고래호를 몰 래저릭 앞에 자리를 잡고 통로를 지나갔다. 오우거들의 뿔피리 소리가 들려왔지만 이상하게도 놀라지 않았고, 쿵쿵거리며 빠르게 다가오는 그들의 발소리가 들리리라 예상하며 마음의 준비를 했다.

아람이 천천히 위를 올려다봤다. 스로그가 있었다. 네댓 명의 오우거를 거느린 채 앞장서서 쾌속선의 부두를 가로지르며 아람이 열일곱 명의 다른 선수들과 함께 서 있는 통로를 향해 성큼성큼 걸어오고 있었다.

다행히 가즈로가 해놓은 조치가 이번만은 마법처럼 효과를 발휘했다. 뱃고동호의 후원자인 가즈로는 피즐과 포직에게 쾌속선 주위를 돌아다니는 오우거 무리가 경주를 방해하러 왔다고 알렸다.

피즐과 포직의 입장에서는 그것만큼은 절대로 용납할 수 없는 행위였던 터라 적절한 예방 조치가 이미 취해져 있었다.

오우거들이 통로에 도달하기도 전에 피즐과 포직의 용병 분대가 길을 막았다. 이 분대는 보라색 피부에 어마어마한 덩치를 자랑했는데, 쾌속선 부근에서는 떡대라고 알려진 밥통고블린 열 명으로 이루어져 있었다.

가즈로가 이야기한 적이 있었다.

"그놈들은 술에 취한 오우거보다 더 멍청하지만, 쓸모가 있지."

밥통고블린 용병 분대는 단 한 가지 명령을 받았다.

'오우거들이 선수들 근처에 가지 못하게 할 것.'

거대한 전투 망치를 하나씩 든 떡대들은 그 명령을 따를 정도의 지능은 있는 모양이었다.

아람은 아랫입술을 깨문 채 숨을 죽였다.

* * *

가즈로는 오우거 무리의 우두머리가 갑자기 멈춰 서며 고블린 떡대들에게 "스로그 막지 마!"라고 외치는 광경을 지켜보았다. 그 오우거의 오른쪽 손목에는 손 대신 전투 망치가 끼워져 있었다.

떡대들은 아무 말도 하지 않았다. 가즈로는 처음으로 떡대들의 앞니 두 개가 아랫입술 위로 구부러져 있다는 사실을 알았다. 그래서인지 입을 다물고 있을 때 어딘가 다람쥐와 닮은 구석이 있었다.

거대한 돌연변이 다람쥐. 차이라고는 북슬북슬한 꼬리가 없다는 것뿐이었다.

스로그가 입을 열었다.

"밥통고블린 비킨다. 아니면 밥통고블린 죽는다."

그러자 오우거 뒤에서 가즈로가 외쳤다.

"놈들이 선수들을 공격하고 있어!"

곧이어 가즈로가 동화 몇 닢을 슬쩍 쥐여준 노움 라파엘이 외쳤다.

"오우거들이 경주를 방해하려고 해요!"

그걸로 충분했다. 관중들의 분위기가 험악해지기 시작했다. 쾌속선에는 아주 많은 인파가 몰려와 많은 돈을 경주에 걸어놨기 때문에 오우거들이 방해하도록 놔둘 리가 없었다. 돈을 아주 많이 건 자들은 대부분 개인 경호원도 거느리고 있었다. 호기심 많은 관객만 있는 게 아니었다. 늑대인간이나 트롤 등 보수를 받은 용병들도 있었다. 쌍엄니는 지독하기 짝이 없는 해적단원들 절반을 데리고 있었다.

포직이 스로그에게 다가가 말했다.

"시합 전에는 아무도 선수 가까이 갈 수 없다고."

"스로그 아무도 아니다. 스로그 스로그다."

스로그의 말에 포직은 차분히 대꾸했다.

"스로그, 주위를 한번 봐. 넌 내 떡대들을 쓰러뜨릴 수 있다고 생각하겠지. 어쩌면 그럴지도 몰라. 하지만 이 쾌속선에 있는 관중들이며 용병들을 죄다 쓰러뜨릴 수 있겠어? 네가 한 발만 더 내디뎠다가는 우리가 먼저 손을 쓸 거야."

스로그는 뭐든 해치워버릴 태세였다. 하지만 여자 오우거 하나가 몸을 기울이더니 말했다.

"시합 전에 선수 가까이 못 간다고 한다. 그럼 시합 후에는 어떤가?"

포직이 어깨를 으쓱했다.

"시합 후에야 뭐, 어떻게 되든 누가 신경을 쓰겠어?"

가즈로가 다 들리도록 끙 하고 신음했다.

여자 오우거가 스로그의 귀에 무언가 속삭였다. 스로그는 거세게 고개를 저었다. 그러자 여자 오우거가 다시 무언가 속삭였다. 스로그의 어깨가 축 처졌다. 망치 모서리로 이마에 난 뿔을 벅벅 긁었다. 여자 오우거가 한 번 더 속삭이자, 스로그는 이제 웃으며 고개를 끄덕였다. 오우거들이 물러났다. 스로그가 손목에서 망치를 돌려 뺐다.

'지금까지는 상황이 괜찮군.'

가즈로는 이제 곧 시작되려는 경주를 보기 위해 돌아섰다.

거친 숨을 몰아쉬며 아람이 스프로켓 옆으로 갔다. 스프로켓은 아람이 뱃고동호로 내려가 안전띠를 잘 맬 수 있도록 도와주었다.

스프로켓이 덮개를 닫으려고 할 때 아람이 말했다.

"행운을 빌어줄래요?"

스프로켓은 아람을 빤히 바라보더니 냉랭하게 대꾸했다.

"행운 따위는 필요 없어. 넌 내 배를 탔으니까."

그러면서 속으로는 '이런 숙맥아!'라고 생각했지만 다섯 글자를 전부 다 말하려니 너무 오래 걸릴 듯싶어 입 밖으로는 내뱉지 않은 채 아람의 머리 위로 덮개를 닫았다.

*　　*　　*

아람은 배를 몰아 쾌속선 북쪽 출발선에 댔다. 메이 여왕호와 술고래호 사이였다. 데이지가 작고 높은 너벅선 꼭대기 위, 높은 자리에서 사랑스러운 모습으로 한 손에 깃발을 든 채 아람이 본 중 가장 큰 확성기 앞에 서 있었다. 준비 신호를 알리는 소리와 함께 데이지가 깃발을 높이 들었고…… 출발 신호와 함께 깃발을 내렸다!

경주가 시작되었다!

한 바퀴.

경험에 따르면, 뱃고동호의 장점은 빠른 출발이 아니었다. 엔진을 고속으로 회전시켜도 소용없었다. 아람은 최대 속도까지 올릴 생각으로 계속 속도를 높였다.

첫 번째 4분의 1 지점을 돌 때는 중위권이었는데, 그보다 더 뒤처져 출발하지 않아서 기뻤다. 장애물 철탑 네 개가 쾌속선 동쪽에 넓게 퍼져 있었다. 아람은 장애물에 바짝 붙어 통과하며 한두 척을 앞지르고 동시에 선두와의 거리를 좁혔다.

그런 다음 남쪽 직선 구간이 나타났다. 여기에선 아람이 제대로 속도를 올릴 수 있었다. 그 순간만큼은 시합을 떠나 영원고요 호수 위에서 통통 튀던 돌멩이가 된 기분이었다. 오우거나 나침반 생각은 떠오르지도 않았다. 아람은 하늘을 나는 듯이 자유롭게 달렸다.

쾌속선 주위를 돌아 서쪽으로 방향을 틀고 간격이 좁은 장애물 철탑 여덟 개 사이를 요리조리 헤치면서 나아갔다. 뱃고동호 앞에는 이제, 고작 서너 척만 있었다.

뱃고동호가 다시 둥글게 돌며 북쪽 직선 구간에 접어들었을 때, 검은색과 흰색이 돋보이는 해적단의 불꽃호를 제쳤다. 뱃고동호는 데이지의 너벅선이 있는 곳까지 왔다. 엔진 소리와 물소리가 요란한 까닭에 데이지가 뭐라고 하는지는 알아들을 수 없었지만, 저 위에서 확성기에 대고 무언가 말하고 있다는 건 알 수 있었다.

두 바퀴.

"술고래호가 선두로 나선 가운데, 그 뒤를 번개 물고기호와 메이 여왕호, 뱃고동호와 해적단의 불꽃호가 따르고 있습니다."

"첫 번째로 방향을 바꾸며 도는 순간, 이런! 해적단의 불꽃호가 이름값을 톡톡히 하는군요! 그야말로 불이 붙었습니다! 활활 타오르는군요! 속도가 느려지면서 파멸자호와 황새치호에 추월당합니다! 모두 순위를 유지한 채로 첫 번째 장애물을 지나 두 번째로 방향을 바꾸려 하고 있습니다."

"메이 여왕호가 번개 물고기호를 바깥쪽 직선 구간에서 따라잡고 있습니다. 두 배가 앞서거니 뒤서거니 래저릭의 술고래호 뒤에서 2위권을 형성하며 세 번째로 방향을 바꿉니다."

"메이 여왕호는 촘촘한 장애물 구간에서 실력 발휘를 하는군요. 그렇습니다. 번개 물고기호를 제치고 2위로 올라서면서 네 번째로 방향을 바꿨습니다."

"이제 북쪽 직선 구간에는 술고래호, 메이 여왕호, 번개 물고기호, 뱃고동호, 황새치호, 파멸자호가 달리고 있습니다. 그리고 마개뽑이호가 빠른 속도로 달려와 선두 대열에 합류하는군요!"

*   *   *

세 바퀴.

가즈로는 지금 벌어지는 상황이 마음에 들었다. 그래, 물론 꼬마가 3등 안에 들어 입상이 보장된다면 더 좋겠지만 아직 경주의 4분의 3이 남은 상황이므로 4위도 나쁘지 않았다. 게다가 제독의 배가 이미 수장되어서 좋았다. 스톰윈드의 자부심호는 자부심을 느낄

게 아무것도 없는 배였고, 케셀의 질주호는 꼴찌로 달리면서 선두 대열과 한 바퀴 이상 차이가 벌어졌다.

가즈로는 꼬마가 바짝 붙어 깔끔하게 방향을 바꾸는 모습이 마음에 들었다. 자신의 배가 동쪽과 서쪽의 장애물을 빠져나가는 모습도 마음에 들었다.

그리고 직선 구간을 달릴 때마다 선두에 있는 배 세 척과 조금씩 격차를 줄여가는 모습 역시 마음에 들었다.

네 바퀴.

"뱃고동호가 본격적으로 달리면서 4위를 벗어나 메이 여왕호와 번개 물고기호를 제치고 2위로 올라서고자 속도를 내고 있습니다. 하지만 두 배가 뱃고동호를 단단히 견제하는데요. 술고래호는 북쪽 직선 구간에서 2위권과의 격차를 더 벌립니다."

"회전 지점에서 술고래호가 여전히 선두를 달리고 있고 메이 여왕호와 번개 물고기호가 막상막하로 2위 다툼을 벌이고 있습니다. 뱃고동호는 아직 4위에 머물러 있는데요, 상위 4위권과 나머지 배들과의 거리가 상당히 벌어져 있습니다. 마개뽑이호가 5위로 중위권 선두를 달리고 있고 그 뒤로 황새치호, 파멸자호, 랩터의 복수호가 6위, 7위, 8위를 달리고 있습니다."

"선두 주자들은 두 번째 회전 지점을 돌면서 남쪽 직선 구간에서 이미 순위권과는 멀어진 대여섯 척의 배들을 한 바퀴 이상 앞지릅니다.”

“세 번째로 방향을 튼 랩터의 복수호가 장애물 구간에서 파멸자호를 가로막으려 하고 있습니다. 오오오! 랩터의 복수호가 파멸자호를 파멸시켜버렸습니다. 파멸자호는 서쪽 첫 번째 장애물에 그대로 충돌했습니다. 랩터의 복수호가 빠르게 돌며 잔해를 피하고자 경로에서 벗어나고 있습니다. 다시 정상 경로로 돌아오려 하는데…… 네, 다시 경주에 합류했습니다! 아, 그러나 올챙이호와 죽음의 기계호에 추월당하고 말았군요!”

“이제 경기는 중반부로 접어들었고 술고래호가 여전히 선두를 달리며 그 뒤로 메이 여왕호가 2위, 번개 물고기호가 3위, 뱃고동호가 4위로 질주하고 있습니다!”

다섯 바퀴.

스프로켓은 지금 보이는 상황이 마음에 들지 않았다. 이래서 자신이 선수로 나갔어야 했던 것이다. 쏜은 경험이 너무 부족했다. 메이 여왕호와 번개 물고기호에 견제를 받으며 추월당했다.

스프로켓은 배들이 방향을 트는 걸 지켜보다, 뱃고동호가 네 번째로 동쪽 장애물 구간에 접어들었을 때 모습을 놓쳤다. 지금은 확성기에서 나오는 데이지의 목소리에만 집중하며 뱃고동호 이야기가 나오기만을 기다렸다. 하지만 확성기로 나오는 소리는 잡음이 많았고, 자신의 방제 강화복 때문에 무슨 말을 하는지 정확히 알아들을 수가 없었다. 그래서 쾌속선의 바깥쪽에서 선두권 배들이 나오자마자 바로 확인할 수 있는 서쪽을 바라봤다.

고개를 돌린 스프로켓의 눈에, 트로피와 상금을 수여하고 시상식을 거행하게 될 부두 주위에서 오우거들이 서성거리는 모습이 보였다. 우두머리 오우거는 창을 손 밑동에 끼워 넣고 있었다. 스프로켓이 입술을 씰룩거렸다. 오우거들이 저곳에서 쏜을 잡아 해치려 한다는 걸 알았다. 사실, 쏜이 선두로 나서지 않으면 스프로켓이 쏜을 가만두지 않을 참이었다.

첫 번째 배가 시야에 들어왔다. 파란색이었다! 쏜이 해냈구나! 아니, 잠깐만. 저건 붉은 줄무늬가 아닌데. 금색이었다. 스톰윈드의 자부심호? 어떻게 스톰윈드의 자부심호가 선두에 있지? 아니, 아니야. 초록색 술고래호가 스톰윈드의 자부심호를 한 바퀴 이상 앞지른 거야. 그게 더 말이 되는군. 래저릭의 배는 반드시 꺾어야 할 대상이지. 뱃고동호가 꺾어야 할 대상. 아직도 메이 여왕호와 번개 물고기호 뒤에 처져 있는 건 아니어야 할 텐데!

여섯 바퀴.

"술고래호가 앞으로 나오며 격차를 더 벌립니다. 메이 여왕호와 번개 물고기호도 뱃고동호를 견제하면서 치열하게 2위 싸움을 하고 있습니다. 하지만 2위권 배들이 뭔가 하지 않으면, 그대로 술고래호에게 우승을 내주고 말겠군요."

"메이 여왕호가 제 말을 듣기라도 한 모양입니다. 회전하면서 안쪽으로 파고들어 번개 물고기호를 앞질렀습니다! 그리고 오, 이게 바로 뱃고동호가 노리던 기회죠! 뱃고동호가 번개 물고기호를 앞지르며 3위로 올라섭니다! 그리고 동쪽 장애물 구간을 아주 날렵하게 통과하며 메이 여왕호를 바싹 따라붙습니다!"

"뱃고동호가 직선 구간에서 속도를 올려 메이 여왕호와 나란히 달리고 있습니다만, 술고래호는 벌써 세 번째로 회전 지점을 돌고 있군요. 번개 물고기호가 4위입니다. 올챙이호는 이제 5위가 됐습니다. 마개뽑이호가 6위, 랩터의 분노호, 황새치호, 죽음의 기계호가 7, 8, 9위입니다. 여기까지가 참가한 배 중 절반에 해당하는군요. 나머지 배는 경주를 중단하거나 선두권으로부터 한 바퀴 이상 뒤처져 있습니다."

"이제 촘촘한 서쪽 장애물 구간인데, 뱃고동호가 메이 여왕호보다 더 밀착해서 장애물 구간을 달리고 있습니다. 드디어 뱃고동호가 2위로 올라섭니다! 하지만 이 시점에서 술고래호는 한참 앞서 달리며 선두를 지키고 있습니다."

"여섯 바퀴를 마무리하며 이제 경주의 4분의 3을 달렸는데요, 술고래호가 4장신 차이로 선두를 달리고, 뱃고동호가 2위, 바로 뒤에 메이 여왕호가 있습니다. 그 뒤를 올챙이호, 번개 물고기호, 마개뽑이호가 4, 5, 6위로 달리고 있습니다."

일곱 바퀴.

아람의 심장 박동이 증기 펌프와 완벽하게 박자를 맞춰 뛰었다. 이제는 뱃고동호를 몰고 있다는 생각이 들지 않았다. 자신이 뱃고동호라고 느꼈다! 초록색 배, 술고래호가 저 앞에 있는 게 보였다. 거리가 너무 멀었다. 아람은 조절판을 열고 회전할 때 조금 더 따라잡았다고 생각했다.

이제 첫 번째 장애물 구간으로 접어들면서 아주 빠르게 바짝 붙어 통과했다. 그야말로 철탑들이 말벌처럼 윙윙 떨리는 소리가 들렸다.

이번엔 남쪽 직선 구간이었다. 한 몸이 된 아람과 뱃고동호가 전력을 다한 결과, 어느 정도 성과가 있었다. 이제 술고래호에 가까워졌다는 확신이 들었다. 술고래호의 초록색 선체가 점점 커지더니 가까워지면서 뒤로 검은 연기를 뿜어내는 모습이 보였다.

두 번째 장애물 구간을 통과했을 때는, 술고래호의 선미 바로 뒤에서 달리고 있었다. 잘 따라붙었지만 아직 부족했다.

아람과 뱃고동호는 북쪽 직선 구간에 접어들면서 술고래호의 후류를 탔다. 하지만 생각만큼 빨리 벗어날 수는 없었다. 선두에 있는 술고래호의 물살을 타고 널뛰듯 움직이는 통에 도저히 술고래호를 앞지를 수가 없었다. 술고래호는 더 크고 더 강력했다. 아람은 여기서 단 한 번의 기회만이 있다는 걸 알았다.

여덟 바퀴.

"마지막 바퀴를 남겨놓고 있는 지금, 선두인 술고래호를 2위인 뱃고동호가 바짝 추격하고 있습니다. 메이 여왕호는 1, 2위로부터 3장신 이상 떨어진 거리에서 3위로 달리고 있습니다. 마개뽑이호는…… 메이 여왕호 뒤로 3장신 더 떨어져 있는 4위이고, 올챙이호와 번개 물고기호가 5위와 6위입니다. 나머지 배들은 경기를 포기했거나, 너무 뒤처져서 입상을 노리기는 어렵습니다. 이제 회전 지점에서 배들이 돌고 있습니다."

"술고래호는 힘이 좋습니다만, 뱃고동호는 기동성이 뛰어나기 때문에 장애물 구간을 이용하여 선두에 바짝 따라붙었습니다. 술고래호는 신중하게 움직이면서 거대한 선체로 뱃고동호가 추월하지 못하도록 방어하고 있습니다. 그런 전략은 메이 여왕호나 번개 물고기호에는 먹혔고, 그러다 두 배가 틈을 내주었습니다. 그 상황이 다시 되풀이될까요? 글쎄요, 아직은 아닙니다. 선두의 배 두 척이 순위는 그대로 유지한 채 회전했습니다."

"남쪽 직선 구간에서도 계속 같은 상황입니다. 뱃고동호는 술고래호 옆으로 돌아 추월할 수가 없습니다. 이제 세 번째 회전입니다."

"마지막 장애물 구간을 향하면서…… 아, 좋지 않은 상황입니다! 큰 실수가 나왔네요. 뱃고동호가 첫 번째 철탑에서 너무 크게 돌았어요. 어떻게 2위를 유지할지는 모르겠습니다. 그런데 오오오, 해냈습니다. 곧장 술고래호의 안쪽으로 파고드네요. 여러분, 뱃고동호의 실수가 아니었습니다. 전략이었어요! 장애물 구간을 빠져나오는 지금, 뱃고동호는 술고래호에 가로막혀 옴짝달싹 못 하던 상황에서 벗어났습니다. 이제 두 배는 우승을 차지하고자 치열하게 각축을 벌이며 마지막 회전 지점으로 향합니다."

"뱃고동호가 회전하면서 안으로 파고들었고 이제 두 배가 나란히 달리고 있습니다! 막상막하로 앞서거니 뒤서거니 결승선을 향해 질주하고 있습니다! 술고래호냐 뱃고동호냐! 술고래호냐 뱃고동호냐! 술고래호냐 뱃고동호냐! 뱃고동호입니다! 뱃고동호가 승리했습니다!"

아홉 바퀴.

"뱃고동호가 승리를 자축하며 쾌속선 주위를 돌고 있습니다. 그렇습니다. 뱃고동호가 '피즐과 포직의 쾌속선 연간 배 경주'에서 우승했습니다! 술고래호가 2위를 차지했고 메이 여왕호가 3위입니다."

"1, 2, 3위가 속도를 줄이며 천천히 쾌속선 주위를 돌고 있습니다. 정리해 드리겠습니다. 3위, 메이 여왕호는 드라코스가 후원하고 힐디 버퍼폴리시가 기술을 담당했으며 쾌속선 출신 줄리엣이 조종간을 잡았습니다. 오늘 집에 두둑한 주머니를 가지고 가겠네요."

"술고래호는 후원자, 기술자, 선수 모두 래저릭입니다. 여러분 모두 아시겠지만 2위를 차지했다 하더라도 래저릭은 그 누구보다도 많은 금화를 가지고 집으로 돌아가겠죠. 분배할 필요가 없으니까요! 그렇죠? 하하! 가즈로, 당신이 뭐라고 하는지 여기에서도 다 들려요!"

"그렇습니다. 뱃고동호의 후원자 가즈로가 외치길, 제가 내깃돈과 배당금은 생각하지 않았다고 합니다. 맞습니다, 그래요. 어디까지 이야기했죠? 아, 맞아요. 뱃고동호는 스프로켓으로 불리는 김블 스프리스프로켓이 기술을 담당했어요. 그리고 놀라운 경주 실력을 보여준 선수는 아라마르 쏜, 아람입니다."

"이제 올해의 우승자 아람과 뱃고동호가 들어오고 있습니다."

뱃고동호가 시동을 끄고 시상식장 안으로 미끄러지듯 들어왔다. 스로그와 카르가는 시상식장에 있었다. 구즈루크, 슬렙가르, 수염 형제가 밥통고블린의 공격에 대비하고자 뒤를 지키고 있었다.

스로그의 창손이 뱃고동호의 덮개를 찔렀다. 스프로켓이 마치 자신의 가슴이 찔린 듯 무시무시한 비명을 질렀다. 창에 찔린 덮개가 그대로 떼어져 날아가자 헬멧을 쓴 아람의 모습이 그대로 드러났다. 스로그는 왼손으로 어린 쾌속정 선수의 목덜미를 잡아 조종 간에서 거칠게 들어 올리고는 잔뜩 겁먹은 아람의 얼굴에 대고 으르렁거리며 말했다.

"이제, 아람 스로그 거다."

3부

타나리스에서 살아남기

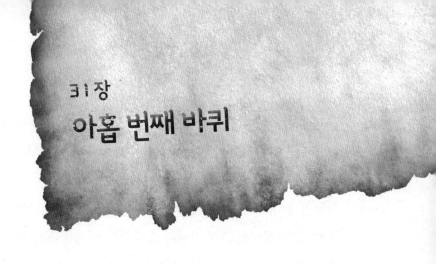

31장
아홉 번째 바퀴

긴 수염이 스로그 어깨너머로 몸을 굽히며 말했다.
"아람 긴수염 기대와 다르다."
짧은수염이 형제의 코를 찰싹 쳤다.

아홉 번째 바퀴가 열쇠였다. 아홉 번째 바퀴와 놀라울 정도로 용
감한 꼬마 핫픽스 덕이었다.
당연히 모든 게 미리 계획된 일이었다. 하지만 아무도 핫픽스에게
강요하지는 않았다. 핫픽스가 스스로 자청한 일이었다. 심지어 데
이지도 반대했지만 데이지는 자기가 맡은 부분을 준비하기로 했다.
가즈로도 협조하긴 했다. 아람이 경주에서 우승한다는 전제 조
건에서였지만.

그래서 날이 밝기 전, 마카사, 드렐라, 쓱싹은 렌도우의 배에 타 담요를 뒤집어쓴 채 숨어 있었고, 머키는 물 밑에서 헤엄치며 천천히 쾌속선의 남쪽 끝으로 배를 끌고 갔다.

그동안 핫픽스는 오우거를 면밀히 주시하고 있었다. 며칠 전 고르독의 정예 전사들은 데이지와 핫픽스를 미행하려다 실패했다. 하지만 핫픽스가 거대한 몸집의 오우거들이 눈치채지 못하게 은밀히 미행하는 건 식은 죽 먹기였다. 핫픽스는 오우거들이 시합 전에 쾌속선 북쪽에 모여 뱃고동호를 지켜보는 모습을 확인하고는 아직 부두에 대지도 않은 렌도우의 배에 올라탔다. 어쨌거나 배는 포직을 태우기 위해 부두에 대야 했다. 포직은 협조하는 대가로 가즈로에게 이미 넉넉한 금액을 받아둔 상태였다.

물론 경주 도중에 오우거 한둘 정도가 남쪽으로 올 가능성도 있었지만, 데이지가 계속 주시하다가 경고해주기로 했다. 암호는 '어마어마한'이었고, 장내 중계를 진행하다가 위험한 상황이 되면 확성기로 알려주기로 한 것이다. 확성기라면 관중들과 엔진 소음으로 아무리 시끌벅적해도 놓칠 리 없었다. 다행히 오우거들이 전부 북쪽에 머물러 있어준 덕분에 암호를 외쳐야 하는 상황은 생기지 않았다.

그리고 아람은 경주에서 우승한 후, 우승 기념으로 쾌속선 주변을 한 바퀴 천천히 도는 우승자 세리머니를 잊지 않았다. 아람이 쾌속선의 남쪽을 돌며 렌도우의 배와 나란히 운행하면서 속도를 줄이고 덮개를 열었다. 마카사가 아람에게 줄을 던졌다. 이윽고 뱃고동호와 거룻배가 옆으로 나란히 섰고 아람과 핫픽스가 자리를 바꿨다.

그게 바로 가즈로가 포직에게 돈을 준 이유였다. 뱃고동호의 등록된 선수가 실제로 경주를 마쳤으며 여덟 바퀴를 완전히 돌 때까지 배에서 떠나지 않았음을 증명해야 했기 때문이다. 가즈로는 아람이 목숨을 부지하고자 도망가든 말든, 자신의 배가 상금을 받을 수 있는 자격을 박탈당하지 않는 이상 아무 상관이 없었다.

자리를 바꾸는 데는 약간 시간이 걸렸지만, 데이지가 계속 유쾌한 농담을 이어가며 아홉 번째 바퀴를 도는 데 시간이 얼마나 걸리는지 아무도 신경 쓰지 않게끔 했다. 핫픽스는 밧줄을 풀고 아람의 헬멧을 썼다. 작은 고블린의 머리에는 헬멧이 너무 컸고, 긴 귀를 다 넣기에는 폭이 너무 좁았지만 어떻게든 억지로 욱여넣었다. 그래도 한마디 불평 없이 덮개를 내리고 북쪽으로 배를 몰고 갔다.

핫픽스가 부두 쪽 시상식장에 배를 댔고, 스로그가 친절하게도 '도와준' 덕분에 뱃고동호에서 쉽게 내릴 수 있었다.

두 종류의 항의가 따로따로 제기되었다.

처음에 오우거들은 선수가 인간 소년이 아니라 고블린 꼬마라는 사실에 기분이 나쁜 듯했다. 스로그는 고블린 꼬마가 인간 소년과 자리 말고 다른 것도 바꿨으리라는 듯 엉성한 손길로 핫픽스의 튜닉을 찢어내고 나침반이 있는지 확인했다. 나침반이 보이지 않자

스로그는 작은 핫픽스를 포도처럼 그대로 으깨버리려 했다. 하지만 생각지도 않게 핫픽스가 스로그를 깨물었다. 스로그가 놀라 핫픽스를 떨어뜨리자 고블린 꼬마는 물속으로 빠졌고, 그대로 사라져버렸다. 이 시점에서, 스로그와 그의 동료들은 몹시 화가 났는지 마구잡이로 주변의 물건들을 부수며 고블린 떡대들을 때리기 시작했다. 떡대들도 반격하면서 양쪽 모두 멍들고 피투성이가 된 채 가쁜 숨을 몰아쉬었다. 사실 밥통고블린 떡대들은 지루하던 차에 조금이라도 힘을 쓸 기회가 생겨서 오히려 상황을 즐기고 있었다.

그동안 2위를 차지한 래저릭은 선수들과 후원자들을 잔뜩 이끌고서 시합 결과에 항의하고자 피즐에게 따지러 갔다. 뱃고동호는 선수를 바꿨으니 실격되어야 한다고 주장했다. 하지만 포직이 반박하기를, 선수 교체는 경주가 완전히 끝난 다음에 생긴 일이니 실격이 아니라고 딱 잘라 말했다.

가즈로는 뿌듯했다.

선수의 몫은 기술자인 스프로켓이 받은 돈에 비하면 쥐꼬리만 했다. 게다가 스프로켓은 가즈로와의 내기에 이겼으므로 은화 쉰 닢까지 더 챙길 수 있었다. 스프로켓의 몫은 뱃고동호의 후원자인 가즈로가 받은 돈에 비하면 쥐꼬리만 했는데, 사실 그 금액도 내기로 번 돈에 비하면 쥐꼬리만 한 수준이었다. 그런데도 가즈로는 아람이 받아야 할 상금까지 악착같이 챙겼다. 그 돈으로 포직에게 준 돈과 렌도우의 배를 대신할 배 한 척 값과 마카사가 데이지에게 내

Fizzle and Pozzik's
Speedbarge
피즐과 포지의
쾌속선

야 할 숙박비와 뱃고동호의 덮개 수리 비용까지 충당할 생각이었으니까. 뿐만 아니라 아람이 전날 밤 입었다가 구멍이 뚫린 잠수복 수리 비용까지 말이다. 하지만 그 모든 비용을 제하고도 남은 금화 아홉 닢, 은화 쉰 닢, 동화 열두 닢은 따로 잘 보관하기로 했다. 경주 다음 날 요트를 몰고 가젯잔으로 가서 다섯 여행자들에게 전해 주겠노라 약속하면서…….

아람, 마카사, 쓱싹, 머키, 드렐라는 다시 렌도우의 배에 올라탔고 나침반의 안내에 따라 가젯잔이 있는 남쪽으로 향했다.

*　　*　　*

배를 타고 가는 동안은 따뜻한 날씨가 이어졌다. 아람은 시간의 대부분을 그림에 할애했다. 수평선 너머로 점점 작아져가는 쾌속선의 모습을 종이에 옮기기 시작했다. 그림을 마쳤을 때 용병 분대를 그리려고 했지만, 밥통고블린의 윤곽을 대충 잡았을 때 어떤 충동이 일어 목탄 연필이 원래의 계획과는 다르게 움직이기 시작했다. 자기가 뭘 그리는지 제대로 깨닫기도 전에 그림이 마무리되었다. 그건 꿈, 악몽에서 본 모습이었다. 말루스의 그림자가 빛으로 가려는 아람의 앞을 가로막는 모습이었다. 아람은 그림을 내려다보다가 몸서리를 치고는 스케치북을 덮었다.

아람은 크게 기지개를 켜며 하품을 하고는 칼림도어 지도를 꺼내 주의 깊게 응시했다. 눈을 가늘게 뜨고 무언가를 자세히 살폈다. 멍청이가 된 기분이 들었다. 침을 꿀꺽 삼키고는 헛기침을 하고서 말했다.

"동쪽으로 방향을 돌려야 해."

"뭐라고? 왜? 가젯잔은 남쪽에 있다고 했잖아."

"맞아. 하지만 배에서 내려 바로 갈 수가 없어."

"갈 수 있어. 항구 도시잖아."

"바다 쪽 항구지 이 호수와 이어진 항구는 아니야. 우리는 동쪽으로 항해했다가 방파제 사이의 틈을 지나야 해. 그런 다음 가젯잔의 외부 해안을 따라 남쪽과 남동쪽으로 가는 거야. 그렇지 않으면 마지막 구간은 산길을 지나야 하거든."

마카사의 날카로워진 눈빛이 아람에게 꽂혔다.

"산길을 지나면 흔적이 남아서 오우거들이 쫓아올 위험이 생기겠지. 어디 봐봐."

마카사의 말에 아람은 머키, 드렐라, 배를 젓는 쓱싹을 타고 넘어 마카사에게 다가가 지도를 보였다.

"방파제 사이의 틈은 이미 지나쳤어. 미리 말했어야지."

마카사가 씁쓸하게 말했다.

"미, 미리 알아차려야 했는데."

아람이 당황하며 중얼거렸다.

"동쪽으로 간다. 이쪽이다."

쓱싹이 한쪽을 가리키며 말했다.

다들 고개를 들어보니 평행 선상에서 그쪽으로 가는 듯한 배 세 척이 눈에 들어왔다. 지는 햇빛을 받아 돛이 피처럼 붉은색으로 보였다.

"붉은해적단이야."

마카사가 으르렁거렸다.

아람이 다시 배들을 유심히 보았다. 그저 붉은 정도가 아니라, 세 척의 돛대는 정말 피처럼 붉은색이었다.

"동쪽으로는 못 가. 사실 네가 실수한 덕분에 목숨을 건진 셈이야."

"하지만······."

"저건 붉은해적단의 배야. 해적이라고."

아람도 붉은해적단 얘기는 들어본 적이 있었다. 아버지는 그들을 가리켜 바다에서 가장 악명 높고 피에 굶주린 해적이라고 했었다.

마카사가 키를 잡고 배를 서쪽으로 돌렸다. 아직 아람의 무릎에 그대로 펼쳐놓은 지도를 힐끗 보고는 말했다.

"붉은해적단이 남서쪽으로 가는 것 같은데 아마 여기, 가젯잔으로 곧장 가는 산길 쪽에서 배를 댈 거야. 그러니 우리는 여기 타나리스에 상륙해야 해."

마카사가 지도 위의 한 지점을 가리켰다. 흐린빛 구덩이의 서쪽 해안에 있는 곳이었다.

"가능한 한 저 배에서 멀리 떨어져야 해. 가젯잔까지는 육로로 이

동하자."

"그러면 며칠이 더 걸릴 텐데……."

아람이 지도를 살펴보며 말했다.

"방법이 없어. 쓱싹, 노를 저어."

단호한 마카사의 말이 끝나기도 전에 쓱싹은 이미 노를 젓고 있었다. 하지만 마카사의 말을 듣고 더 열심히 노를 젓기 시작했다.

드렐라가 끼어들었다.

"저 붉은해적단 사람들을 정말 싫어하는 모양이네요."

"사람이 아니야. 살인자들이지."

마카사가 '살인자'라고 중얼거리는 말투에서 아람이 무언가 눈치챘다. 아람은 마카사를 올려다보며 눈을 마주쳤다. 그리고 정확히 설명할 수는 없지만 어째서인지 그 의미를 알 것 같았다.

"누나의 오빠들."

아람의 말에 마카사가 고개를 끄덕였다.

"이야기해줄 수 있어?"

마카사는 한동안 아무 말도 하지 않았지만, 마침내 천천히 고개를 끄덕였다.

32장
막내딸 해적

마카사 플린트월은 해적선 마켐바호의 선장, 마르자니 플린트
월의 넷째 아이였다. 플린트월 선장은 강인하고 남에게 의
존하지 않는 굳센 사람이었다. 반면에 흰날검, 작살, 쇠사슬로 무
장하든 맨손이든 누군가를 함부로 위협하지 않는 그런 선장이었
다. 아다세, 아카싱가, 아말레, 마카사 네 남매 모두 아버지가 달랐
다. 아니, 더 정확하게 말하자면 아버지라는 존재 자체가 없었다.
넷에게는 플린트월 선장이 어머니이자 아버지였다.

마켐바호는 무법항 밖에서 검은바다 해적단 소속으로 활동했고
마카사는 그곳에서 자라며 구석구석 손바닥 보듯 속속들이 잘 알
고 있었다. 그러나 마카사와 오빠 셋은 육지가 아닌 배 위에서 해적
으로 키워졌다. 넷의 어머니는 스웨터를 뜨거나 파이를 굽는 여자

가 아니었다. 자기 자식에게는 쏜 선장보다 백배는 더 엄격했다. 네 아이는 걷거나 말하기 전부터 새벽에 일어나 배에서 일하고, 싸움 기술을 익혔다. 플린트윌 선장은 다정하기도 한 사람이었다. 하지만 그건 하루를 잘 보내고 아이들이 기특한 짓을 할 때만 보이는 모습이었다.

아다세가 장남이었다. 외모가 수려하고 영리했으며 타고난 서열에 따라 검은바다의 선장이 되도록 훈련을 받고 있었다. 마카사는 아다세 오빠를 존경했지만, 함께 어울리기에는 너무 먼 존재였다.

아카싱가는 마카사가 제일 좋아하는 오빠였다. 차남인 아카싱가는 삼 형제 중 키가 가장 컸다. 마카사가 어렸을 때는 아카싱가에게 목말을 태워달라고 조르곤 했다. 마카사는 오빠가 돛대이고 어깨가 망대인 양 올라탄 채로 "와, 육지다!"라든가 "약탈할 배다!"라고 소리치다가 어머니에게 말조심하라고 꾸중을 듣기도 했다.

아말레는 마카사보다 두 살 많은 오빠였는데, 둘은 얼라이언스와 호드처럼 싸워댔다. 황소처럼 힘이 센 아말레는 마카사를 내리누르고는 마카사가 억지로 버티며 간지럼을 타지 않을 때까지 간질이곤 했다. 마카사가 더는 간지럼을 타지 않게 되자 다른 형제들은 크게 충격을 받았다. 마카사는 첫째 오빠인 아다세와 둘째 오빠인 아카싱가가 그런 특별한 유형의 고문 때문에 결국 간지럼을 타지 않게 만든 아말레를 절대로 용서하지 않았다고 믿었다.

마카사는 막내였다. 막내이자 외동딸이었다. 선장이자 아버지인 플린트윌은 딸에게 특히 엄했지만, 마켐바호 선원이라면 누구나 선장이 막내딸에게서 자신의 모습이 보이기 때문에 그런다는 걸 잘 알고 있었다. 마카사가 어머니의 외모를 빼다 박아서도 아니었다, 전혀. 이 어린 딸에게는 플린트윌 선장과 같은 강인함이 있었다. 오히려 선장보다 어린 마카사가 더 냉정하고 덜 관대했다. 플린트윌 선장은 언젠가 마카사가 검은바다 해적단을 다스리며 함께 아제로스의 모든 바다와 항구를 지배할지도 모른다고 생각했다.

검은바다 해적단은 해적이자 도적이었고 전사였다. 그러나 살인자는 아니었다. 배를 포위하고서 물품을 약탈하며 값이 나가는 건 무엇이든 모조리 빼앗았지만, 선원이나 승객들은 털끝 하나 건드리지 않고 배도 가능한 한 망가뜨리지 않았다. 누군가는 해적의 명예 때문이라고도 했지만, 플린트윌 선장은 실용성의 문제라고 믿었다.

"배를 불태우고 선원을 죽이면 다음에 훔칠 배와 선원이 줄어드는 셈이지. 게다가 비겁하게 굴어봤자 죽음밖에 없다고 믿게 되면 어떤 선원도 순순히 항복하려 들지 않을걸."

그러나 붉은해적단은 정반대였다. 그들로부터 공격을 받으면 단 한 명도 살아남지 못했다. 그래서 모두가 훨씬 더 두려워하는 존재가 되었지만, 확실히 더 적게 벌었다. 붉은해적단 일부는 검은바다 해적단을 부러워하면서도 그 때문에 좌절감을 느꼈다. 결국, 붉은해적단과 검은바다 해적단 사이에는 서로를 향한 증오가 생겨났다.

마카사는 열다섯 살이 될 무렵 이미 키가 180센티미터 가까이 자랐다. 어머니와 오빠들과 마켐바호 선원들에게서 싸우는 법을 배웠다. 상선 여러 척을 약탈하는 동안 마카사는 자기 몫을 해낼 수 있었고 실제로 해냈다. 누군가의 목숨을 빼앗기도 했지만, 그건 검은바다 해적단 강령에 따라 정말 필요할 때만 그렇게 했다. 마카사는 누군가를 죽이는 데 재미를 느끼지 않았다. 그렇다고 망설이지도 않았다. 다들 '마카사에게는 아다셰의 영리함이나 아카싱가의 체격이나 아말레의 힘은 없어. 하지만 셋을 합쳐놓은 것보다 더 날쌔고 그래서 치명적이지.'라고 말하고들 했다.

장남인 아다셰가 마침내 선장 자리에 올랐다. 검은바다 해적단의 시혼 함장이 아다셰에게 직접 바다왕호를 주었다. 많은 이들이 자청해서 아다셰의 밑으로 들어갔다. 그리고 타우렌인 시혼 함장은 새로운 선장을 위해 일등항해사를 선임했다. 침묵의 조 바커라고 알려진 이 항해사는 길니아스에서 온 늑대인간으로 이전에는 난폭파도 해적이었다. 아다셰는 당연히 침묵의 조를 받아들였지만, 그보다는 유능하면서도 무조건적으로 충성을 바칠 세 명을 선택하는 것이 급선무였다. 그래서 아카싱가를 이등항해사로, 아말레를 삼등항해사로, 그리고 마카사를 망꾼으로 정했다. 플린트윌 선장은 자신의 선원으로 있던 자식 넷을 한꺼번에 보내는 게 마음에 안 들었을지도 모르지만, 아무 말도 하지 않았다. 오히려 어깨를 으쓱하고는 말했다.

"자식이야 언제든 더 낳으면 돼."

그래도 헤어질 때는, 자식들 이마에 입을 맞춰주면서 '잔잔한 바다와 풍성한 노획물'을 빌어주었다. 그리고 그것이 플린트윌 선장이 자식들을 본 마지막이었다.

첫 번째 항해에 나선 지 몇 주 되지 않아 바다왕호는 겨울의 매듭호라는 상선을 성공적으로 약탈하고 난 참이었다. 양쪽 모두 사상자는 없었으며 겨울의 매듭호를 다시 바다로 돌려보내고 나서 바다왕호 선원들은 배에 실어놓았던 로데론 포도주 세 통을 땄다. 마카사는 망대로 돌아가야 한다는 걸 알았지만, 이등항해사 아카싱가가 좀 즐기라며 억지로 앉혔다. 마카사가 아다세 선장을 쳐다보자 선장은 한쪽 눈을 찡긋해 보였고 삼등항해사 아말레까지 "그냥 있어."라고 말했다. 일등항해사 침묵의 조는 아무 말도 하지 않았다. 그래서 마카사는 술자리에 눌러앉았다. 그것이 불행의 시작이었다.

붉은해적단의 배 범고래호와 살인전파호 두 척이 아무런 기척도 없이 다가왔다. 그들은 양쪽에서 배에 오르더니 순식간에 반쯤 취한 바다왕호 선원들을 죽이거나 사슬로 결박했다. 선장, 항해사 셋, 망꾼은 다행히 결박당한 쪽이었다.

범고래호는 자기 몫을 챙겨 떠났고, 아다셰 선장은 살인전파호의 아이언패치 선장 앞에 무릎이 꿇린 상태였다. 선장은 육중한 체격의 오크로, 듬성듬성 검은 수염이 길게 자라 있었고 귀는 뾰족했으며 엄니는 길게 뻗어 있고 오른쪽 눈에는 강철 안대를 하고 있었다. 또한 마카사가 본 중에 가장 큰 검을 들고 있었다. 선장은 검 끝으로 아다셰의 턱을 들어 올렸다. 아다셰는 눈을 똑바로 뜨고 쳐다봤지만, 저항하는 말은 하지 않았다. 그럴 시간도 없었다. 아이언패치는 마카사의 큰오빠이자 바다왕호의 선장인 아다셰가 입을 열기도 전에 그의 머리를 베어버렸으니까.

마카사는 피가 날 만큼 입술을 깨물었고, 아카싱가와 아말레는 사슬에 묶여 있는데도 벌떡 일어나 오크에게 덤벼들었다. 살인전파호의 선장도 크게 당황했다. 두 형제는 선장을 갑판에 쓰러뜨렸다. 아카싱가의 체격과 아말레의 힘이 합쳐지니 상당히 볼만한 광경이 펼쳐졌다. 둘은 사슬로 아이언패치 선장의 목을 누른 다음 조이기 시작했다. 하지만 배에는 선장 혼자 있는 게 아니었다. 두 형제를 제압하는 데 살인전파호 선원의 절반이 필요했는데 결국 두 형제는 선원들에게 질질 끌려갔다. 그리고 곧장 아이언패치 선장은 거대한 자신의 검을 두 형제의 가슴에 찔러 넣었다.

바다왕호의 남은 선원은 형제들의 헛된 노력에 고개를 절레절레 저었다. 하지만 그렇게 헛된 일만은 아니었다. 그에 관한 말다툼이 벌어지면서 주의가 분산되었으니까.

아이언패치는 자기 앞에 사슬로 묶인 바다왕호의 선원들을 죽 훑어보다가 마카사에게 외눈의 시선이 꽂혔다. 마카사의 두 눈에서 이글거리는 증오심을 보았는지, 단 1초라도 더 살려두었다가는 위험해지리라 판단했다. 어쩌면 마카사와 조금 전 저 세상으로 보내버린 세 남자 사이에 닮은 점을 발견했는지도 모른다. 아니면 그저 기분에 따라 마카사를 죽일 차례였는지도 모른다. 사실이 무엇이든 간에, 아이언패치는 마치 마카사를 반으로 쪼개버리기라도 할 것처럼 커다란 검을 높이 들었다. 하지만 그럴 기회는 오지 않았다.

그레이던 쏜은 흰날검 하나로 그 엄청난 일격을 쳐냈다.

파도타기호의 선원들이 배에 올랐다. 그 후 마카사가 쏜 선장에게 왜 해적과 해적의 싸움에 개입했냐고 물은 적이 있었다. 쏜 선장은 어깨를 으쓱하고는 말했다.

"잠망경으로 그 상황을 지켜보고 있었지. 배 두 척이 한 척을 상대로 공격하더군. 공정하지 않다고 생각해서 수를 맞춰야겠다고 생각했지."

쏜 선장의 선원들은 은밀히 배에 올라 먼저 살인전파호를 확보했는데, 해골 선원 하나만 남아 있을 뿐 모두가 바다왕호에 가 있는 상황이었다. 그러니 바다왕호 갑판에서는 제대로 된 싸움을 해야 했다.

첫 번째로 할 일은 도움을 받는 것이었다. 먼저 사슬에 묶여 있는 바다왕호의 선원들을 풀어줘야 했다. 이 작업은 드워프 더간 원갓과 인간인 메리 브라운이 했다. 무거운 쇠사슬을 벗자마자, 침묵의 조는 인간의 모습을 벗어던졌다. 순식간에 늑대인간의 모습으로 변하고는 도살장에 끌려온 양들을 도살하듯 붉은해적단 선원들을 닥치는 대로 해치워버렸다.

하지만 그 무시무시한 광경도 마카사의 모습에 비하면 아무것도 아니었다. 사슬에서 풀려났지만, 무기가 없던 마카사는 붉은해적단 하나의 목을 뚝 꺾은 다음 놈의 도끼를 집어 들고 공격에 나섰다. 그야말로 피비린내 나는 공격이었다. 마카사의 목표는 오크인 아이언패치 선장이었는데, 그자는 휜날검의 달인인 쏜 선장과 맞서 싸우느라 정신이 없었다. 서로 뒤엉켜 싸우는 선원들 사이를 뚫고 지나갈 수 없는 상황에서, 가까스로 큰오빠 아다세의 강철 작살에 손이 닿았다. 마카사는 곧장 목표를 향해 작살을 던졌다.

작살은 아이언패치의 가슴을 정통으로 꿰뚫었다. 아이언패치 선장은 뒤로 쓰러지며 난간을 넘어가 바다로 곤두박질치고는 다시는 물 위로 올라오지 못했다.

선장을 잃은 살인전파호 선원들은 쉽게 굴복시킬 수 있었다.

양쪽 배의 전리품은 이제 파도타기호의 선장 쏜의 몫이 되었다. 하지만 쏜 선장은 아무것도 챙기려 들지 않았다.

"난 해적이 아니거든."

"그러면 절 데려가세요."

쏜 선장의 말에 마카사가 제안했다.

"제 목숨을 구해주셨잖아요. 목숨 빚을 졌으니 담보로 제가 갈 게요."

"말은 고맙다만, 나는 네게 목숨 빚을 받을 생각이 없단다."

다시 인간의 모습으로 돌아온 침묵의 조가 헛기침을 하고는 으르렁거리듯 말했다.

"이건 아이가 지키고자 하는 관습이다. 거부하면 안 되지."

쏜 선장이 주위를 둘러봤다. 전투를 치르면서 이등항해사와 삼등항해사를 잃었다. 그리고 늑대인간과 십 대 소녀가 싸우는 모습을 보았다. 잠시 원갓과 상의하더니 침묵의 조에게 말했다.

"저 아이를 삼등항해사로 데려가지. 자네도 원하면 내 배에 이등항해사로 오게."

침묵의 조가 얼굴을 찌푸렸다. 다시 말을 해야 한다는 사실 때문이었다.

"나는 이 배의 일등항해사였고 선장을 지키지 못했어. 그러니 당신 배의 이등항해사가 될 자격이 없지. 하지만 이 아이는 마카사 플린트월이다. 마르자니 플린트월 선장의 막내딸이자 아다셰 선장의 여동생이지. 이 아이는 당신 배의 이등항해사가 될 수 있어. 그 애를 이등항해사로 데려간다면, 내가 삼등항해사로 가겠어."

침묵의 조가 내건 제안에 모두 동의했다.

바다왕호의 갑판수인 오라이언 존스가 살인전파호를 맡았다. 갑판장 엔리크 토크가 바다왕호를 맡았다. 그리고 아다셰, 아카싱가,

아말레를 비롯해 목숨을 잃은 다른 선원들은 바다에서 장사를 지낸 다음 각 배에 해골 선원들을 나눠 태우고 무법항으로 돌아가 시혼 함장과 플린트윌 선장에게 소식을 전했다.

파도타기호 갑판에서 마카사는 침묵의 조와 원갓 사이에 서서 해적으로서의 삶이 떠나가는 모습을 지켜보았다. 조금 전 오빠 셋이 깊은 바닷속으로 수장되는 모습을 보고 난 뒤였다. 너무 완고하고 너무 무정하기에 울지는 않았다. 하지만 쏜 선장이 뒤에서 한 손을 어깨에 올려놓자 거의, 거의 울음을 터뜨릴 뻔했다.

"이등항해사, 내 선실로 가자. 그동안 어떻게 살았는지 얘기해다오."

그래서 마카사는 이야기를 했고, 쏜 선장은 들었다. 그리고 위로의 말을 건넸다. 마카사는 처음으로 아버지의 사랑이라는 걸 느꼈고, 언제나 느낄 수 있었다. 말루스와 그 부하들이 쏜 선장의 목숨을 앗아갈 때까지.

마카사는 이제 붉은해적단에게서 도망치고 있었다. 쓱싹이 가장 빠른 속도로 노를 저을 수 있는 한에서 되도록 멀리. 마음 한구석에서는 렌도우의 배를 돌려 붉은해적단을 향해 다가가 자기 목숨 따위는 어찌 되든 간에 세 척의 배마다 몰래 숨어들어 오빠들의 죽음을 복수하고 싶은 생각이 간절했다. 그러나 새로 생긴 남동생에 대한 걱정 때문에 분노를 억누르고 안전한 경로를 택했다. 마카사의 시선은 계속 서쪽으로 향해 있었다. 살짝 빠져나가 뭍에 오를 계획이었다. 가젯잔까지는 더 오래 걸리겠지만 그 길이 안전한 경로였다.

아람은 말이 없었다. 쓱싹도 말이 없었다. 머키와 드렐라까지 말이 없었다. 마카사는 이야기를 하는 내내 아람의 눈에서 시선을 떼지 않았다. 하지만 지금은 시선을 다른 데로 돌렸다. 아람은 다른 일행이 보지 못하게 자기 몸으로 가리면서 누나 마카사의 손을 살짝 잡았다. 마카사도 아람의 손을 살짝 쥐며 슬픈 미소를 지었다. 그리고 긴 숨을 내쉬었다. 마치 몇 년 만에 처음으로 쉬어보는 듯한 깊은 숨이었다.

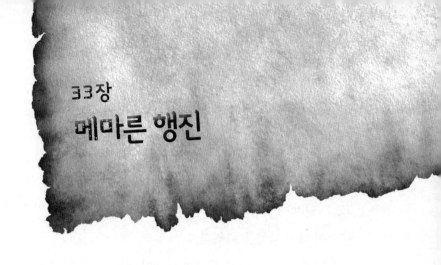

33장
메마른 행진

아 람 일행은 흐린빛 구덩이의 먼 서쪽 끝 해안으로 올라섰다.
렌도우의 배는 여러 차례 큰 도움이 되었던 터라 아람은 배
를 두고 가면서 아쉬움을 느꼈다. 당사자인 렌도우는 아람의 쾌속
정 경주 우승 상금으로 가즈로가 사준 새 배를 데이지한테 받았을
터였다. 그래도 아람은 이 배에 묘한 애착이 느껴졌기 때문에 렌도
우가 자신의 배를 되돌려 받지 못해서 아쉬워하거나 속상해하지는
않을까 걱정했다.

하지만 다른 방도가 없었다. 아람 일행은 잘 버텨준 배를 뒤로하
고 타나리스 사막의 경계를 이루는 산을 향해 올랐다. 그리고 날이
저물 때까지 꼬박 걸어 정상에 다다랐다.

산 정상에서 야영지를 마련하고 위험했지만 불을 피워 요리도

했다. 쓱싹의 가죽 배낭에는 식량이 가득했다. 그리고 가즈로가 챙겨준 다른 물품도 많았다. 물론 다 돈을 지불하긴 했지만. 그런데 물이 문제가 되었다. 쾌속선을 떠날 때 물통 두 개를 가득 채워왔었고, 드렐라가 어떻게 해서인지 기적처럼 산기슭에서 작은 샘을 찾아내어 다시 물통을 채웠다.

하지만 산을 오르기 시작하고부터는 마른 개울 바닥만 보일 뿐이었다. 드리아드인 드렐라조차 아무것도 감지할 수 없었다. 부족한 대로 있는 만큼만 나눠 마시며 여정을 이어갔다.

불 가에 앉은 아람은 목이 말랐지만, 입 밖으로 소리 내 불평할 정도로 바보는 아니었다. 마카사와 쓱싹 역시 아무 말도 하지 않았다. 머키조차 입을 다물고 있었지만, 아람은 양서류 멀록 친구가 일행 중에서 가장 괴로워하고 있으리라 생각했다.

드렐라가 입을 열었다.

"아람, 나 아주 목이 말라요. 뿌리까지 목이 말라요. 부탁인데 물 한 모금 더 마셔도 될까요?"

아람이 물통을 건넸다. 마카사가 드렐라에게 너무 많이 마시지 말라고 주의를 주면서 바싹 말라버린 머키에게 다른 물통을 건넸다. 아람은 조금 놀랐다.

하지만 머키는 고개를 저었다.

"응크 음올록록올올올."

"목마르지 않다고 하네요."

144

드렐라의 통역을 들은 마카사가 인상을 쓰며 말했다.

"이봐, 멀룩. 네가 쓰러지면 우리한테 좋을 게 하나도 없어. 자, 마셔."

머키가 고개를 끄덕이고는 대답했다.

"아오오옳."

머키가 꿀꺽꿀꺽 물을 마시자 마카사가 곧바로 소리를 질렀다.

"너무 많이는 말고!"

아람은 미소를 지으며 스케치북을 꺼냈다. 기억에 있는 렌도우를 그려보았다. 잘 그려졌다.

다음 날 아침 동이 트기 전, 더위를 피하고자 일찌감치 야영지를 정리하고 산을 넘는 여정을 다시 시작했다. 더위를 많이 피하지는 못했다. 날이 밝자마자 곧바로 태양 빛이 강렬하게 내리쪼이면서 모두 녹초가 되었다.

여전히 물은 없었다.

발아래 흙길이 바짝 말라 푸석푸석 먼지가 날렸다. 아람의 목도 바짝 말라 있었다.

결국, 마카사는 일단 멈추기로 했다.

"지금 자둬. 아니면 쉬기라도 해. 내가 첫 번째 보초를 설게. 해가 지면 다시 움직이자."

잠이 안 오리라 생각하며 아람은 바위 아래 아주 작게 드리워진 그늘에 앉아 기억 속의 높새바람 봉우리를 그리기 시작했다. 하지만 후덥지근한 열기가 온몸으로 퍼졌다. 더는 연필을 똑바로 잡을 수가 없어서 포기하고 옆으로 누웠다.

빛의 목소리가 아람이 가까워지고 있다고 속삭였다.
아람은 목마르다고 속삭여 답했다.
말루스의 그림자가 킬킬 웃으며 또렷한 목소리로 말했다.
"그들이 사막에서 바싹 마른 네 뼈를 찾아낼 거야."
"누가요?"
아람의 물음에 말루스는 당황한 듯했고, 아람은 깔깔 소리 내어 웃었다.

아람은 쿨럭쿨럭 기침하며 잠에서 깨어났다.

밤이 찾아왔다. 일행은 윤곽만 보이는 하얀 아가씨 아래로 다시 걷기 시작했다. 확실히 낮보다 시원했지만, 아람은 목이 말랐고 드렐라와 머키는 훨씬 더 갈증이 심하리라 생각했다. 하지만 청량한 밤공기 덕에 발걸음이 조금은 가벼워졌다. 이런 밤이라면 고된 여정도 그리 나쁘지 않을 듯했다.

*　　*　　*

하지만 아침이 되자, 상황은 아주 나빠 보였다.

떠오른 해가 동쪽으로 광활하게 펼쳐진 사막을 내리쬐었다. 어찌 된 일인지 지도에서 볼 때보다 훨씬 넓게 보였다. 가젯잔에 가려면 사막을 건너야 했다.

"물이 더 있어야 해."

마카사가 말했다. 드렐라는 아무 말도 하지 않았다. 대신 주위를 둘러보더니 눈을 감고 드리아드의 감각인지 뭔지를 뻗어보았다. 아무것도 걸리지 않았다. 드렐라가 고개를 저었다.

헉헉거리는 쓱싹의 입에서는 혀가 길게 나와 있었다.

머키는 나오려는 신음을 참아보려고 애썼다.

"그늘을 찾아보자."

아람이 제안했다.

계속 걷다 보니 길이 내리막으로 바뀌기 시작했다. 그리고 그늘을 찾아내기 전에 산기슭에 자리한 집들이 보였다. 사암 벽으로 둘러싸인 마을이었는데 반나절 정도 걸으면 도착할 거리였다.

"마을에는 물이 있겠지."

아람의 말에 마카사가 머뭇거리며 대답했다.

"그렇겠지. 하지만 어떤 마을인지 모르잖아? 친구일지, 적일지."

잔뜩 가라앉은 목소리만으로도 마카사가 어느 쪽이라고 생각하는지 뚜렷이 알 수 있었다.

아람이 머리를 쥐어짜며 아버지가 파도타기호에서 가르쳐주려고 했던 온갖 지식 중에 해답이 있었는지 기억해내려고 애썼다. 하지만 이미 떠오른 태양의 뜨거운 열기 때문인지 아무것도 떠오르지 않았다.

"물이 없이는 이 사막을 건널 수 없어요."

드렐라가 당연한 이야기를 했지만, 마카사가 고개를 끄덕이며 말했다.

"조심히 접근해보자."

아람 일행은 해가 질 때까지 기다리지 않고 그대로 길을 따라 내려갔다.

늦은 오후 무렵, 산 아래에 도착했다. 그곳에서 바위 뒤에 몸을 숨기고 마을을 자세히 살폈다. 아람이 지도를 꺼냈다. 보이는 마을이 줄파락이라고 생각했지만, 지도에는 거대한 도시로 나와 있으니 여기는 아니었다. 적어도 더는 줄파락이 아니었다. 마을 주민이 하나도 보이지 않는 터라 주위의 풍경처럼 버려진 곳이 아닐까 싶었다. 쏜 선장의 수업에서 배웠던 줄파락이 뒤늦게 기억났다. 그곳은 성난모래 트롤의 본거지였다. 아람은 말루스의 부하 중에 금귤색 피부의 성난모래 트롤이 있었던 게 확실히 생각났다. 그 여자 트롤이 톰 프레이크스와 탈리스를 죽였다. 아람이 속삭였다.

"저곳을 피해 가야 할 것 같아."

"어디든 안 갈 거야. 해가 질 때까지는."

마카사도 속삭이며 대답했다.

해가 지자 아람의 눈에 드디어 어떤 움직임이 포착되었다. 왼쪽을 보았더니 거대 거북 세 마리가 사막을 건너고 있었다. 아마 사막 거북일 터였다. 거북이 느릿느릿 마을을 지나가는 모습을 지켜봤다. 미소가 떠올랐다. 아람과 마카사가 파도타기호의 구명정에 탄 채로 바다에서 표류할 때, 거대 바다거북이 해안까지 안내해주었던 기억이 났다.

'거북이는 나에게 행운의 상징이야!'

아람이 마카사를 보며 낮은 목소리로 말했다.

"버려진 마을 같아. 물이 있나 확인해봐도 괜찮을 것 같은데."

"버려졌다면, 아마 더는 물이 없어서 버려진 게 아닐까?"

그러자 잠자코 있던 드렐라가 나섰다.

"저기에 물이 있어요. 느껴져요."

"아옳, 아옳."

머키가 갈라지는 목소리로 말했지만, 그건 그저 머키의 희망 사항일 뿐이었다.

마카사가 결정을 내렸다.

"좋아. 확인해보자. 완전히 어두워지면."

완전히 어두워지지는 않았다. 하얀 아가씨는 아직 절반만 빛을 발하고 있었다. 하지만 구름 한 점 없는 밤이기에 그 빛만으로도 마을의 사암이 훤히 보였다.

"이 정도가 가장 어두워진 상태일 거야. 움직이자. 조심하고."

마카사가 앞장섰다. 쓱싹이 맨 뒤를 맡았다. 모두 각자의 무기를 꺼내 들고 준비 태세를 갖췄다. 무기가 없는 드렐라만 빼고. 사실 별 상관은 없었다.

일행이 조심스럽게 하나뿐인 마을 입구를 통과하여 벽으로 둘러싸인 마을로 들어갔다. 중앙에 차게 식은 화덕과 사암 오두막 몇 채가 아람의 눈에 채 다 들어오기도 전에 목소리가 들려왔다.

"오, 형제들. 로아께서 이 특별한 선물을 반기실 거야."

스무 명이 넘는 트롤이 아람 일행을 완전히 에워쌌다. 모두 단검, 장창, 석궁으로 중무장하고 있었다. 마카사가 쇠사슬에 손을 뻗었으나 쌍둥이 오우거의 엄호를 받는 여자 트롤이 석궁을 들어 마카사의 미간에 겨눴다. 아람은 숨을 쉴 수가 없었다. 저 여자였다. 탈리스를 죽인 장본인이자 말루스의 수하로 있는 트롤이었다.

'거북이 때문에 우리를 트롤의 손에 곧장 인도하도록 마카사 누나를 설득했다니!'

여자 트롤의 가슴보호갑이 움직이는 것을 본 아람은 금속으로 된 보호대라고 생각했던 것이 사실은 살아 있는 생명체라는 걸 알았다.

트롤이 석궁으로 허공을 찌르며 마카사에게 말했다.

"자매야, 이곳에서는 널 놓칠 리가 없어."

"난 네 자매가 아니야."

마카사가 험악한 말투로 대답했다. 하지만 쇠사슬의 걸쇠에 얹었던 손은 아래로 내렸다.

"아니지. 넌 로아께 바치는 희생 제물이 될 테니. 너희 모두 다. 족장님, 맞습니까?"

"맞다, 자매 자스라여."

덩치가 크고 짙은 피부에 머리를 하나로 묶은 남자 트롤이 말했다. 얼굴은 하얀색으로 칠해져 있었다. 족장이라는 남자 트롤이 아람 일행을 돌아보며 말했다.

"나는 우코르즈 샌드스칼프 족장이다. 그리고 너희는 에라카 노 킴불을 위한 먹잇감, 엘로르사 노 샤드라를 위한 음식, 위테이 노 무에잘라를 위한 실험체가 될 것이야. 이제 너희는 로아의 것이다."

"맞습니다. 하지만 먼저……."

자스라는 석궁으로 마카사를 계속 겨눈 채 아람에게 다가가 보지도 않고 마른 손을 셔츠 밑에 넣어 나침반을 꺼낸 다음 세차게 잡아챘다.

자스라가 나침반을 들어 올렸다. 하얀 아가씨의 달빛이 나침반의 황동 받침에 반사되어 반짝거렸다.

"형제야, 끝났다. 이제 다 끝났어."

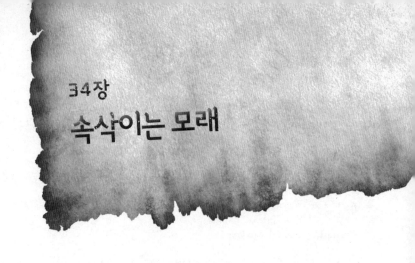

34장
속삭이는 모래

줄지어 늘어선 횃불 사이로, 트롤 무리는 희생 제물들을 데리고 오래된 마을에서 사막을 지나 서쪽의 더 오래되고 성스러운 도시로 행군했다.

자스라는 속으로 생각했다.

'이곳은 정말 오랜만이군.'

자스라의 조상들이 이곳에 묻혀 있었다. 할머니 다음에 할머니, 그 할머니 다음에 할머니가. 자스라의 어머니까지. 그리고 그때 자스라는 떠났다. 마지막으로 이곳에 왔던 것이 그때였다. 어머니가 돌아가셨을 때, 자스라는 여기를 떠나 자신의 길을 갔다.

이제 자스라는 의기양양하게 돌아오는 중이었다. 오우거 형제들을 양옆에 거느리고 자스라는 첫 번째 문을 지나 신성한 아치문 아래를 지났다.

자스라의 손에 나침반이 있었다. 사슬 목걸이를 손목에 두 번 감은 채로. 자스라는 자신과 오우거들이 이 나침반을 가젯잔으로 가지고 가야 한다는 것을, 그것도 지금 가지고 가야 한다는 것을 알았다. 말루스가 기다리고 있었다. 아주 절실하게. 자스라는 잘 알고 있었다.

하지만 샌드스칼프 족장은 오늘 밤 족장이 해야 할 일을 하고 있었다. 자스라는 족장을 위해 희생 제물을 손쉽게 마련해주었다. 분명히 고마워하리라. 다른 트롤들 사이에서 도는 속삭임이 그렇게 말해주었다. 네 달이 네 번 지는 동안 희생제를 한 번도 지내지 못했다. 하지만 오늘 밤, 하얀 아가씨가 모두의 머리 위에 뜨는 자정에 피 몇 방울을 떨어뜨리면 로아가, 자스라의 로아가 반드시 나타나리라. 자스라는 로아를 만날 수 있기를 간절히 바랐다. 호랑이의 신이자 야수 군주이자 고양이의 왕이자 먹잇감의 파멸인 에라카노 킴불을. 거미의 신이자 맹독의 어머니이자 죽음의 사랑인 엘로르사 노 샤드라를. 그리고 잠의 아버지이자 시간의 아들이자 밤의 친구이자 죽음의 신인 위테이 노 무에잘라를.

자스라가 남아 있는 건 갈망 때문이기도 할까? 어쩌면 그럴지도. 로아는 반드시 희생 제물의 피를 마시리라. 고기도 먹으리라. 하지만 로아는 금방 배가 부를 것이다. 로아는 자스라 동족에게 관대하다. 희생 제물이 다섯이니 남는 게 많을 것이다. 로아와 샌드스칼프 족장 다음으로 자스라가 자기 몫을 받게 될 것이다. 분명히 가장 맛있는 부위이리라.

두 번째 아치문을 지나고 세 번째, 네 번째 문도 통과하면서 자스라는 다시 한 번 마음속으로 정당화하고 있었다.

'그래 봤자 무슨 큰일이 있겠어? 하룻밤만 더 있을 뿐인데. 늙은 말루스가 알 리 없어. 나침반을 구했으니 기뻐할 거야. 수고했다며 금화를 주겠지. 하룻밤만 더 있을 뿐이야. 12시간만 더. 그게 전부야. 남아 있자.'

그래서 자스라는 남았다.

자스라는 마지막 아치문 밖에 쌍둥이 오우거 로쿨과 로자크를 남겨두었다. 오우거와 희생 제물이 아닌 자들은 신성한 의식에 참여할 수 없었다. 그런 후에 트롤과 희생 제물 모두 신성한 도시에 있는 피라미드의 긴 사암 계단을 올라갔다. 줄파락의 피라미드였다. 자스라가 어렸을 때, 너무 어려서 의식에 참여하지 못했을 때, 자스라는 피라미드가 구름까지 뻗어 있으리라고 생각했다. 어른이 된 지금도 밟는 계단 하나하나에서 이 피라미드를 지은 성난모래 트롤의 힘이 느껴졌다. 사암 계단을 오르는 일은 기분이 좋았다. 계단은 아주 길었다.

샌드스칼프 족장의 충복들이 희생 제물의 무기들을 신성한 불앞에 쌓아놓았다. 방패, 검 한 쌍, 전투 곤봉, 손도끼, 인간 여자의 쇠사슬, 멀록의 작은 창까지. 이제 필요 없어진 무기였지만, 희생 제물의 희생을 기리는 차원에서 놈들의 해골과 함께 모래 구덩이에 묻을 예정이었다.

희생 제물 다섯을 떠밀어서 자리에 세웠다. 로아가 잘 찾을 수 있도록 하얀 아가씨가 밝은 빛을 비추는 곳에 희생 제물을 세워야 했다. 찾고 나면 그 뒤로는 빛이 필요 없었다. 이제 남은 건 기다리는 일뿐이었다. 자스라의 입에 침이 고였다. 벌써 피 맛이 느껴지는 듯했다.

그들은 기다렸다.

아람은 이렇게 끝이 난다는 사실을 믿을 수 없었다. 트롤 신에게 바치는 피의 제물이라고? 그 많은 일들을 헤쳐온 결과가 고작……?

돌에는 핏자국이 있었다. 어떤 건 까매졌고 어떤 건 옅어져 있었다. 긁은 자국도 있었다. 절망으로 긁은 자국. 인간과 다른 종족이 억지로 끌려가며 생긴 자국이었다. 단단한 돌 위에 생긴 커다란 발톱 자국의 주인공이 누구인지는 몰라도 역시 끌려가면서 생긴 것이었다. 돌들 여기저기에 피를 흡수하고 긁은 자국이 메워지도록 모래가 흩뿌려져 있었다.

아람의 입이 모래처럼 바짝 타들어갔다. 두려웠다. 오우거들에게 혈투의 전장으로 끌려갈 때도 이렇게 무섭지는 않았다. 왜냐하

Zathra, Ró'jak, and Ró'kull
자스라, 로자크, 그리고 로쿨

A. Thorne

면 그때는 자신을 구해줄 마카사가 자유의 몸이었기 때문이었다.

아람은 계속 마카사를 살펴보았다. 마카사가 이 상황을 어떻게 극복할지 생각하는 게 보였다. 때를 기다리며, 기회를 기다리며. 하지만 아람이 논리적으로 생각하기에는 그런 때도, 그런 기회도 주어지지 않을 것 같았다. 마카사의 무기가 아주 가까이에 있었다. 채 스무 걸음도 되지 않는 거리였다. 하지만 그 스무 걸음이 마치 이백 리처럼 느껴졌다. 피라미드 꼭대기에는 무장한 트롤이 어림 잡아 쉰 명은 있었다. 그리고 돌계단에는 백 명이 훌쩍 넘는 트롤이 있었다. 아마 피라미드 밑에는 그 두 배쯤 있을 터였다. 지금 있는 곳은 줄파락이 분명했다. 그 줄파락이 저 마지막 아치문 너머에서 텅 빈 채로 그들의 종말을 지켜보려 하고 있었다.

트롤이 아람 일행을 한 줄로 세웠다. 마카사가 한쪽 끝에 서 있었다. 쓱싹이 그 옆이었다. 드렐라가 가운데였다. 그다음은 머키였다. 그리고 아람이 다른 쪽 끝에 서 있었다. 아람이 이들 모두를 여기까지 데려와 죽음에 이르게 했다. 아람을 충직하게 따르던 쓱싹과 머키에게 약속을 지키지 못했다. 드렐라에게 한 약속을 지키지 못했으니 탈리스와 한 약속도 지키지 못한 셈이었다. 나침반을 잃었으니 아버지와 한 약속도 지키지 못했다. 게다가 마카사 누나는? 아람이 마카사를 설득해 마을로 오게 한 셈이었다.

'바보 같은 거북이! 바보 같은 아람!'

아람은 누구와도 약속을 지키지 못했다.

동료들을 쳐다보았다. 쓱싹은 어깨를 쫙 폈지만, 머리는 약간 숙이고 있었다. 쓱싹은 뛰어올라 공격하거나 아니면 그저 명예롭게 죽거나 둘 중 하나를 선택할 준비가 되어 있었다. 드렐라는 이 와중에도 겁을 먹기보다 호기심이 더 발동한 듯했다. 드렐라와 머키가 지금 처한 상황을 제대로 이해했는지 확실하지 않았다. 머키가 큰 눈으로 아람과 마카사를 번갈아 보며 둘 중 누구든 명령을 내리기만을 기다리고 있었다. 하지만 명령은 없을 예정이었다.

자정에 달이 그들 머리 위로 떠오르자 트롤 족장 샌드스칼프가 구불구불한 의식용 단검을 들고 마카사에게 다가가 거칠게 마카사의 팔을 잡았다. 아마 저항하리라 예상한 모양이었다. 그러나 아다셰 선장의 막내 여동생은 겁을 먹고 굴복할 위인이 아니었기에 미동도 하지 않았다. 샌드스칼프가 칼로 마카사의 왼쪽 손바닥을 깊지 않게 그었다. 마카사는 움찔하지도 않았다. 샌드스칼프는 마카사의 손을 잡고 손바닥이 아래로 향하게 돌렸다. 피 몇 방울이 모래 위로 떨어졌다.

다음으로 쓱싹에게로 다가가 같은 절차를 반복했다. 쓱싹 역시 미동조차 없었다. 아람은 자신도 그 정도로 꿋꿋하기를 바랐다.

샌드스칼프 족장이 앞으로 다가오자 드렐라는 미소를 지었다. 하지만 족장이 손을 베자 드렐라는 소리를 질렀다.

"아야! 정말 마음에 안 들어요! 이제 재미없어요."

족장은 드렐라를 무시하고 피를 몇 방울 떨어뜨린 뒤 옆으로 이

동했다.

머키는 칼에 베일 때 식식거리기는 했지만, 쓱싹과 마카사만큼 꿋꿋했다.

이제 아람의 차례였다. 칼에 베이자 따끔한 느낌이 들었지만, 많이 아프지는 않았다. 이거보다 어머니의 바늘에 찔릴 때가 더 따끔할 것 같았다. 이 과정에서 꿋꿋하게 버티는 게 예상보다 어렵지는 않겠구나 하는 생각이 들었다. 하지만 이다음에 일어날 일이 뭔지는 몰라도 그때는 꿋꿋하게 버텨내기가 훨씬 더 어려우리라는 걸 알았다.

샌드스칼프 족장이 트롤 언어로 무언가 읊조리기 시작했다. 다 이해하지는 못했지만, 계속 반복되는 로아의 이름은 알아들었다. 에라카 노 킴불, 엘로르사 노 샤드라, 위테이 노 무에잘라.

"에라카 노 킴불, 엘로르사 노 샤드라, 위테이 노 무에잘라. 에라카 노 킴불, 엘로르사 노 샤드라, 위테이 노 무에잘라. 에라카 노 킴불, 엘로르사 노 샤드라, 위테이 노 무에잘라."

말루스와 한패인 자스라라는 이름의 여자 트롤이 합류했다.

"에라카 노 킴불, 엘로르사 노 샤드라, 위테이 노 무에잘라. 에라카 노 킴불, 엘로르사 노 샤드라, 위테이 노 무에잘라. 에라카 노 킴불, 엘로르사 노 샤드라, 위테이 노 무에잘라."

곧 모든 트롤이 한목소리로 읊어댔다.

"에라카 노 킴불, 엘로르사 노 샤드라, 위테이 노 무에잘라. 에라

카 노 킴불, 엘로르사 노 샤드라, 위테이 노 무에잘라. 에라카 노 킴불, 엘로르사 노 샤드라, 위테이 노 무에잘라."

달빛이 점차 약해졌다. 아람이 위를 올려다봤다. 하얀 아가씨는 물론 별 하나, 구름 한 점 보이지 않았다. 그저 어둠뿐이었다. 그리고 횃불. 횃불은 아직 타오르고 있었지만, 점점 사그라지고 있었다.

그때 정체 모를 그림자가 마치 기름처럼 모래 위를 검은색으로 물들이며 퍼졌다. 그리고 검은 모래에서 검은 형상 셋이 특정한 형체 없이 고동치며 일어났다. 트롤들이 모두 조용해지면서 로아 앞에 절했다.

로아는 말하지 않았다. 단어가 만들어지지 않았다.

아람에게 그들의 소리가 들렸다. 갑자기 텅 비어버리고 두려움이 차오르는 마음의 사막에 모래가 날리는 듯했다. 고대의 이름이었다. 에라카 노 킴불, 엘로르사 노 샤드라, 위테이 노 무에잘라. 그리고 그 이름에는 무언가가 더 있었다. 피와 고기를 주겠다는 약속이었다.

첫 번째 로아가 앞으로 나섰다. 서서히 형체를 이루기 시작했다. 그것은 정글표범이었다. 거대하고 근육이 발달했으며 검은색 털에 그보다 더 검은 줄무늬가 있었다. 속삭이는 모래가 정글표범을 에라카 노 킴불, 호랑이의 왕, 야수 군주, 고양이의 왕, 먹잇감의 파멸이라고 불렀다. 정글표범이 소리도 없이 네 발로 슬그머니 다가와 앞에 있는 두 희생 제물, 마카사와 쏙싹에게 다가갔다. 정글표범은 배가 고프면서도 마치 그 둘이 자신의 로아인 양 둘의 이름을 속삭였다. 그리고 나서 신이라고 하기에는 이상한 행동을 했다. 정글표범이…… 절을 했다. 트롤들은 헉하고 크게 당황했다.

로아의 속삭이는 모래가 말했다.

"킴불은 마카사 플린트윌과 덩굴발 부족의 쓱싹에게 절한다. 킴불은 먹잇감의 파멸이다. 하지만 킴불은 포식자의 파멸이 아니다. 너를 내 동료로서 존경하여 절하노라. 마카사 플린트윌, 호랑이의 왕을 두려워하지 않아도 되노라. 덩굴발 부족의 쓱싹, 야수 군주를 두려워하지 않아도 되노라. 에라카 노 킴불은 너희 둘에게 경의를 표하노라."

그러더니 정글표범은 검은 모래 속으로 녹아내렸다.

마카사와 쓱싹은 어리둥절하여 서로를 쳐다보더니 칭찬하는 뜻에서 고개를 끄덕였다.

트롤들 사이에 웅성거리는 소리가 있었지만, 두 번째 로아가 접근하자 다시금 조용해졌다. 두 번째 로아는 검은빛의 거대한 거미가 되더니 검은 모래를 건너 곧장 드렐라에게로 달려들었다. 아람은 앞으로 나서서 드렐라를 막아주고 싶었다. 그게 아람이 해야 할 일이었다. 의무였다. 하지만 아, 왜 하필 거미지? 거미에 대한 공포로 아람은 몸이 굳어버렸다. 움직일 수 없었다. 심지어 고개조차 돌릴 수 없었다. 하지만 가까스로 눈알만 굴려 드렐라의 옆모습을 볼 수 있었다. 드렐라는 아주 예쁘고 아주 사랑스럽고 아주 순수해 보였다. 미소를 짓고 있는 걸 보니, 늘 그렇듯 자신이 처한 위험을 모르는 게 분명했다.

속삭이는 모래가 그 로아를, 엘로르사 노 샤드라, 거미의 신, 맹독의 어머니, 죽음의 사랑이라 불렀다. 거미는 다리 여덟 개를 빠르게 움직이며 달려들다가 갑자기 멈춰 섰다. 그러더니 다리 여섯 개를 움직여 뒷걸음질 치면서 마치 어린아이가 짜증을 부릴 때처럼 두 앞다리를 허공에 마구 휘저었다. 모래가 속삭였다.

"아니다, 아니야. 너는 샤드라를 위한 것이 아니다. 너는 날 위한 것이 아니다."

트롤들이 다시 헉하며 숨을 들이마셨다.

드렐라는 자신 있게 앞으로 걸어 나갔다. 여전히 꼼짝도 못하는 아람은 드렐라를 제지할 수 없었다. 드렐라가 입을 열었다.

"나는 세나리우스의 딸, 타린드렐라예요. 나는 성장하는 모든 생명체들의 존재이며 풍요의 화신이에요. 이 세상에서 나를 해칠 수 있는 독은 없어요. 친구가 아닌 거미도 없어요. 죽음은 생명과 마찬가지로 자연스러운 일이죠. 거미의 신, 봄이 나와 함께해요. 그리고 난 당신을 위한 것이 아니에요."

거대 거미 로아는 다른 희생 제물을 취하려 머키에게로 몸을 돌리려 했다.

머키가 다 들릴 정도로 침을 꿀꺽 삼켰지만, 드렐라는 오히려 몇 발짝 더 앞으로 나서며 말했다.

"맹독의 어머니, 그 아이도 당신을 위한 것이 아니에요. 그 아이를 취할 수도 없고, 먹을 수도 없어요. 지금은 아니에요. 영원히 아니에요. 세나리우스의 딸이 말해요."

거미 로아는 진심으로 존경하는 마음에서, 아니면 진심으로 두려운 마음에서 고개를 숙인 채 둘에게서 물러났다. 트롤들이 다시 웅성거리기 시작했다. 몇몇은 항의를 하거나 욕설을 내뱉기도 했다. 몇몇은 우는 것 같았다. 아람은 잔뜩 긴장했던 근육이 풀어지는 것을 느꼈다. 가시마술사 츄가라가 뼈 무더기 사이에서 훌쩍이던 모습이 생각났다. 그리고 드렐라에게서 경이로움을 느꼈다.

모래가 계속해서 속삭였다.

"아니야, 아니야, 아니야, 아니야, 아니야……."

그리고 거대 거미는 검은 모래 속으로 녹아내렸다.

로아는 이제 하나만 남았다. 위테이 노 무에잘라, 시간의 아들, 잠의 아버지, 밤의 친구, 죽음의 신이었다. 그림자가 점점 커지고 커지고 커지더니 희생 제물 앞에 우뚝 솟아올랐다. 트롤들은 황홀해하며 긴 숨을 내쉬었다. 어쩌면 안도의 한숨인지도 몰랐다. 아람은 그 그림자가 어떤 형체가 되는지 보려고 했지만, 그 로아는 뚜렷하지 않은 모습으로 남아 있었다. 아니면 형태가 계속 변하는 것인지도 몰랐다. 그림자가 녹아내려 다른 모습으로 바뀌고 또 다른 모습으로 바뀌었다. 3.6미터의 트롤이 되었다가 거대한 도마뱀이 되었다. 순간, 말루스 선장의 형상이 되기도 했다. 그러더니 타오르는 검은 불길의 생명체가 되었다. 아람은 눈을 꼭 감았다. 눈을 다시 떴을 때 로아는 헤엄치는 고래상어의 모습으로 꿋꿋하게 서 있는 머키에게 다가갔다.

모래가 속삭였다.

"간식이다. 간식이다. 그저 작은 간식일 뿐이다. 그러나 무에잘라는 오늘 밤 먹으리라."

드렐라를 도와줄 수는 없었지만, 머키가 이런 것에 잡아먹히게 둔다면 아람은 비난받아 마땅했다. 저 모습은 그저 로아가 취한 형태일 뿐이리라. 머키는 아람을 고래상어의 아가리에서 구해냈다. 이제 아람이 보답할 차례였다. 흐린빛 구덩이에서 수정 조각 위에 덮여 있던 석판을 움직일 때보다 더 힘껏 애를 쓰며 아람은 발을 움직였다. 한 발자국, 두 발자국, 세 발자국…… 그렇게 해서 죽음의 신과 머키 사이에 섰다.

무에잘라가 멈춰 섰다. 새로운 형상으로 바뀌었다. 붉은 테두리를 두른 검은 악령이 하늘을 찌를 듯 우뚝 솟아 있었다. 아람은 무엇이 닥쳐오든 맞설 각오를 했다. 곁눈으로 보니 마카사, 쓱싹, 심지어 드렐라까지 아람을 도와줄 채비를 하고 있었다. 어깨에서 아람을 옆으로 밀어내는 머키의 손이 느껴졌다. 하지만 아람은 바윗덩이처럼 꿈쩍도 하지 않았다. 용감해서 꿋꿋하게 버티고 있는 게 아니었다. 공포 때문에 꼼짝도 할 수 없어 그 자리에 뿌리라도 내린 듯 버티고 서 있는 것이었다. 이유야 어찌 되었든 아람은 동요하지 않았다.

무에잘라는 최면을 거는 듯이 아람 앞에서 앞뒤로 흔들리며 움직였다. 트롤들과 아람의 동료들이 숨을 참고 지켜보았다. 마침내 모래가 속삭였다.

"쏜의 아들, 아직은 아니다. 아직은 아니야. 오늘은 아니다. 그날은 온다. 반드시 온다. 하지만 무에잘라는 오늘 여기서 너와 얽히지 않겠다. 우리의 싸움은 아직 시작되지 않았다. 아직 시작되지도 않았으니…… 그러나 아이야, 싸움은 시작된다. 반드시 시작된다. 그리고 네가 그 싸움에서 패하면 무에잘라는 아제로스의 모두를 마음껏 먹으리라. 아제로스의 모두를, 아제로스의 모두를, 아제로스의 모두를……."

무에잘라는 내려앉더니 그대로 사라졌다. 아람은 너무나 당황스러운 탓에 마지막 로아가 모래 속으로 녹아내린 것도 보지 못했다. 횃불이 다시 밝아지고 달빛이 비치는 것도 알아채지 못했다. 마음속에서 마지막 로아의 말이 계속 메아리쳤다.

'싸움은 시작된다, 반드시 시작된다.'

눈앞에서 벌어진 광경에 멍해진 건 아람뿐만이 아니었다. 무에잘라가 아람 앞에서 멈춰 섰을 때, 트롤들은 헉하는 소리조차 내지 못했다. 모두 충격을 받고 침묵에 빠졌다. 이 전례 없는 사건에 흔들렸다. 샌드스칼프 족장은 그저 우두커니 서 있었다. 자스라도 그저 멍하니 서 있었다. 모두들 굳어버린 듯 제자리에 서 있었다. 조각상처럼, 나무처럼 우두커니 서서 희생되지 않은 희생 제물들을 빤히 바라만 보고 있었다.

드렐라가 아람을 보고 미소 짓자 아람도 미소로 답했다. 바보처럼 활짝 웃었다. 기뻤다.

아람이 곧장 자스라를 향해 걸어갔다. 자스라는 공포에 휩싸인 채 아람을 내려다봤다. 아람은 자스라의 손목에서 사슬 목걸이를 풀어낸 다음 손에서 나침반을 빼냈다. 자스라는 조금의 저항도 하지 않았다. 그 누구도 저항하지 않았다.

아람이 동료들을 돌아봤다. 네 명 모두 바보처럼 벙글거리며 웃고 있었다. 심지어 마카사까지도. 마카사, 쓱싹, 머키는 무기와 장비를 챙겼다. 머키가 아람에게 흰날검을 건네주었다. 그런 다음, 모든 트롤이 보는 가운데 쓱싹이 드렐라를 밧줄로 묶고는 마카사와 함께 피라미드 뒷면으로 드렐라를 내려 보냈다. 모두들 그 뒤를 따라 손에 손을 잡고 거친 돌바닥을 내려갔다. 지금 기분으로는 걷는 게 아니라 둥실둥실 떠다니는 것 같았다.

아람 일행은 언덕까지 내려온 다음, 로아처럼 밤의 어둠 속으로 사라졌다.

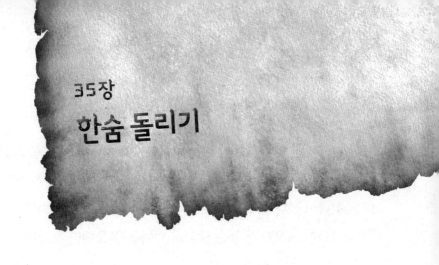

35장
한숨 돌리기

로쿨이 입을 딱 벌렸다. 당황한 로자크가 말했다.

"로자크 이해 안 된다. 자스라 소년 잡았다. 나침반 가졌다. 자스라 어떻게 둘 다 놓치나?"

자스라조차 그 일에 관해서는 아무것도 이해할 수 없었다.

'로아…… 소년…… 그 싸움이 아직 시작되지 않았다고 말하는 죽음…….'

자스라가 간신히 정신을 차리며 고개를 들었다. 오우거 둘이 혼란스러워하며 빤히 내려다보고 있었다. 자스라는 쌍둥이 오우거 형제가 당황하는 것을 보자 정신이 번쩍 들면서 버럭 소리를 질렀다.

"그 소년은 찾은 적 없는 거다. 나침반도 찾은 적 없는 거고."

"어어?"

167

쌍둥이 오우거가 동시에 당황하며 서로를 쳐다봤다.

자스라가 석궁을 들어 로쿨을 겨누고, 이어서 로자크를 겨눴다.

"형제들, 들어봐. 너희 새 고르독에게 우리가 나침반을 찾았다가 놓쳤다고 말하면, 그 남자는 우리 셋 다 죽이겠지. 안 그래?"

쌍둥이 오우거가 무슨 말인지 알아들은 듯했다. 로쿨이 고개를 끄덕였고, 로자크가 말했다.

"옛 고르독 마찬가지다."

"그리고 지금 출발하면 그 소년과 나침반과 나머지 녀석들을 사막에서 잡을지도 몰라. 나는 성난모래 트롤이니까. 너희는 덩치가 크고 성큼성큼 걷는 골두니 오우거들이고. 우리가 따라잡을 수 있을 거야, 그렇지?"

"맞다."

쌍둥이 오우거가 동의했다.

가슴에서 안달하는 쌩쌩이와 함께 그들은 아람 일행을 쫓아 출발했다. 하지만 자스라의 마음속에는 모래의 속삭임이 계속해서 반복되었다.

'아제로스의 모두를, 아제로스의 모두를⋯⋯.'

자스라와 쌍둥이 오우거는 그다지 서두르지도 않았건만, 하룻밤 후면 다섯 여행자를 순식간에 따라잡을 것으로 보였다. 자스라는 추격의 대가였지만, 줄파락에서 목격한 광경 때문에 정신이 산만했다. 그래서 사냥감이 남쪽으로 조금 돌아갔다는 흔적이 분명한

데도 알아차리지 못했다.

줄파락에는 깨끗한 물이 있었고, 깊은 샘물 위에 석조 분수를 세워놓았다. 마카사와 아람은 수통을 가득 채우고 물병도 하나 찾아냈다. 피라미드 꼭대기에서 흘린 피에 대한 보상으로 물병에 물을 가득 채워 가져가기로 했다.

일행은 밤새 터벅터벅 걸으며 사막을 건넜다. 다음 날 아침 내내 휴식을 취하고 해 질 녘에 다시 걷기 시작했다.

두 번째 밤이 찾아왔을 때, 물병의 물은 이미 바닥이 나버렸다. 드렐라는 남쪽에서 깨끗한 물을 감지했다. 그곳으로 가면 여정이 더 길어지겠지만, 선택의 여지가 없었기에 드렐라의 말대로 경로를 수정했다.

솔직히 말하자면, 아주 훌륭한 선택이었다.

새벽이 되기 전, 슬픈모래 감시탑의 동쪽 탑에 도착했다. 나무와 두꺼운 천으로 대충 만든 구조물이었는데 알고 보니 가젯잔의 서쪽 타나리스에 단 하나 있는 피난처였다. 이곳에서 탑 주인을 만났다. 키가 크고 체격이 좋으며 얼굴 위를 가로지르는 삐죽삐죽한 흉터가 있는 하이 엘프였다. 탑 주인은 인간 둘, 멀록 하나, 놀 하나가 세나리우스의 딸과 함께 사막을 건너간다는 사실에 기겁하며 어찌할 바를 몰라 했다. 그는 서둘러 찌는 듯한 더위를 피할 만한 장소를 제공했다. 이 쿠엘도레이는 자신의 이름이 트렌튼 라이트해머라고 소개하며 미스릴 대장조합의 대장장이라고 했다. 아람은 조합에 관해서는 아는 바가 전혀 없지만, 대장장이인 새아버지 밑에서 수습 생활을 했기에 하이 엘프 라이트해머와 대장일에 관한 이야기를 신나게 할 수 있었다. 둘은 금방 마음이 통했다.

슬픈모래 감시탑에는 깨끗한 물과 넉넉한 음식이 있었다. 하이 엘프와 고블린 친구 셋이 실어다 놓은 것이었다. 여행자들은 마른 목을 축이고 주린 배를 채웠다. 그런 다음 다른 곳보다 좀 더 안전한 라이트해머의 천막 안에서 하루 내내 잠을 자며 보냈다.

다음 날 밤, 라이트해머와 아람은 대장간 안에 틀어박혔다. 머키, 쓱싹, 드렐라가 궁금해하자 마카사가 손사래를 치며 답해주었다.

"쟤가 호숫골을 그리워한다는 건 다들 알잖아. 고향 기분을 좀 느끼는 건데 별문제 없겠지."

그랬다. 문제는 없었다. 아람은 다음 날 아침 마카사를 위해 만든 쇠 작살을 들고 나왔다. 작살을 본 마카사의 눈이 휘둥그레졌다. 아람이 작살을 건네주었다. 균형이 잘 잡혔고 무게와 길이도 완벽했다. 날카로운 작살 끝에 살짝 손을 대보자 집게손가락에서 피가 몇 방울 흘러나왔다. 그걸 보며 마카사는 활짝 웃었다. 마카사는 고마워하면서 낮은 소리로 원래 가지고 있던 작살보다 열 배는 더 좋다고 말했다. 아람은 설마 마카사가 우는 건가, 하고 생각했다. 물론 아니었다. 마카사에게 눈물이란 없었다. 하지만 그 표정과 감사의 인사는 감동적이었다.

"동생아, 고마워."

그것만으로도 보답은 충분했다.

그 이후로 감시탑에 머무는 동안 마카사의 기분은 몹시 좋아 보였다. 그리고 잠시도 손에서 작살을 놓지 않았다.

아람은 주머니에서 나침반을 꺼내 금으로 된 사슬 목걸이를 라이트해머에게 보여줬다. 걸쇠가 망가져 있었다. 하늘봉우리 아래에서 아람이 겨우 고쳐놓기는 했지만, 트롤이 목에서 홱 잡아챌 때 걸쇠가 완전히 뒤틀려버렸다. 더는 잠기지 않아 목에 걸 수도 없었다.

라이트해머는 얼굴을 찡그리더니 고칠 수 없다고 했다. 아람은 시무룩하게 고개를 끄덕였다. 잠시 후 라이트해머는 어떤 상자를 열어 아주 튼튼한, 쇠로 된 사슬을 꺼냈다. 아람의 표정이 순식간에 환해졌다. 아람은 보답으로 자신의 사슬 목걸이를 주겠다고 했지만, 라이트해머는 들은 척도 하지 않고 그대로 마카사에게 던졌다. 마카사는 아무런 이의 없이 값은 나가지만 쓸모는 없어진 금 사슬 목걸이를 그대로 받아 쓱싹의 짐에 넣었다. 라이트해머는 나침반을 쇠사슬 목걸이에 달아주었다. 이제 아람이 빼지 않는 이상 목에서 빠지는 일은 없을 터였다.

뿐만 아니라 라이트해머는 쓱싹의 전투 곤봉에 쇠 박차를 몇 개 박아주고, 드렐라에게는 사과 씨앗을 담은 주머니를 건넸다. 머키만 아무 선물도 받지 못했다. 사막 한가운데에서 물고기 그물이라

부를 만한 물건은 없었다. 하지만 머키는 기분 좋게 현실을 받아들였다.

대장간에 있지 않을 때 아람은 대부분 그림을 그리며 시간을 보냈다. 모루 앞에 선 쿠엘도레이 라이트해머의 모습을 그렸다. 기억으로 그리는 높새바람 봉우리의 그림도 마무리했다. 머키와 쓱싹이 거북이 육포 한 줄을 놓고 씨름하는 모습도 그렸다. 심지어 트롤자스라와 쌍둥이 오우거도 그렸다. 샌드스칼프 족장과 줄파락의 피라미드도 그렸다.

그리고 로아를 그렸다. 생각만 해도 등골이 서늘해졌지만. 아람은 두려움을 떨쳐내고 그림을 마무리했다. 그러고는 자신의 죽음을 모면할 방법을 찾기라도 하듯이 그림을 유심히 살폈다. 그러다 스케치북을 덮고는 마치 종이 위에 그려진 그림이 뛰쳐나오기라도 한다는 듯이 방수포로 꽁꽁 싸맸다. 기분이 가라앉았다. 하지만 금세 풀렸다. 비유적으로나 실제로나 오아시스인 이곳을 제대로 즐기지 않는다면 촌스러운 일이었다. 그리고 아람은 촌뜨기가 아니었다.

다음 날 밤, 편하게 휴식을 취한 아람 일행은 여러 선물과 드렐라가 기적처럼 키워낸 사과를 포함한 음식들, 물통 다섯 개에 가득 담은 물로 무장하고서 내키지 않는 발걸음을 뗐다. 라이트해머와 슬픈모래 감시탑에 작별을 고한 후, 가젯잔으로 향해 가는 마지막 사막 횡단을 시작했다.

　모든 것이 완벽했지만, 불행하게도 가려진 자들은 이미 가젯잔
에 와 있었다.

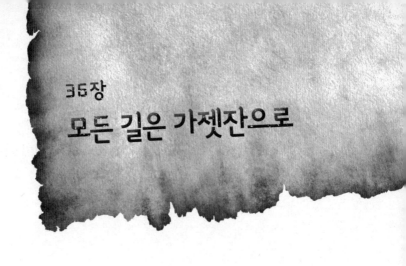

35장
모든 길은 가젯잔으로

불가피호가 가젯잔에 닿고 말루스가 싸르빅, 싸브라를 비롯한 수하들 중 절반과 함께 해안으로 올라왔다. 말루스는 도시 전역으로 가려진 자들을 흩어 보내고 모든 문에 감시자들을 배치했다.

발드레드 남작이 가장 먼저 도착했다. 뼈 무더기에서 있었던 일을 사실 그대로 보고했다. 혹한술사가 아제로스에 발판을 마련하지 못하도록 막은 일이 상당히 영웅다운 행동이었다고 생각하는 듯했다.

싸르빅은 발드레드가 나침반을 눈앞에 두고도 '더어얼 주우우웅요한 이이이이일'에 신경 쓰느라 놓쳤다는 사실에 쉭쉭거리며 기절할 듯이 화를 냈다.

발드레드는 싸르빅의 반응을 덤으로 얻은 보상이라 여겼다.

말루스는 발드레드를 검으로 베어버릴까 고민했다. 하지만 죽은 자를 죽여봤자 힘만 빠지는 일이기에 그냥 넘어갔다.

이어서 스로그가 카르가, 구즈루크, 슬렙가르, 수염 형제와 함께 도착했다. 이쪽도 아람과 나침반을 다 잡았다 놓쳤다는 이야기를 했다.

이제 말루스는 진짜로 누구든 베어버려야겠다고 생각했다. 앞으로 더는 실수하지 않도록 경고하는 차원에서 본보기가 되게 말이다. 검을 뽑으려는데, 싸브라가 귓속말로 어서 누구든 베라고 재촉하는 바람에 오히려 말루스는 행동을 멈췄다. 그게 새여자인간이라 할지라도, 누군가의 바람에 따라 행동하는 모습을 보일 수는 없었다. 대신 으르렁거리듯 "불필요하게 힘을 쓸 필요는 없지."라는 말을 남기고 등을 돌려버렸다.

그래서 자스라, 쌩쌩이, 쌍둥이 오우거가 상당히 낙담한 모습으로 돌아와 소년도, 나침반도 보지 못했다고 보고했을 때 말루스는 오히려 기뻐했다. 실패에 대한 처벌 문제는 그렇게 넘어갔다.

마린 노겐포저는 가젯잔의 남작이자 스팀휘들 무역회사의 대표로서, 사실상 군대나 다름없는 불가피호의 선장이 이끄는 무리가 도착하고 있다는 정보를 받았다. 고블린 대표가 그냥 넘길 만한 일이 아니었다.

노겐포저 남작은 말루스 선장을 자신의 집무실로 불러들였다. 하지만 말루스 선장이란 작자는 오지 않았다.

그래서 노겐포저는 외눈 안경을 걸치고 중산모를 쓰고서 밥통고블린 서른 명의 호위를 받으며 직접 말루스를 찾아 나섰다. 선장은 뱃머리 쪽 부두에 있었다.

어딘가 낯이 익었지만, 누구인지 확실히 알아볼 수는 없었다.

"당신이 말루스 선장인가?"

"그렇소."

말루스가 조금 머뭇거리며 대답했다.

노겐포저는 어쩌면 말루스가 자신을 알아봤는지도 모른다고 생각했다. 그러면서 이 말루스라는 자를 전에, 아주 오래전에 다른 이름으로 만나지 않았나 생각했다. 그러나 노겐포저 남작은 지금 그런 사소한 일에 신경 쓸 때가 아니었다. 지금은 사명을 띠고 온 고블린 대표였다.

"이 오우거들은 당신 부하인가?"

노겐포저의 물음에 말루스가 어깨너머로 스로그를 비롯한 다른 오우거들을 돌아보고는 말했다.

"난 저들의 왕이오."

"왕이라고?"

"그렇소."

인간이 오우거의 왕이 되었다는 얘기는 들어본 적이 없었다. 어던가 의심스러웠지만, 오우거들이 대수롭지 않게 넘기는 걸 보니 노겐포저도 그 문제는 신경 쓰지 않기로 했다. 남작은 멀쩡한 한쪽 눈을 찡그린 채 말루스를 보며 말했다.

"나는 마린 노겐포저야. 가젯잔의 남작이지."

"또 남작인가? 이런, 그놈의 남작은 아무에게나 하사해주는 작위인가 보군."

여자 트롤이 투덜거렸다.

"내 작위는 정당하게 하사받은 거라고."

두건을 쓰고 말리꽃 냄새가 코를 찌르는 남자가 속삭였다.

말루스가 이런 언쟁을 보며 미소를 짓고는 흐뭇한 표정으로 물었다.

"남작님, 내가 도와드릴 일이라도 있소?"

"문제를 일으키지 않는 게 도와주는 거야."

"문제?"

"선장, 당신한테 부하나 오우거가 얼마나 많이 있든 난 상관 안 해. 난 그저 미리 알려주려는 거야. 내 도시에서 쓸데없는 문제나 불상사는 있을 수 없어. 알아듣겠어?"

말루스는 대답하지 않았다. 그저 당황스러울 정도로 조롱하는 눈빛으로 노겐포저를 내려다보았다.

"선장."

노겐포저가 다시 입을 열었지만, 말루스는 그의 말을 무시한 채 대꾸했다.

"남작, 아무 문제없을 거요."

말루스는 말을 마치고서 등을 돌려 배로 올라갔다.

"문제없지. 아무 문제도 없어."

'무슨 문제가 있겠어?'

말루스는 속으로 생각했다.

'아람과 그 친구들이 도착하면 그 즉시 그대로 번쩍 들어서 옮길 텐데. 나침반은 내 거야. 그러면 아무 문제도 없을 거라고.'

다행히 그 자리에 있던 고블린은 노겐포저 하나가 아니었다.

'제기랄, 작위를 받았다는 이유로 저 별 볼 일 없는 노겐포저가 거만한 남작이 되다니.'

가즈로는 며칠 전 이곳에 도착해 10미터도 되지 않는 거리에서 계선주 하나에 몸을 기대고 있었다. 뒤에 있는 상선 때문에 얼굴은 그늘에 가려져 있었다. 혹시 오우거가 가즈로의 얼굴을 알아보고 아람과 연관시킬까 싶어 예방 차원에서 취한 행동이었다. 하지만 오우거들은 가즈로가 있는 쪽을 한 번도 쳐다보지 않았다. 심지어 그 무리 중 가장 똑똑해 보이는 여자 오우거도 마찬가지였다.

가즈로는 말루스나 그의 수하인 오우거나 트롤, 아라코아나 포세이큰, 인간이나 엘프 파괴자조차도 그리 신경 쓰지 않았다.

다시 말해서, 하나같이 위협적인 존재이긴 하지만 그들이 있다는 사실이 자신의 어린 친구에게 무슨 의미가 있는지 별로 상관하지 않았다는 뜻이었다.

왜냐하면 이 악당들이 아람을 잡으면 가즈로가 아람 몫의 상금을 모조리 차지할 수 있기 때문이었다.

'아, 전체적으로 본다면 그 돈은 고작 새똥만 한 액수지.'

그렇지만 가즈로는 아람이 마음에 들었기에 안전을 지켜주고자 노력할 의향이 있었다. 물론 이미 도착해 있거나 가즈로와 스프로켓이 사흘 후에 열릴 다음 아기조 시합을 위해 구름차기호를 타고 떠나기 전에 도착한다고 가정했을 때의 일이다.

'어쨌거나 친구를 구하고자 약간의 노력을 하는 데 돈이 드는 것도 아니잖아?'

게다가 뛰어난 선수라서 머지않아 더 많은 돈을 벌게 해줄 수 있는 친구라면 더욱 그래야 할 터였다. 가즈로는 도시의 모든 문을 확인하고 문마다 동화 한두 닢을 써서 말루스의 가려진 자들이 망꾼으로 각 문을 지켜보고 있다는 사실을 알아냈다. 물론 그 돈도 아람 몫의 상금으로 냈지만.

'그렇군. 그러니까 그 꼬마를 도시로 들어오게 하려면 약간 문제가 생기겠어. 그리고 일단 들어오고 난 뒤에도 안전하게 보호하려면 또 다른 문제가 생길 테고.'

하지만 가즈로는 해결해야 할 문제가 한두 개쯤 생긴다 해도 별로 개의치 않았다. 가즈로는 문제 해결을 상당히 잘했다. 사실 문제 해결의 선수였다.

그 외에도 그 여자를 찾아갈 좋은 핑계가 생기는 일이기도 했다. 바로 스프링클을. 사랑스러운 스프링클을. 많은 예전 애인 중 하나 였다가 이제는 결혼해버렸지만, 사랑스러운 스프링클을. 많은 예전 애인 중 하나였다가 이제는 거들먹거리는 고블린 남작과 결혼 해버린 스프링클을. 사랑스러운 스프링클 노겐포저를.

가즈로는 생각만 해도 웃음이 절로 나왔다.

말루스의 수하들은 도시로 가는 모든 입구에서 대기하고 있었 다. 하지만 그게 실수였다. 왜냐하면 가즈로의 선원들이 도시로 가 는 모든 입구 밖에서 대기하고 있었기 때문이었다. 멀리서 위험이 닥치기 전에 놀, 멀록, 드리아드와 함께 여행하는 인간 둘을 알아보 기란 애들 장난만큼이나 쉬운 일이었다.

스프로켓이 가젯잔 서쪽 문에서 1.6킬로미터는 족히 떨어진 지 점에 있던 그들을 망원 렌즈로 포착했다. 스프로켓은 가즈로를 대 신해 일행을 만나 어떤 위험에 처해 있는지 알려주었다.

경고해주는 그의 말투가 스프로켓 자신의 귀에도 다소 떨떠름하 게 들렸는데 왜인지는 몰랐다. 사실 스프로켓은 뱃고동호의 선수 로 뛰고 싶었다. 하지만 최종 결과를 놓고 보면 할 말이 없었다. 선 수의 무게 하나만 보더라도 쏜을 선택한 일이 백번 옳았으니까. 게

다가 쏜은 배의 기계공학적 요소에 존경심을 표했을 뿐만 아니라 적극적인 자세로 배우며 성공을 거둔 선수였기에 더더욱 할 말이 없었다. 그뿐인가? 쏜의 그런 노력으로 스프로켓이 상금을 차지했기 때문에 역시나 할 말이 없었다.

이 쏜이란 녀석이 뭘 어쨌다고 이렇게 기분이 나쁜 거야?

알 수 없었다. 상관도 없었다. 스프로켓은 다섯 여행자들을 은신처로 안내해준 뒤 가즈로에게 돌아갔다.

*　　*　　*

스프링클 노겐포저 남작 부인은 재미 삼아 소풍을 가기로 했다. 남편에게 같이 가자고 했으나 역시나 곤란하다는 듯이 일이 너무 많다는 대답이 돌아왔다. 그게 사업의 가장 큰 장점이었다. 남작 부인은 자신이 하고 싶은 대로 하고 남편은 무언가 미안한 기분이 들 터였다. 잘됐지, 뭐!

그래서 남작 부인은 시종들에게 천막 마차에 갖가지 음식을 실으라고 했다. 솔직히 말하면, 배고픈 고블린 스무 명은 먹고도 남을 양이었다. 그런데도 대부분의 시종들은 집에 남겨둔 채 남편의 고용인 중 유일하게 믿는 위니프레드와 아무 생각이 없는 밥통고블린만을 데리고 길을 나섰다.

남작 부인은 기분 내키는 대로 가젯잔의 서쪽 문으로 나섰다.

1.6킬로미터쯤 가다가 또 다른 변덕으로 그 자리에서 소풍을 즐기기로 했다. 누가 있는지 볼까? 아니, 저게 누구람? 옛 연인이었던 가즈로였다. 가즈로 아저씨에게 저렇게 매력적인 친구들이 있었던가? 스프로켓이라는 오염된 노움 기술자가 있었다. 아람이라는 이름의 훨씬 더 매력적인 인간 소년은 작은 가죽 책에 남작 부인의 모습을 사랑스럽게 담아주었다. 아람에게는 키 큰 누나가 있었는데 닮은 구석은 전혀 없었고, 이름이 마사사라든가 마카사라든가 뭐 그랬다. 그리고 놀과 멀록과 남작 부인이 본 중 가장 사랑스러운 봄철의 드리아드가 있었다. 남작 부인의 소풍은 대성공이었다.

조금 어리석은 짓인지 몰라도, 남작 부인은 인간, 놀, 멀록, 드리아드를 천막 마차의 비밀 밀수입 칸에 숨겨주었다. 언젠가 그 안에 배불뚝이 설인을 숨겨준 적도 있었던 터라 자리는 넉넉했다. 어쨌건 모두 가젯잔으로 들어가야 하니 입구를 지키는 보초병들과 살짝 재미있는 시간을 보내면 어떨까?

그래서 남작 부인은 가즈로와 스프로켓에게 잘 가라는 인사를 한 다음 고갯짓으로 위니프레드에게 천막 마차를 집으로 돌리라고 신호했다.

이 고블린은 이래 봬도 스프링클 노겐포저 남작 부인이었다. 보초병들은 천막 마차가 지나갈 때 그저 고개를 꾸벅 숙여 절을 할 뿐이었다.

특정 계층에 속하지 않는 인간들이 몇 명 있었다. 폭력배나 해적으로밖에 보이지 않는 이들이 누군가 또는 무언가를 찾는 듯이 코를 천막 마차 안에 들이밀었다. 당연히 남작 부인 외에는 아무것도 없었다. 남작 부인은 이런 행동을 그냥 두었다며 밥통고블린들에게 크게 격노했고, 그 결과 무례한 남자들이 흠씬 두들겨 맞는 소리가 들렸다. 하지만 그건 남작 부인이 신경 쓸 일이 아니었다.

마지막 변덕으로, 남작 부인은 위니프레드에게 어째서인지 집까지 빙 돌아가게 했다. 위니프레드는 따라오는 자가 없다는 확신이 들 때까지 구불구불한 거리를 돌고 돌았다. 그러다 마차는 위니프레드의 작은 이층집 앞에 멈췄다. 매력적인 아람과 약간 덜 매력적인 동료들이 숨어 있을 곳으로 선택한 장소가 바로 여기였다. 이 도시에서 이들은 이방인이었기에 머물 은신처가 필요했고, 남작 부인은 위니프레드에게 방을 빌려주면 어떻겠냐고 제안했다.

일행이 대답하기도 전에 친절한 가즈로 아저씨가 그 자리에 불쑥 나타날 줄 누가 알았겠는가? 가즈로는 방 삯을 내겠다고 했는데, 그날 오후 중 가장 놀라운 순간이었다. 하지만 나중에 가즈로가 털어놓기를, 자신이 위니프레드에게 준 동전은 아람에게 줄 돈이었다고 말했다. 일행은 위니프레드가 안전하다고 신호해줄 때까지 기다렸다가 일제히 안으로 서둘러 들어갔다.

어쨌거나 남작 부인이 걱정할 문제는 아니었다. 그저 좋은 친구들이 도시 안에서 안전하다는 사실만으로도 흐뭇했다. 그리고 그 과정에서 남편이나 옛 연인이나 둘 다 자기한테 미안하고 신세 진

기분이 들 터였다. 잘됐지, 뭐!

마카사가 고블린 위니프레드에게 눈길을 돌렸다. 가즈로는 마카사에게 집주인은 믿을 만하다고 안심시켰다.

"당신보다 더 믿을 만한가?"

"아, 그럼. 훨씬 더 믿을 만하지."

마카사가 고개를 끄덕이자 가즈로는 말을 이었다.

"안에 머무는 동안은 안전할 거야."

"저희가 해야 할 일이 있어요."

아람이 머뭇거리며 말하자 가즈로가 고개를 갸웃거렸다.

"무슨 일인데?"

가즈로는 마카사와 아람이 눈빛을 주고받는 모습을 보았다. 아람이 말했다.

"저희는 드렐라를 패이린느 스프링송이라는 드루이드 뜰지기한테 데려가야 해요."

"누군지 알아. 그럼 내가 너희가 있는 이곳으로 스프링송을 데려오지."

말을 마친 가즈로가 일어나 가려고 했다. 그러다 갑자기 걸음을 멈추고는 돌아서서 한 번 더 강조했다.

"이곳에 가만히 있어."

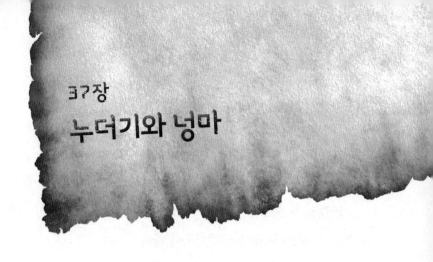

37장
누더기와 넝마

"프르르니이 스릉싱."

"패이린느 스프링송."

"프르르니이 스릉싱."

"아니에요. 패이린느 스프링송."

"프르르른느 스프룽스릉."

"그 정도면 비슷해요."

드렐라의 말에 머키가 몇 번 더 반복했다.

"프르르른느 스프룽스릉, 프르르른느 스프룽스릉, 프르르른느 스프룽스릉."

그러다 드렐라를 향해 슬픈 듯이 꾸루룩거렸다.

"머키 프플를루르 칭구 드를라……."

"내가 그리울 거라고 하네요."

드렐라가 해석해주었다.

아람은 그제야 깨달았다. 마카사와 쓱싹도 뒤늦게 깨달은 모양이었다. 가즈로가 드루이드 뜰지기를 데려오는 중이었는데, 그 뜰지기가 오면 드렐라와 헤어져야 한다.

아람은 잘된 일이라고 자신을 설득하려 했다. 드렐라에게 잘된 일이고, 아람에게도 잘된 일이라고. 드렐라가 피어난 이후로 안전하게 지켜야 한다는 책임감이 아람을 무겁게 짓누르고 있었다.

그렇지만…… 그렇지만…… 아람은 드렐라가 점점 좋아졌다. 드렐라는 순진무구하고 자기중심적이었지만, 동시에 대담하고 관대했다. 몹시 매력적이고 더없이 사랑스러워서 보고 있으면 어지러울 지경이었다. 그렇다. 그리고 아주 많이 그리워할 게 뻔했다.

"쉽지 않겠지."

마카사가 쓴웃음을 지으며 입을 열었다.

"드렐라가 있으면 문제만 일으키니까. 그렇지만 그 문제 때문에 네 자신조차 몰랐던, 너 자신에 대한 무언가가 드러났지. 보내기가 쉽지 않을 거야. 그 기분 내가 잘 알아서 하는 말이야."

"전부 바보같이 굴고 있네요. 나를 스프링송 님께 보내는 건 어렵지 않은 일이에요. 나를 그리워하지도 않을 거고요."

드렐라의 냉정하고도 진지한 말에 머키는 같은 말을 되풀이했다.

"머키 프플를루르 칭구 드를라……."

옆에서 잠자코 있던 쓱싹은 고개를 끄덕였다.

"날 그리워하지 않을 거예요. 나도 당신들을 그리워하지 않을 거고요."

드렐라는 굽히지 않았다. 아람은 한숨을 쉬었다. 그런데 셔츠를 잡아당기는 느낌에 주의가 산만해졌다. 오늘만 벌써 세 번쯤 아니, 네 번쯤 나침반을 향해 '가만히 있어.'라고 속삭였었다. 그렇게 말하면 나침반은 가만히 있었다. 한동안은.

천막 마차에 숨어 있을 때부터 시작된 일이었다. 나침반은 날뛰듯 움직였다. 나침반을 라이트해머가 새로 달아준 쇠사슬 목걸이에 걸어두고 있어서 얼마나 다행인지 몰랐다. 왜냐하면 미행하는 자가 있다면 따돌리고자 천막 마차가 가젯잔 시의 거리를 빙빙 돌 때 나침반이 아람을 좌우로, 앞뒤로 홱홱 잡아당겼기 때문이었다. 게다가 눈이 부실 만큼 반짝거렸고, 바늘은 팽이처럼 빙글빙글 돌았었다.

아람이 동료들을 돌아보며 말했다.

"다른 수정 조각이 여기 가젯잔에 있는 게 확실해. 큰 조각 같아."

"너하고 내가 조각을 찾으러 가야겠다."

아람이 마카사를 놀란 눈으로 쳐다봤다.

"괜찮다고 생각하는 거야?"

"당연히 아니지. 어두워질 때를 기다려야지. 그것 말고는 다른 방도가 없으니까. 계산된 위험을 무릅쓰는 건 너희 아버지 방식이었지. 우리가 그 조각을 찾아내길 바라신 거잖아. 그러니 찾아봐야지."

"스프링송은 어쩌고?"

"왜인지 모르겠지만 '가즈로 아저씨'가 서두를 것 같지는 않아. 어쨌든, 오늘 밤에 스프링송을 데려오지는 않을 것 같아. 만약 오늘 밤에 스프링송을 데려온다면……."

마카사가 쓱싹에게 고개를 돌리며 말했다.

"우리가 돌아올 때까지 드렐라를 데려가지 못하게 해. 알았지?"

쓱싹은 언제나 그렇듯 마카사가 신뢰하는 부관 역할을 한다는 사실에 기뻐하며 고개를 끄덕였다.

그때 어떤 목소리가 들려왔다.

"아무 데도 못 가요."

모두 고개를 돌려보니 위니프레드가 문간에 서 있었다. 위니프레드는 조금 근엄해 보이기는 했지만 당당한 고블린이었다. 옅은 초록색 피부에 평범하지 않은 진회색 눈을 가졌다. 충성스러운 시종들이 그렇듯이, 위니프레드도 열쇠 구멍으로 엿듣다가 소리 없이 방으로 들어오는 법을 알았다. 마카사는 검을 뽑을 뻔했고 아람은 그걸 막고자 마카사의 손을 잡을 뻔했다.

"얼마나 엿들은 거야?"

마카사가 날카로운 목소리로 물었지만 위니프레드는 무심하게 대답했다.

"충분할 만큼. 하지만 지금 그런 냄새를 풍기면서는 아무 데도 못 가요. 오우거라도 그 정도 냄새는 알아차릴 거예요. 그리고 지금 그렇게 더러운 상태로 제 침구 위에 누울 수는 없어요. 빨아도 지워지지 않을 테니."

머키와 쓱싹은 킁킁거리며 자기 냄새를 맡아보고는 어깨를 으쓱했다.

위니프레드가 하얀 리넨 천 무더기를 들고 있었다.

"옷을 전부 벗으세요. 이 잠옷 셔츠를 입고 있는 동안 제가 전부 빨아놓을 테니. 욕조에 뜨거운 물을 받아놓았어요. 한 번 씻고 난 후에 곧바로 더운물을 네 번 더 드릴 테니 깨끗이 씻으세요. 아가씨, 당신이 먼저 가세요."

위니프레드가 잠옷 셔츠를 내밀었다. 마카사는 진심으로 위니프레드를 찌를 것만 같았다. 하지만 은근슬쩍 자신의 냄새를 킁킁 맡아봤다. 어떤 냄새가 나든 그리 개의치 않을 마카사였지만 마지못해 제안을 받아들이며 중얼거렸다.

"목욕 한번 제대로 하겠네."

위니프레드가 어이없다는 표정을 짓는 바람에 마카사가 다시 폭발할 뻔했다.

"제 말이 그 말 아니었나요?"

마카사는 집주인 위니프레드를 따라나섰다. 그리고 30분 후, 긴 하얀색 잠옷 셔츠를 입고 무기를 모두 챙겨 든 채 돌아왔다. 아람은

그렇게 불편해하면서도 동시에 그렇게 편안해 보이는 사람은 처음
보았다.

"난 눈 좀 붙일게. 해 질 녘에 깨워."

마카사는 무뚝뚝하게 말하고는 침대에 누워 위니프레드가 아람
을 데리고 나가기도 전에 잠이 들었다.

해가 저물 때쯤, 다섯은 상당히 깨끗한 상태가 되어 있었다.

한 가지 문제가 있다면 지붕 위에 널어놓은 빨래가 늦여름의 열
기에도 불구하고 아직 다 마르지 않았다는 점이다. 그래서 똑같이
생긴 잠옷 셔츠를 입은 다섯 명 모두 옷이 마르길 기다리며 시간을
보냈다. 사실, 잠옷 셔츠가 제대로 맞는 건 마카사뿐이었다. 고블
린 위니프레드가 늑대인간용 잠옷 셔츠를 준비했다고 추측만 할
뿐이었다. 아람은 야회복을 입은 기분이 들었다. 쓱싹은 너무 창피
한 나머지 구석에서 몸을 둥글게 말고 있었다. 긴 잠옷 셔츠가 같이
말리는 바람에 마치 고치 속에 있는 것 같았다.

머키와 드렐라는 아주 신나 보였다. 잠옷 셔츠에 머키의 머리가
들어가지 않아서 그물을 감듯 상체에 둘둘 감았고, 그 덕에 편안함
을 느끼는 듯했다. 드렐라는 몸의 일부인 털, 나뭇잎, 꽃 외에는 아
무 옷도 걸치지 않는 존재였지만 잠옷 셔츠를 입어본다는 사실에
흥분했다. 머리 위로 입으니 잘 맞았지만, 사슴을 연상시키는 등 위
에 뭉치면서 실제로 쓸모는 없었다. 하지만 드렐라는 천의 촉감이

마음에 든다며 몇 번이고 같은 얘기를 반복했다.

마침내 위니프레드가 모두의 옷을 가지고 돌아왔다. 마카사와 드렐라는 옷을 갈아입으려고 방에서 나갔다. 사실 드렐라는 그저 맞지 않는 잠옷 셔츠를 벗어버리면 그만이었다. 아람은 위니프레드가 여자 둘을 따라 나갈 때까지 기다렸다. 하지만 위니프레드는 아람의 너덜너덜한 셔츠를 보고 혀를 쯧쯧 찼다.

"이건 안 되겠어요. 이건 누더기와 넝마일 뿐이에요. 흠, 가즈로 씨 말로는 당신 돈을 맡아주고 있다고 하던데요."

"맞아요. 제 상금을 저에게 맡기지 않고 본인이 맡고 있는 모양이에요."

아람이 낄낄 웃으며 대답했다.

"잘됐네요. 제가 말할게요. 새 셔츠를 사오라고요. 올 때 가져다주시면 되니까요. 필요한 게 또 있나요?"

아람이 잠시 생각해보았다.

"여기서 호숫골로 가는 배가 있나요? 그러니까 스톰윈드 항구로 가는 배요. 거기가 호숫골과 가장 가까운 항구거든요."

"호숫골이라는 곳은 처음 들어요."

"동부 왕국에 있는 작은 마을이에요. 제 고향이죠."

"음, 스톰윈드로 가는 배는 있을 거예요. 매주 한 척씩 그리로 가죠. 가즈로 님께 다섯 자리를 예약하라고 할까요?"

아람이 드렐라와 앞으로 올 드루이드 뜰지기를 떠올리고는 숫자를 정정했다.

"넷이요."

위니프레드가 의아한 듯 눈썹을 치켜세우며 나직이 속삭였다.

"드렐라를 정말 보낼 생각인가요?"

"맹세했으니까요. 그게 드렐라에겐 최선이죠."

아람이 잠긴 목소리로 대답했다.

"그러신다면야, 좋아요. 셔츠 한 장과 동쪽으로 가는 배표 네 장. 다른 것은요?"

아람이 뭐가 더 있을까 싶어 주위를 둘러보다가 자신의 흰날검에 눈길이 멈췄다. 아니, 콥 영감의 흰날검이었다. 아람은 칼을 집어 들고 위니프레드에게 건네며 말했다.

"흰날검 한 자루요. 새 흰날검이 필요해요."

위니프레드는 손 위에 놓인 검을 유심히 살펴보았다.

"이 검은 뭐가 문제죠? 새것 같은데요."

"믿을 수가 없어서요."

위니프레드는 그 말의 뜻을 더는 묻지 않았다. 사실 잘 와닿는 말이었다. 아마 아람보다 위니프레드에게 더 잘 와닿는 말일 터였다.

"알았어요. 가즈로 씨가 괜찮은 걸 찾아주실 거예요. 좋은 값에 좋은 물건을 사시니까요. 좋은 값에 파는 좋은 물건을 찾아내는 걸 재미있어하시죠. 제 생각에는. 그러니까 셔츠 한 장, 흰날검 한 자루, 배표 네 장. 또 다른 것은요?"

아람이 머리를 쥐어짰다. 마지막 한 가지가 떠올랐다. 그래서 몸을 숙이고는 위니프레드의 길고 뾰족한 귀에 두 글자를 속삭였다. 위니프레드는 이상하다는 듯이 아람을 쳐다보더니 고개를 끄덕이고는 방에서 나갔다.

아람은 바로 옷을 갈아입었다. 셔츠는 재난 수준이었다. 빨아서 해결될 문제가 아니었다. 호숫골을 떠난 이후로 가장 깨끗한 상태가 되었지만 '누더기와 넝마'라는 말로도 부족한 상태였다. 그런데도 아람은 아버지의 가죽 외투를 그 위에 걸치고 당분간은 그럭저럭 버텨야겠다고 생각했다.

어둠을 틈타, 아람과 마카사는 나침반을 들고 수정 조각을 찾으러 나섰다. 가젯잔을 실제로 보는 것은 처음이었다. 기묘한 원형 건물, 모래로 뒤덮인 사암 거리, 끊임없이 종종거리며 지나다니는 시민들까지. 아람이 아는 거의 모든 종족이 있는 듯했는데 아람에게는 오히려 잘된 일이었다. 다들 이상하고 괴이한 길을 따라가느라 바빠서 아무도 쏜 선장의 아이들에게는 관심을 두지 않았다. 아람은 손에 나침반을 든 채 이끄는 대로 따라갔다. 나침반은 반짝거리며 아람을 이끌었고, 바늘은 쉴 새 없이 이쪽저쪽을 가리켰다. 그 바람에 아람은 마치 미로 속을 헤매는 듯한 착각이 들었다.

그래도 점점 가까워지는 듯했는데, 마카사가 갑자기 아람을 거칠게 잡아당기더니 벽 쪽으로 밀어붙였다. 둘은 벽에 바짝 붙어 서서 조심스럽게 길을 내다보았다. 쾌속선에서 본 스로그의 오우거 하나가 집에 기대선 채로 하품을 하고 있었다. 연한 붉은빛 피부에 거인처럼 커다란 오우거였다.

둘은 왔던 길을 되돌아가 다른 경로로 움직였고, 다행히 제 경로를 찾아 다시 수정 조각의 위치를 더듬어 나갔다. 그러다 아람은 나침반 유리에 코를 부딪힐 정도로 갑자기 멈춰 섰다. 주변을 둘러보지도 않고 멈추더니 마카사의 팔을 잡았다.

'왜?'

마카사가 소리 내지 않고 입 모양으로 물었다.

아람이 공기 냄새를 맡았다. 마카사도 냄새를 맡으며 주변을 둘러보았다. 짙은 말리꽃 냄새가 여름 산들바람을 타고 날아왔다. 정확히 말하면 말리꽃 향과 그 밑에 깔려 있는 썩은 냄새였다. 둘 다 그 냄새가 무슨 의미인지 너무나 잘 알았다. 속삭이는 남자, 발드레드가 가까이 있었다. 주위를 둘러보았지만 보이지는 않았다. 마카사가 손가락을 핥더니 바람이 불어오는 방향을 확인했다. 그런 다음 바람이 불어오는 방향과 정반대 방향으로 걸음을 옮겼다.

둘은 한참을 걸었지만 아무런 성과가 없어서 좌절했다. 그래도 걸음을 멈추지 않았다.

몇 차례 이리저리 돌고 난 후에 아람이 나침반에서 눈을 들고는 다시 멈춰 섰다.

또 다시 마카사가 입 모양으로 '왜?'라고 물었다.

하지만 아람은 마카사를 쳐다보지도 않은 채, 조금 떨어진 곳에 있는 어두워진 상점의 창문 안을 응시하고 있었다. 책 상인의 상점이었다. 아람은 조심스레 창문으로 다가갔다. 마치 환영이라도 보는 듯한 모습이었다.

"그게 저 안에 있어? 수정 조각이 저 안에 있는 거야?"

마카사가 속삭이듯 물었다.

하지만 창문 안쪽에 있는 것은 조각이 아니었다. 책이었다. 커다란 책 한 권, '아제로스의 평범한 새'였다. 아버지는 놀라운 솜씨의 그림이 담긴 이 책의 사본을 파도타기호 선실 선반에 꽂아두었다. 아람이 머리를 숙여 아버지의 외투에서 나는 가죽 냄새를 맡았다. 외투와 책과 나침반 사이에서, 불현듯 아버지가 가깝게 느껴졌다. 아버지가 살아계실 때보다 더 가깝게. 적어도 쏜 선장이 아람의 여섯 번째 생일날 호숫골과 가족을 떠난 이후로 그 어느 때보다 더 가깝게 느껴졌다.

'아제로스의 평범한 새'가 아람에게 마법이라도 건 것처럼, 아람은 넝마가 되어버린 셔츠 아래 나침반을 밀어 넣고는 홀린 듯 세 걸음을 내디뎌 닫혀 있는 서점의 문 앞으로 다가갔다.

그리고 굳게 잠긴 문을 똑, 똑, 똑 세 번 두드렸다.

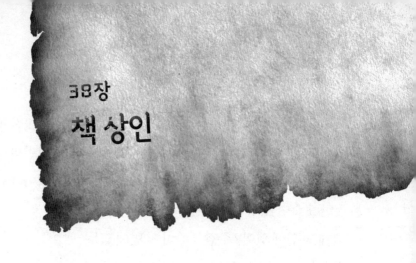

38장
책 상인

"무슨 짓이야?"

마카사가 식식거리며 물었다.

아람 자신도 지금의 행동을 설명할 수 없었다. 하지만 다시 문을 두드렸다.

유리창 너머로 가게 뒤쪽에서 문 쪽을 향해 흔들리는 촛불이 보였다. 이어서 투덜거리며 언짢아하는 목소리가 들렸다.

"나간다고, 나가."

목소리의 주인은 남자 고블린이었다.

짜증스러워하는 고블린 책 상인이 문으로 다가와 물었다.

"글자 못 읽어? 닫았다고. 그리고 글을 못 읽는다면, 서점 문을 왜 두드리는 거야?"

'어디서 봤는데.'

아람이 얼빠진 표정으로 고블린을 바라보며 생각했다.

"어디서 봤는데……."

고블린이 중얼거렸다.

고블린 책 상인은 걸쇠를 풀고 문을 열었다. 푸른 아이가 한 조각쯤 모습을 드러내긴 했지만 하얀 아가씨는 거의 만월이었다. 그 밝은 달빛에 아람은 곧바로 쾌속선에서 보았던 준수한 외모의 고블린 화가라는 사실을 알아차렸다.

"쾌속선에 있던 화가시군요."

"너는 우승 선수, 아라마르 쏜이고."

"맞아요."

마카사가 대신 대답했다.

"아람, 우리 여기 계속 있을 수는……."

하지만 마카사가 채 말을 마치기도 전에 고블린이 양초로 아람을 훑어보며 입을 열었다.

"혹시 그레이던 쏜과 무슨 관계가 있지는 않겠지?"

마카사와 아람 둘 다 고블린을 빤히 쳐다보다가 아람이 대답했다.

"제가 아들이에요."

"이런, 이런. 그레이던 쏜의 아들이라니. 들어와, 들어오라고."

고블린은 문을 활짝 열고 안으로 들어오라고 손짓했다. 둘은 고블린의 뒤를 따라 서점 안으로 들어갔다.

"내 이름은 챠르나스야."

고블린이 자신의 이름을 밝히자 아람의 태도가 확 달라졌다.

"가젯잔의 챠르나스요?"

"맞아, 꽤 긴 시간 그 이름으로 살았지."

잘생긴 고블린이 '요놈 봐라'라는 표정으로 말했다. 조금 전까지의 짜증은 이미 사라지고 없었다.

"'아제로스의 평범한 새들'을 그린 가젯잔의 챠르나스, 정말 그분이세요?"

"맞아. 너 말하는 게 꼭 열혈팬 같은데."

"열혈팬 맞아요!"

"너희 아버지도 그 책을 좋아했지."

챠르나스는 이야기를 하면서 둘을 데리고 가게 뒤편의 낮은 문을 지나 작업실처럼 보이는 공간으로 갔다.

"네 아버지가 처음 우리 가게에 왔을 때가 기억나는군. 어땠냐 하면……."

"잠시만요! 아버지가 여기 왔었다고요? 이 서점예요?"

"물론이지. 한두 번이 아닌걸. 너희 아버지를 잘 알지. 친구라고 생각하는데. 아버지도 이 마을에 와 있니?"

아람이 고개를 숙였다. 챠르나스는 고개 숙인 아람을 잠시 바라보고는 상황을 이해했다. 챠르나스는 나무 의자 두 개를 가리키며 아람과 마카사에게 자리를 권했다. 그는 반쯤 끝낸 스케치로 어지러이 뒤덮인 책상 앞에 놓인 의자에 앉았다.

"세상을 떠났구나, 그렇지?"

아람이 고개를 끄덕였다.

"그것참, 빌어먹을. 애석한 일이야. 인간치고는 머리가 깨어 있었지. 사실, 그레이던 쏜에 대해 말하려면 머리가 깨어 있다는 표현으로는 한참 부족하지."

챠르나스가 긴 한숨을 내쉬었다.

"네 아버지가 많이 그리울 게다."

"전 벌써 그리워요."

아람의 말에 마카사도 천천히 고개를 한 번 끄덕였다.

챠르나스도 고개를 끄덕였다. 모두 말이 없었다. 잠시 침묵이 흐른 뒤 챠르나스가 입을 열었다.

"너희 아버지가 네 얘기를 하곤 했었지."

그러고는 마카사를 힐끗 보았다.

"네가 마카사 플린트윌이라면…… 그래, 네 얘기도 하곤 했다."

"저에 대한 이야기를요? 언제요?"

마카사의 질문에 챠르나스가 뺨을 긁적였다.

"어디 보자, 그게 1년 전쯤이려나. 그때가 마지막으로 본 것 같은데. 그때 마카사, 네 얘기를 했지. 아람, 네 얘기는 최소 지난 5, 6년 동안 계속했고. 나야 너희 둘이 태어나기 훨씬 전부터 알고 지낸 사이지만."

"얼마나 오래…… 얼마나 알고 지내셨어요?"

"아, 그러니까, 보자. 한 20년은 족히 되지. 내가 이 서점을 처음 열었던 해에 만났으니까. 첫 손님 중 하나였어. 자기 남동생을 데리고 들어왔지. '흔한 새들'의 책 사본을 샀고. 그러다 죽이 맞아서 몇 시간을 같이 얘기했는데……."

"잠깐, 잠깐, 잠깐만요! 아버지에게 형제가 있었다고요?"

아람이 소리치면서 마카사를 쳐다봤지만, 마카사도 모르는 얘기인 게 분명했다.

"아무렴. 아니 적어도 예전엔 있었어. 건강하고 체격이 좋은 청년이었지. 쏜 선장보다도 키가 컸는걸. 실버레인 쏜인가, 이름이 그랬던 것 같아. 너희 아버지가 굉장히 자랑스러워했던 기억이 나는군. 아제로스 전체에서 자기 동생보다 잘난 사람은 아무도 없다고 말했지. 본 건 딱 한 번이야. 처음 왔을 때. 너희 아버지는 남아서 계속 얘기를 나눴지만 동생은 그러지 않았거든. 쏜 선장과 나는 밤새 얘기를 하고, 또 하고, 끊임없이 했지. 하지만 너희 삼촌은 금방 나갔어. 사실, 새와 책이 누구나 재미있어하는 주제는 아니니까. 뭐, 나야 가장 재미있어하는 이야기지만."

챠르나스는 말을 멈추고 새로 만난 친구들의 표정을 살폈다. 다시 한 번 둘의 생각을 읽은 듯했다.

"삼촌이 있는 걸 전혀 몰랐구나, 그렇지?"

아람은 어리둥절했다. 어머니 쪽엔 가족이 있었다. 외할머니, 이

모, 사촌 몇 명에 아버지가 다른 동생들까지. 하지만 아버지 쪽에 가족이 있다는 얘기는 처음 들었다. 마카사가 헛기침을 하더니 물었다.

"그분 이름이 뭐라고 하셨죠?"

"실버레인. 맞아, 분명히 실버레인이었어. 내가 '실버와 그레이, 은색과 회색이네'라고 생각했던 기억이 나는군. 하! 심지어 은빛이라는 뜻의 아젠트가 여동생 이름 아니냐고 물어보기까지 했다니까."

"아버지한테 여동생도 있어요?"

아람은 지금 무슨 얘기를 들어도 전부 사실로 받아들일 태세였다.

"아니, 아니. 그냥 말장난으로 농담한 거였어. 하지만 너희 조부모님께 딸이 있었다면, 분명히 아젠트라는 이름을 심각하게 고려했으리라 장담한다."

챠르나스는 아람과 마카사가 자신의 말을 안 듣고 있는 듯해서 이야기를 멈췄다.

다시 한동안 침묵이 이어지다가 아람이 입을 열었다.

"나한테 삼촌이 있다니……."

놀라움 때문에 당황한 목소리였다.

"우리한테 실버레인이라는 삼촌이 있대."

"나도 처음 들었어. 혹시 돌아가셨나요?"

마카사의 질문에 챠르나스는 알 수 없다는 듯 어깨를 으쓱해 보였다.

"그런 얘기는 듣지 못했다만, 최근 네 아버지가 이곳에 왔을 때는 동생에 대해 아예 언급이 없었어. 아, 네 아버지하고는 한 6, 7년간 소식이 끊겼었지. 그 어디더라, 거기에 살 때인데……."

"호숫골이요." 아람이 말했다.

"맞아, 동부에 있는 호숫골. 그 이후에 다시 만났을 때 실버레인의 소식을 물어봐야겠다고 생각했어. 너희 아버지도 최근에는 만나지 못했다고 했거든. 하지만 죽었다는 말은 한 적이 없었어."

"그럼 살아계실 수도 있겠네요?"

"어쩌면. 누가 알겠니? 제대로 알아보지 않으면 누가 어떻게 됐는지 소식을 알기란 어려운 법이니까. 작년에 쏜 선장에게 이 얘기를 했던 기억이 나는군. 이상한 건, 우리 둘 다 쏜 선장의 동생 얘기를 안 했어. 내 동생 얘기도 안 했지. 예전에는 내 동생 모르빅스와 한 쌍의 바퀴벌레처럼 붙어 다녔는데, 안 본 지 10년은 됐다는 얘기를 했지. 그러고 보니, 내 얘기를 듣고 있던 네 아버지가 아람, 너에 대해 얘기를 했어. 널 무척 보고 싶어 했거든."

"정말요?"

"그럼, 정말이지. 너와 네 어머니를 고향에 두고 와서 무척 괴로워했어. 그래서 내가 물었지. '그런데 왜 떠났어?' 하지만 그 질문에 대꾸를 하지 않더구나. 그래서 또 물었지. '그럼 다시 가서 만나지 그래?' 그랬더니 어쩌면 그렇게 될지도 모르겠다고 했지. 지금쯤이면 네가 일원이 될 만큼 충분히 자랐을 거라면서……."

"일원이요? 어디의 일원이요?"

아람이 한 손으로 셔츠와 그 밑에 있는 나침반을 누르며 가쁜 숨을 달랬다.

"나도 같은 걸 물어봤었다. 그런데 그냥 흘려버리더구나. 다시 물으니까 하는 말이 '내 삶의 일원이지.' 뭐, 이런 말을 하더라고. 돌아가는 상황을 보니 사실을 말했다는 생각도 들지만, 한편으로는 사실과 전혀 다르다는 느낌도 드는구나. 우리는 많은 이야기들을 나눴지만, 쏜 선장은 나한테 감추는 것도 많았지. 그건 우리 둘 다 모르지 않았어."

잠자코 이야기를 듣고 있던 마카사가 입을 열었다.

"결정을 내렸을 때가 그때인 것 같군요. 파도타기호가 마지막으로 가젯잔에 들렀을 때를 기억해요. 그 후에 바로 동부 왕국으로 갔죠. 가는 길에 거래를 하긴 했지만, 사실 스톰윈드 항구로 곧장 간 셈이었어요. 그때는 왜 그랬는지 몰랐거든요."

아람은 벌어진 입을 간신히 다물고서 마카사를 빤히 쳐다보다가 챠르나스를 보며 말했다.

"고맙습니다. 아버지를 제게 보내주셔서."

"아, 이런. 그런 감사는 받고 싶지 않아. 너희 아버지가 널 보러 갔다면 그건 자기 의지로 결정한 일이니까."

아람은 고개를 끄덕이면서 무심코 챠르나스의 어깨너머 책상 위에 있는 스케치를 훑어보았다. 챠르나스가 아람의 시선을 눈치채고는 말했다.

"알겠지만, 난 아기조 행사의 공식 화가로 고용되었어. 그런데 너 때문에 아주 곤란했다고."

"저 때문이라니요?"

"그래. 널 그리려고 할 때, 어떤 멀룩이 널 물속으로 밀어 넣었 잖니."

"절 구해준 거예요."

"맞아. 그놈의 오우거들이 네 뒤를 쫓고 있었지. 그것 때문에도 참 곤란했다. 네가 우승한 다음 시상식장에서 우승자 그림을 그리 려고 했는데 넌 나타나지 않았잖아. 그래서 대신 꼬마 핫픽스만 그 렸어."

챠르나스가 몸을 돌리자, 의자 다리는 그대로인 채 앉는 부분 전 체가 함께 돌아갔다. 의자가 돌자 챠르나스가 앉아 있던 의자가 두 뼘 정도 위로 올라가면서 책상에서 그림 그리기 딱 좋은 높이가 되 었다. 그리고 반짝이는 거울 같은 껍데기가 의자 뒤에서 나와 작업 하는 곳에 환한 빛을 비추었다. 이 기계도 놀라웠지만, 그날 밤 놀 라운 일들을 하도 많이 겪은 터라 준수한 외모의 고블린 화가가 마 법 의자를 가지고 있다는 사실에 그리 놀라지도 않았다. 설령 의자 가 하늘을 날아다녀도 아람은 '아, 그렇군요. 하늘을 나는 의자로군 요.' 하며 당연하게 여길 것 같았다. 확실히 해두자면, 의자가 날지 는 않았다.

Charnos
차르나스

챠르나스가 다시 몸을 돌리고서 아람에게 그림 한 점을 보여주었다. 가즈로의 어깨 위에서 자기 몸만 한 트로피를 치켜들고 있는 핫픽스의 그림이었다. 그야말로 거장의 솜씨였다. 완벽하고 정확했다.

챠르나스가 차분한 목소리로 물었다.

"그림 그리게 자세를 잡아주지 않겠니?"

"저도 그릴 수 있게 자세 잡아주시면 저도 그럴게요."

"너 그림을 그리니?"

이미 아람은 스케치북과 형편없이 작아진 목탄 연필을 꺼내는 중이었다. 챠르나스는 짤막한 목탄 연필을 보고 눈살을 찌푸렸다.

"그리는 도구는 그게 다니?"

아람이 고개를 끄덕였다.

챠르나스가 몸을 숙이더니 새 목탄 연필 세 자루를 건넸다.

"이거 받아라."

그러고는 아람이 내민 스케치북을 받아들고 천천히, 아주 천천히 페이지를 넘겼다.

한동안 침묵이 흐르고 마침내 챠르나스가 입을 열었다.

"솜씨가 좋은데. 그렇게 어린 나이에 이 정도 실력이 있다니 부러울 정도야."

"정말 그렇게 생각하세요?"

"생각 정도가 아니라 확신한다."

"아저씨 솜씨도 좋아요. 아니, 놀라워요. 아버지 책장에서 '아제로스의 흔한 새들'을 처음 보자마자 알았어요."

"네 아버지가 그 책을 가지고 있었다니 기쁘구나. 진짜 놀라운 걸 보여줄까?"

챠르나스가 다른 문을 향해 고개를 끄덕였다.

아람은 나침반이 어떻게 반응하는지 보려고 힐끗 내려다보면서 챠르나스에게 혹시 수정 조각이 있는 건 아닐지 궁금했다. 어쩌면 아버지가 이 준수한 외모의 고블린에게 맡겨놨을지도 몰랐다. 하지만 나침반은 잠잠했다. 아람은 마카사를 힐끗 보았다. 이제 그만 가고 싶어 안달이 났으리라 생각했다. 실버레인 쏜이 그랬듯이. 하지만 챠르나스에게 듣는 쏜 선장 이야기에 푹 빠져 있는 듯했다.

챠르나스가 양초를 들고 의자에서 일어나자 아람과 마카사도 그 뒤를 따라 문으로 들어갔다.

문 뒤에는 방이 있었고 그 방에는 어떤 기계가 놓여 있었다.

"이건 찍는 기계야."

"포도라든가…… 사과 같은 걸 찧는 건가요?

"아니, 인쇄물을 찍는 기계란다. 과일보다 훨씬 가치 있는 걸 찍지. 생각과 단어와 그림을 전부 종이 위에 찍어낼 수 있어. 책도 찍어내지."

챠르나스가 손잡이를 돌리자, 양피지 몇 장이 기계에서 밀려 나왔다. 챠르나스가 확인해보라는 듯 고개를 끄덕이자 아람이 한 장을 집어 들었다. 그건 가즈로와 핫픽스가 그려진 그림의 사본이었다. 1초도 되지 않아 그림이 만들어졌다. 정확히 똑같은 그림이! 다른 양피지도 집어 들었다. 또 다른 양피지도. 모두 같은 그림이 그대로 옮겨져 있었다!

"이런 게 어떻게 가능한 거죠?"

아람의 물음에 챠르나스가 껄껄 웃음을 터뜨렸다. 그러고는 인쇄기가 어떻게 작동하는지 보여줬다. 처음부터 끝까지, 하나하나. 아람에게는 마법처럼 느껴졌지만, 머리로 이해할 수 있는 마법이었다. 예술 작품을 위한 인쇄용 판, 글자 인쇄를 위한 문자열, 잉크로 채워진 바퀴, 묵직한 손잡이 등에 대해 설명을 듣고 나자 모두 이해가 갔다. 하지만 그렇다고 해서 마법처럼 보이지 않는 건 아니었다.

아람은 이전에 인쇄된 사본 무더기를 살펴보았다. 사본 중 소금물갈매기 한 마리가 그려진 그림을 보니 마음이 뭉클했다.

"저희가 바다에서 표류했을 때, 이 갈매기를 보고 아저씨 책에서 읽은 내용이 떠올라 해안이 가까운 곳에 있다는 걸 알았죠."

"바다에서 표류했었다고?"

챠르나스는 아람이 하려던 이야기가 아니라 다른 부분에 초점을 맞춘 듯했다. 적어도 처음에는 그랬다. 하지만 무슨 말인지 알아듣고 그 그림 사본을 가지고 싶냐고 물었다.

아람은 활짝 웃으며 무척 갖고 싶다고, 감사하다고 인사했다. 그러고는 주저하면서 물었다.

"접어도 되나요?"

챠르나스가 어깨를 으쓱했다.

"그냥 사본인데 뭘. 불에 태워도 상관없다. 적어도 이 방에서 나간 이후에 태운다면 나야 알 길이 없으니까."

아람이 그림을 조심스럽게 접어 스케치북 사이에 끼워 넣으며 말했다.

"절대로 불에 태우지 않을 거예요. 스케치북 사이가 제일 안전하게 보관할 수 있는 곳이어서요."

둘은 서로 그림을 그릴 수 있도록 자세를 취했다.

"네 스케치북을 보니 봐두었던 걸 기억해서 그리기 시작하더구나."

"그게 차이가 나나요? 하긴 분명히 드러나겠죠. 그리는 대상이 바로 앞에 없으면 잘 못 그리겠어요."

"아니, 잠깐만. 그런 말은 안 했다. 사실, 더 자주 그렇게 그려보라는 말을 하려고 했어. 별다른 수가 없다면, 그건 좋은 훈련 방법이야. 상상을 조금 보태는 건 큰 문제가 아니니까. 그렇게 해. 아니, 상상력을 조금 더 보태서 그려봐."

아람은 새 연필로 그림을 그리면서 미소를 지었다.

"그렇게 말씀하시니, 해볼게요."

둘 다 그림을 끝냈을 때 챠르나스가 자신의 그림을 아람에게 건네주며 말했다.

"나로서는 처음 하는 일이야. 가볍게 스케치해뒀다가 나중에 천천히 시간을 들여 끝마치는 것 말이다."

가벼운 스케치라지만, 아람의 초상화를 그린 챠르나스의 그림은 다른 작품과 마찬가지로 완벽하고 정확했다. 아람은 자신의 그림을 대가에게 보여주는 게 부끄러웠다. 하지만 챠르나스는 어서 그림을 보여달라고 재촉했다. 그렇게 아람의 그림을 보더니 상당히 마음에 들어 했다.

"아주 멋쟁이로 그렸군. 솔직히 말하자면, 아직은 내 실력이 더 나아. 하지만 더 솔직히 말하자면, 너에겐 작품에 투자할 인생이 더 많이 남아 있지. 그림이 아주 강렬해. 작품 안에 네 성격이 담겨 있고. 매끄럽지 않고 미숙한 부분도 있어. 하지만 장담하는데, 넌 정말 재능이 있구나. 진짜 재능."

아람은 의자 위에 둥둥 떠 있는 기분이었는데 마카사가 불쑥 말을 꺼냈다.

"곧 날이 밝을 겁니다. 죄송하지만, 이만 가봐야겠어요."

Charnas of Gadgetzan

가젯잔의 차르나스

A. Thorne

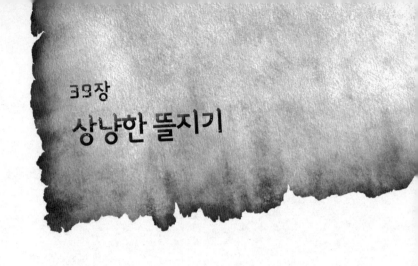

39장

상냥한 뜰지기

차르나스는 아람에게 '아제로스의 흔한 새들' 사본을 주었다. 아람은 그 책을 가슴에 꼭 끌어안으며 나침반을 지그시 눌렀다. 보물 위에 보물이 있었다. 새벽 미명에 숙소로 돌아오면서, 마카사는 누군가 미행하지는 않는지 계속 주위를 살피느라 바빴다. 하지만 아람의 마음은 다른 생각으로 빙글빙글 돌고 있었다.

"실버레인 삼촌과 연락할 방법이 있으면 좋겠어. 조각에 관해 전부 아실 것 같아. 우리를 도와줄 수 있으리라 생각해. 내기해도 좋아."

"난 내기는 안 해. 하지만, 쏜 가문의 사람이 하나 더 있다면 도움이 될 것 같긴 해."

은신처로 사용 중인 위니프레드의 집 앞에 도착할 무렵, 채 걸음을 멈추기도 전에 위니프레드가 문을 열었다.

"들어오세요. 손님이 와 계세요."

마카사가 반사적으로 검에 손을 대자 위니프레드가 그 손을 탁 쳤다.

"좋은 손님이세요."

위니프레드가 안내하는 방으로 올라갔다. 가즈로가 와 있었다. 그리고 함께 있는 건 키가 크고 아름다운 나이트 엘프였다. 은빛 머리칼에 연한 청색 피부, 아름다운 가지 뿔, 빛나는 황금색 눈을 가진 엘프.

"이쪽이 아라마르 쏜이겠네요."

그 목소리는 여러 겹으로 울리는 듯했다. 달리 설명할 방법이 없었다. 하나의 소리로 귀에 닿은 뒤, 다른 소리로 저 깊이 영혼까지 울리는 듯했다.

아람이 고개를 끄덕였다. 소름이 돋을 정도로 아름답기도 했지만, 무엇보다도 너무나 보고 싶은 탈리스와 비슷하게 생긴 까닭에 숨이 멎는 기분이 들었다.

"저는 패이린느 스프링송이에요. 세나리온 의회의 드루이드 뜰지기지요."

"아, 네."

아람은 눈을 힘껏 감았다가 다시 떴다. 그 목소리에 익숙해지려고 노력하면서 멍청하게 보이거나 바보처럼 말하지 않으려고 애썼다. 하지만 그렇게 보일 게 뻔했다.

주변을 둘러보았다. 쓱싹과 머키 둘 다 눈을 휘둥그레 뜨고 활짝 웃으며 넋을 잃은 표정으로 칼도레이를 보고 있었다. 드렐라는 아람에게 빙그레 웃어 보였다. 상당히 만족스러워하는 듯했다.

아람은 침을 꿀꺽 삼키고는 가까스로 말할 용기를 냈다.

"죄…… 죄송해요. 기다리시게 해서. 이렇게 빨리 오실 줄 몰랐거든요. 하지만 기다려주셔서 기뻐요. 드렐라와 작별 인사도 없이 보내고 싶지는 않았거든요."

아람의 말에 드렐라가 깔깔 웃으며 물었다.

"보내요? 절 어디로요? 누구랑요? 저분하고요?"

그러고는 다시 웃음을 터뜨렸다.

스프링송은 인자한 미소를 지었다.

"오해가 있는 것 같네요. 저는 탈리스의 씨앗을 받을 준비를 하고 있었어요. 기꺼이 그 짐을 질 생각이었으니까요. 하지만 타린드렐라를 받을 수는 없어요. 너무 늦었어요."

"하지만…… 이게 최대한 빨리 온 거예요."

그 말에 나이트 엘프인 스프링송이 한숨을 쉬었다.

"제가 이야기를 제대로 전하지 못한 것 같군요. 도토리가 타린드렐라로 피어나면, 처음으로 본 사람이 각인된답니다. 결속되는 거죠."

드렐라가 아람에게 깡충깡충 뛰어와 팔을 잡았다.

"바보, 바로 당신이에요. 날 그리워하지 않을 거라고 말했잖아요. 그리고 나도 당신을 그리워하지 않을 거라고 했죠. 왜냐하면 나는 당신을 떠날 수 없으니까요."

아람이 드렐라를 가만히 응시했다.

"잠깐, 이렇게 될 줄 다 알고 있었다는 거예요?"

"당연하죠. 난 대부분 다 알아요. 아주 박식하거든요. 특히 지금은 봄이니까요."

"계속 봄이라고 말하는데 지금은 가을이 다 되어 간다고요!"

아람은 드렐라가 사실을 감춰서 화가 난 건지, 아니면 드렐라를 보내지 않아도 된다는 생각에 흥분한 건지 알 수가 없었다.

그러자 둘의 대화를 듣고 있던 스프링송이 차분히 설명해주었다.

"드렐라 말은, 드렐라의 인생 주기에서 봄에 있다는 뜻이에요. 드렐라는 어리죠. 아주 어려요."

"그리고 아주 예쁘죠."

이렇게 말하면서 드렐라는 모두가 자기를 보고 감탄하도록 한 바퀴 돌았다.

아람은 웃음을 터뜨렸다.

"그래도 여전히 심각한 문제가 남아 있어요. 세나리우스의 딸은 결속된 동반자로부터 훈련을 받아 모든 잠재력을 깨우쳐야 해요. 전 결속된 동반자가 아니니 제가 할 수도 없고, 당신도 할 수 없죠. 왜냐하면, 음…… 솔직히 말하면 당신은 무지한 인간 소년이니까요."

아람이 다시 큰 소리로 웃음을 터뜨렸다.

"미안해요, 미안해요."

스프링송의 사과는 진심에서 우러나온 사과였다.

지난 몇 시간 동안 놀라운 일들과 새로 밝혀진 사실들이 너무 많아 아람은 정신적으로 어쩔 줄 모르는 상태가 되어 있었는데, 그렇게 웃고 나니 쾌속정의 압력 밸브에서 증기가 뿜어져 나오듯 아람의 감정이 해소되었다.

"정말 미안해요. 당신을 모욕할 생각은 없었어요. 당신 잘못이 아니에요. 정말이지, 탈리스 님이 씨앗을 젖게 하지 말라는 경고를 하셨어야 했는데."

멋쩍어진 아람이 방을 둘러보았다. 마카사나 쓱삭이나 머키나 그 누구도 아람과 눈을 마주치지 않았다.

"그……렇죠. 그러면 이제 저희는 어떻게 해야 하나요?"

"타린드렐라와의 결속을 풀 수 있는 드루이드가 한 명 있어요. 당신과의 결속을 풀고 자신과 다시 재결속하여 타린드렐라가 자신의 능력을 깨우칠 수 있게 하는 거죠. 당신은 타린드렐라를 드루이드 대가인 탈다라에게 데려가야 해요."

"탈다라…… 알았어요."

아람이 한숨을 쉬었다.

"여기 가젯잔에 계신가요?"

"아니요."

스프링송이 머뭇거렸다.

"설마 혈투의 전장은 아니겠죠?"

아람이 다시 웃음을 터뜨리며 말했다. 이제는 무슨 말을 들어도 놀라지 않을 성싶었다.

"음, 좀 따뜻한 곳이에요. 그분은 돌발톱 산맥의 드루이드 자치령에 계세요."

"거기가 정확히 어디죠?"

마카사가 암울해져서는 끙 하고 소리를 냈다.

"멀어요. 칼림도어 북서쪽이에요."

이제 아람도 끙 하고 소리를 냈다.

"구체적으로 말하자면, 탈다라 전망대에서 만날 수 있어요."

"그래요, 당연하겠죠. 저는 보통 아라마르 전망대에 있거든요."

"농담이 아니에요."

옆에서 아무 말 없이 이야기를 듣고 있던 가즈로가 녹색의 배표 네 장을 꺼내 펄럭거리며 당연한 말로 이야기를 시작했다.

"음, 보아하니 네 결정이 필요한 것 같은데. 왜냐하면 네가 요청한 대로 상당한 돈을 내고 스톰윈드 항구로 가는 등딱지호 표 네 장을 사두었거든. 배는 내일 아침 이 시간쯤에 떠나. 그러니 기꺼이 표를 한 장 더 사서……."

"당연히 그래야지. 아람의 돈이라 거리낌 없이 쓰는 거겠지만."

가즈로가 껄껄 웃었다.

"그거야 그렇지. 그래서 어느 쪽이야? 동부 왕국이야, 칼림도어 북서쪽이야?"

모두의 시선이 아람에게로 향했다.

"드렐라를 맡아주실 수 없다고 하셨나요?"

혹시나 하는 심정으로 아람이 스프링송에게 물었다.

"전 드렐라와 당신을 떼어놓을 수 없어요."

"그런 건 허락하지 않겠어요."

드렐라가 왼쪽 앞발을 쿵 디디며 말했다.

"하지만 왜 탈다라로 돌아가야 하는지도 모르겠어요. 나는 당신과 결속된 동반자여서 행복해요, 아람."

"네, 나도 그래요. 그러면 우리 모두 스톰윈드로 가면 되겠네요. 호숫골로요."

아람은 솔직한 심정을 말하며 드렐라를 보고 미소 지었다.

"그래요. 당신이 호숫골 얘기를 자주 했잖아요. 그래서 어떤 곳인지 보고 싶어요."

스프링송이 아래로 향하고 있던 시선을 천천히 들며 아람의 눈과 마주쳤다. 다시 한 번, 나이트 엘프의 목소리가 귀와 영혼 깊숙한 곳까지 울렸다.

"아라마르 쏜, 당신과 있으면 드렐라는 완전한 힘을 키우지 못할 거예요. 잘못이거나 죄는 아니에요. 하지만 그건…… 슬픈 일이죠.

그 슬픔은 드렐라가 너무 어려 지금 깨닫지 못할 뿐이에요. 하지만 시간이 지나면, 그 슬픔이 닥쳐오겠죠."

아람은 완전한 힘을 키운다는 말이 무슨 뜻인지 궁금했다. 하지만 그걸 묻기 전에 마카사가 속삭였다.

"조각은 어쩌고?"

아람이 고개를 끄덕였다. 여기 가젯잔에는 수정 조각이 있었다. 그 조각을 찾으면 나침반이 다음으로 가야 할 곳을 알려줄 터였다.

"그러면 아직 결정할 시간이 하루 있는 거죠?"

스프링송은 고개를 끄덕였고, 가즈로는 어깨를 으쓱해 보였다.

"좋아요."

아람은 실제로 느끼는 것보다 훨씬 더 단호하게 말했다.

"마카사 누나와 저는 여기 가젯잔에서 처리해야 할 일이 있어요. 해가 질 때까지 기다렸다 처리해야 할 일이에요. 그러니까 오늘 밤 그 일을 끝낸 후에 결정할게요."

아람이 마카사를 슬쩍 돌아보자 마카사는 고개를 끄덕였다.

드렐라가 곧장 아람에게 다가와서 볼을 어루만졌다.

"어떤 결정을 내리든 난 당신과 함께 있어요, 아람. 언제나요."

아람이 자신의 이마를 드렐라의 이마에 대며 말했다.

"그런 것 같네요."

"당신은 그래서 기쁘고요."

확신이 넘치는 드렐라의 말에 아람이 소리 내어 웃으며 대꾸했다.

"그것도 그런 것 같네요."

가즈로가 흠흠 헛기침을 하자 아람이 고개를 돌렸다.

"이런 감동적인 모습을 방해해서 미안하지만, 나는 사촌과 만나서 한잔하기로 약속했거든. 한 시간 전에. 그래서 말인데, 네가 주문한 나머지 물품은 여기 두고 갈게. 난 밤늦게 다시 와서 네가 어떤 결정을 했는지 듣도록 하지."

가즈로는 삼베 자루 하나를 아람에게 건네주고는 드루이드 스프링송에게는 묵례를, 위니프레드의 뺨에는 입맞춤을 한 후 마카사를 멀찍이 피해 가버렸다.

"여행자 여러분들이 좀 쉬시게 저는 이만 가봐야겠네요. 제가 해드릴 일이 더 있을까요?"

스프링송이 말했다.

"해주실 수 있는 일이 있나요?"

"그건 한번 곰곰이 생각해보지요. 그리고 저도 밤에 다시 오겠어요."

스프링송이 문 쪽으로 걸어갔다. 아람이 삼베 자루를 내려다보고 있다가 어떤 기억을 떠올렸다.

"잠시만요!"

스프링송이 멈춰 서서 고개를 돌렸다.

"그러니까…… 그러니까 탈리스 님은 당신을 아주 특별하게 생각하셨어요."

"그러셨죠."

스프링송이 고개를 살짝 숙이며 말했지만, 그 외에는 별다른 감정을 드러내지 않았다.

"저도 그분을 그렇게 생각했고요."

그러고는 다시 몸을 돌려 나가려고 했다.

"잠깐만요!"

스프링송이 다시 발걸음을 멈추고 돌아봤다.

"그분이 말씀하신 게 있는데요. 그러니까, 저희는 그분이 사슴이나 곰으로 변하는 걸 봤거든요."

"그렇군요."

"말씀으로는 깃털 달린 달빛야수로도 변할 수 있다고 하셨는데요……."

"물론이죠."

"보여주실 수 있나요?"

"달빛야수를 보여달라고요? 달빛야수로 변신해달라는 그 말, 진심인가요?"

"음…… 네."

스프링송은 발끈하더니 세상 최악의 모욕을 받았다는 불쾌감을 드러내며 아람에게 다가왔다.

"여기서 변신을 하라는 건가요? 당신 재미있으라고 숨은 재주를 부리라는 건가요?"

화내는 스프링송이 무서워진 아람이 침을 꿀꺽 삼키고 이야기를 계속했다.

"저에겐 좋은 교육이 될 테니까요. 그리고 탈리스 님이 달빛야수로 변하는 건 한 번도 못 봐서요."

스프링송이 얼굴을 찌푸렸지만, 아람은 기대에 찬 눈빛으로 미소를 지었다. 어쩌면 간절했는지도 모른다. 하지만 그런 미소도 스프링송의 찌푸린 표정 앞에서는 오래 가지 못했다.

잠시 침묵이 흐르고 스프링송은 다시금 상냥한 눈빛으로 아람을 보며 말했다.

"깃털 달린 달빛야수라고 했죠?"

"너무 어렵지 않으시다면요."

"전혀요. 하나도 어렵지 않아요."

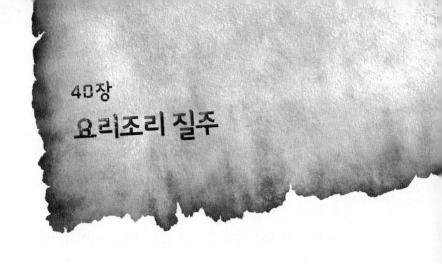

40장
요리조리 질주

낮 동안은 모두 집에 머무르면서 시간을 보냈다.

새벽빛이 창문으로 비쳐 들어왔을 때, 스프링송이 이의를 제기했다. 달빛야수로 변하는 건, 아람이 다음 목적지를 어디로 결정했는지 들으러 오는 밤에 보여주겠다고 약속했다. 스프링송은 집을 나서면서 모두에게 잠을 좀 자두라고 당부했다.

아람은 그제야 손에 든 삼베 자루 생각이 났다. 굵은 갈색 노끈을 풀고 새 흰날검 한 자루를 꺼냈다. 보기에는 전날 위니프레드에게 들려 보냈던 흰날검과 의심스러울 정도로 똑같이 생겼다. 하지만 가즈로가 '교환' 수수료를 받아간 걸 보면 콥 영감의 흰날검을 다시 주지는 않으리라고 생각했다. 아람은 콥 영감의 악귀를 쫓아내기라도 하듯 새 검의 무게를 가늠해보고 허리띠에 찼다. 이 흰날검은 이제 아람의 것이었다.

다음으로 새 셔츠를 꺼냈다. 가볍고 튼튼한 흰색의 셔츠였다. 아람이 입고 있는 셔츠도 한때는 그와 똑같은 색이었을 테지만, 지금은 비교할 수 없을 정도로 넝마가 되어 있었다.

그런 다음 자루 안을 들여다보고 미소를 지었다. 아람은 머키를 손짓해서 부르고는 과장된 동작으로 새로운 물고기 그물을 끄집어 냈다!

머키는 몹시 기쁜 나머지 어쩔 줄을 몰라 했다.

"아옳옳옳 프루 머키?"

"당연히 네 거지, 내 칭구야. 마음에 들어?"

머키는 방 안을 돌아다니며 춤을 추고, 거품을 보글보글 만들어 내고, 가르르릉 소리를 냈다.

마카사는 이제 또 그물에 걸린 머키를 풀어줘야 할 생각에 뭐라고 한마디 하려다가 기뻐하는 머키를 보고 그저 미소만 지었다.

머키는 조심스럽게 그물을 자기 허리에 둘러 조끼처럼 입었다. 거의 다 두른 것 같았다. 그런데 엄지손톱이 고리 하나에 걸렸고 곧, 마카사가 예상한 대로 그물에 얽혀 옴짝달싹 못 하는 꼴이 되어 어떻게든 풀어보려고 빙글빙글 제자리를 맴돌았다. 아람은 그 모습을 보며 자기 꼬리를 물려고 빙빙 돌던 검둥이 생각을 했다.

마카사는 머키를 내버려둔 채 아람에게 잠을 좀 자두라고 했다.

"이런 일들을 겪고 나서 어떻게 잠을 자? 잠이 올 리 없잖아."

"너 항상 그렇게 말하더라. 그러고는 항상 곧바로 잠이 들곤 했지. 버틸 생각이면 버텨봐."

맞는 말이었다. 그래서 한 시간쯤 버텨봤다. 이번만은 아람이 옳았다. 아람은 잠이 오지 않아 '아제로스의 흔한 새들' 책을 이리저리 넘기며 시간을 보냈다. 드렐라는 옆에서, 머키와 쏙싹은 어깨너머로 함께 책을 보았다. 아람은 읽는 법을 가르쳐주겠다던 약속이 생각나서 챠르나스의 책을 교과서로 사용했다. 아주 정교한 새 그림 덕분에 도움이 됐다. 말하자면 찌르레기의 모습과 찌-르-레-기라는 글자를 서로 연관 짓는 식이었다. 중요한 건 드렐라가 무언가를 배운다는 사실이었다. 쏙싹도 재미있어했고 머키는 칭구들 사이에서 행복하기만 했다.

챠르나스의 작품과 그와 나눴던 대화가 생각난 아람은 스케치북과 새 연필 한 자루를 꺼내 그림을 그리기 시작했다. 머키와 쏙싹이 등 뒤에서 마치 새로운 마법봉이라도 본 듯이 "와!"라든가 "우!"라는 소리를 내며 관심을 보였다. 최근 기억을 살려 스프링송이 온화한 눈길로 드렐라를 내려다보는 모습을 그렸다. 그런 다음 더 전의 일로 돌아가 물속에서 인양 작업을 할 때 고래상어가 공격해왔던 상황을 그렸다. 그보다 더 이전으로 돌아가 뼈 무더기에서 발드레드가 해골들과 싸우는 동안 블랙쏜이 주술 막대기를 흔들며 주문을 외우고 드렐라를 위협하는 모습을 그렸다. 이어서 가시 감옥에

갇힌 긴털엄니의 모습을 그렸다. 시베트를 통째로 삼키려는 거친 흉터와 설인에게 매달린 쓱싹과 쇠사슬을 던지려는 마카사의 모습을 그렸다. 그 그림에는 흰날검을 뽑아 든 자신의 모습도 실제보다 더 용감하고 능수능란하게 그려 넣었다. 챠르나스가 상상력을 더 많이 보태라고 말했으니, 자신을 능수능란하고 용감하다고 상상하는 것도 나쁘지 않을 터였다. 하늘봉우리에서 내려다본 버섯구름 봉우리의 풍경을 그렸다. 오우거 왕 고르독이 시종인 오우거 소녀와 함께 있는 모습을 그렸다. 혈투의 전장으로 들어가는 입구를 그렸다. 그런 다음 새로 단 쇠사슬 목걸이와 함께 나침반을 그렸다.

아람은 기운이 다 빠져버렸다. 스케치북을 밀어두자마자 잠이 쏟아지기 시작했고, 잠이 들면 빛의 환상을 보고 목소리와 대화를 나누고 어쩌면 말루스와도 대면하리라는 생각을 했다.

하지만 아니었다. 마카사가 해 질 무렵 깨웠을 때, 아람은 완전히 깊은 단잠에 빠져 있었다. 온종일 남작 부인의 시중을 들고 때맞춰 돌아온 위니프레드가 들새로 푸짐한 음식을 차려 내놓았다. 물론 드렐라를 위한 고구마와 버섯도 잔뜩 있었다. 전부 가즈로가 아람의 상금으로 값을 이미 낸 음식이었다.

다시 위험을 무릅써야 할 순간이 왔다. 아람은 새 셔츠를 입고, 조금 수상쩍긴 했지만 허리띠에 새 흰날검을 찼다. 위니프레드는 아람이 입던 셔츠는 걸레로도 못 쓸 지경이라며 버려야 한다고 주장했다. 이리저리 날뛰고 들썩이는, 반짝거리며 빙글빙글 도는 나

침반을 한 손에 꼭 쥔 채 아람과 마카사는 다음 수정 조각을 찾으러
나섰다.

　자스라가 알기로 말루스는 그 사실에 대해서 아무런 언급이 없
었다. 쌍둥이 오우거도 입을 다물고 있었고 자스라도 내색하지 않
으려 애썼다. 어쨌거나 발드레드와 스로그 둘 다 간발의 차이로 나
침반을 놓쳤다는 사실은 변함이 없었다. 그저 그 소년을 찾아내지
못했다는 거짓말 덕분에 둘과 비교되어 자스라가 더 유능해 보이
는 결과를 낳았다.
　그래서 자스라는 안심했다. 하지만 그렇다고 마음이 편하지는
않았다.
　로아. 로아. 그런 건 한 번도 본 적이 없었다. 한 번도! 인간 여자
와 놀이 에라카 노 킴불에게서 그런 존경을 받다니. 드리아드가 엘
로르사 노 샤드라에게 그런 공포를 안기다니. 그리고 그 소년이 위
테이 노 무에잘라에게 심판을 내리다니. 그런 존재들 사이에서 자
스라에게 무슨 권리가 있단 말인가?
　"자매야, 이제 어쩌지?"
　자스라는 쌩쌩이를 토닥이며 속삭였다. 전갈은 품 안에서 곧바
로 잠이 들었지만, 자스라는 속마음을 털어놓고 조금 위안을 얻
었다.
　"뭐?"

자스라의 혼잣말에 바로 뒤에서 오고 있던 구즈루크가 반응을 보였다. 말루스는 여전히 수하들을 도시의 모든 출입구와 부두에 배치해두었지만, 소년이 쾌속선에서 배를 타고 왔다면 이미 도착하고도 남았으리라는 생각을 하고 있었다. 자스라도 소년이 사막에서 죽은 게 아니라면 벌써 도착했으리라 생각했다. 그래서 가려진 자들과 정예 전사들은 밤낮으로 도시를 감시해야 했다.

"아무것도 아니야. 형제야, 잘 살펴. 소리는 내지 말고."

배불뚝이 구즈루크가 알아들었다는 뜻으로 끙 소리를 냈다.

자스라는 속으로 생각했다.

'불쌍한 트롤은 이해할 수 없는 일이야. 나는 로아가 아니야. 나는 그냥 트롤이야. 로아와 관련된 부분은 로아가 알아서 해결할 수 있어. 나는 일을 하라고 보수를 받았어. 그러니 그게 내가 할 일이야. 그 소년이 다시 내 눈에 들어오면, 그 애는 그대로 끝장이야.'

그리고 그때 마치 시험이라도 하듯, 자스라의 눈앞에 소년이 나타났다.

이리저리 구불구불하게 꺾인 가젯잔의 거리는, 나침반이 지시하는 대로 따라가기에는 참으로 껄끄러웠다. 그 길을 따라 아람과 마카사는 모퉁이를 돌다가 말루스의 트롤 자스라와 배불뚝이 오우거와 딱 마주쳤다. 한동안 넷은 서로를 빤히 쳐다보고만 있었다.

그때 마카사가 아람의 새 셔츠를 붙잡고 목깃이 약간 찢어질 만큼 세차게 당기며 소리쳤다.

"뛰어!"

그래서 달렸다. 뒤로 오우거의 뿔피리 소리가 들렸다. 도시 절반
이 그 소리에 깼다. 아마 말루스의 위험천만한 무리들이 죄다 쫓아
올 터였다. 무엇보다도 자스라가 쫓아오고 있었다. 아람이 힐끗 어
깨너머로 돌아보니 자스라가 모퉁이를 돌며 덮쳐오기 직전이었다.

마카사는 기억력이 아주 좋았다. 이전에 파도타기호를 타고 가
젯잔에 왔던 적이 있었던 터라 도시를 어느 정도는 알았다. 게다가
지난 이틀 밤, 조각을 찾으려고 나침반을 따라다니는 동안 도시 구
석구석을 제대로 파악할 수 있었다. 둘은 여러 샛길과 골목을 누볐
기에, 이제는 어느 길로 움직여야 할지 정확히 알고 있었다. 구불
구불한 골목을 지나, 왼쪽으로 꺾은 다음 오른쪽으로 크게 돌았다.
마카사는 아람이라는 짐이 있어도 항상 적보다 앞서갈 수 있었다.
아람이 없었다면, 지금쯤 자스라를 따돌렸을 터였다. 아니면 반대
로 돌아 해치워버릴 수도 있었다. 하지만 남동생 아람이 옆에 있는
한, 그런 위험을 무릅쓰고 싶지는 않았다.

마카사는 자스라보다 빨랐지만, 아람은 아니었다. 다행히 배불
뚝이 오우거는 훨씬 더 느렸다. 오우거도 쫓아오려고 했지만 이미
한참 전에 뒤처지고 말았다. 그 오우거의 가장 큰 위험 요소는 뿔피
리였다. 뺨을 잔뜩 부풀렸다가 일정한 간격으로 불어댔다. 말루스

와 그의 무리들이 곧 들이닥칠 것이다. 마카사와 아람은 서둘러 달아나야 했다.

또 다른 모퉁이를 돌면서 기회가 생겼다. 작은 이륜마차가 말 없이 세워져 있었다. 마카사가 마차 뒤로 가서 미는 순간, 자스라가 모퉁이를 돌아 나왔다. 마차가 자스라와 쾅 소리를 내며 충돌했다. 마카사와 아람은 다시 달렸다.

수정 조각은 나중에 찾아야 했다. 지금은 무조건 위니프레드의 집으로 돌아가는 게 급선무였다. 하지만 아무도 쫓아오지 않는다고 확신할 수 있을 때 돌아가야 했다. 마카사는 아람을 다른 골목으로 잡아당겼는데, 나온 곳은 같은 길의 반대편이었다. 아람이 갑자기 멈춰 서더니 속삭였다.

"이걸 좀 봐봐."

아람이 들어 올린 나침반은 그 어느 때보다도 밝게 빛나며 오른쪽으로 사슬 목걸이를 강하게 당기고 있었다. 바늘도 오른쪽을 가리켰다. 거기엔 벽에 기대놓은 쓰레기통이 있었다.

"수정 조각이 바로 저기 어딘가에 있어!"

마카사가 어깨너머로 뒤를 살폈다. 트롤과 오우거가 아직 골목 안으로 들어오지 않았다 해도, 곧 나타날 게 뻔했다. 지금이었다. 지금이 최후의 일격을 날릴 순간이었다. 마카사는 아람의 반바지를 붙잡고 쓰레기통 위로 올려준 다음 낮게 속삭였다.

"여기 있어. 놈들이 지나갈 때까지 숨어 있어야 해. 그리고 조각을 찾아. 그다음에 위니프레드의 집으로 가. 내가 놈들을 따돌릴게."

"뭐라고? 안 돼!"

"입씨름할 시간 없어."

마카사가 쓰레기통 높이로 머리를 숙이더니 말했다.

"동생아, 내가 말한 대로 해."

마카사는 말이 끝나자마자 곧장 달려 나갔다.

마카사가 골목 끝으로 갔을 때 쿵쿵거리는 트롤과 오우거의 발소리가 들렸다. 마카사가 앞쪽을 보며 외쳤다.

"아람, 계속 가! 난 바로 뒤에 있어!"

그리고는 모퉁이를 돌아 속도를 늦추며 놈들이 쓰레기통을 뒤져 보려고 멈추지는 않았는지 확인했다. 하지만 곧바로 자스라가 먼저, 그리고 오우거가 그 뒤를 이어 골목에서 모습을 드러냈다. 마카사의 작전이 먹혔다. 놈들은 마카사를 쫓아오며 아람이 바로 앞에 있다고 생각했다.

마카사는 어디로 가야 하는지 정확히 알고 있었다. 이 기나긴 추격을 완전히, 그리고 영원히 끝낼 곳이었다. 그랬다. 마카사에겐 계획이 있었다. 하지만 그 계획이 진짜로 성공하려면 말루스의 수하들이 모여드는 동안 버텨야 했다. 그래서 마카사는 곧장 갈 수 있는 지름길을 피했다. 아람이 없으니 이제 더 속도를 낼 수 있다는 확신 아래, 마카사는 큰 도로와 거리로 달려갔다. 곧 스로그와 회청색의 여자 오우거가 추격에 합류했다. 그다음엔 발드레드가 나타났다. 마카사는 말루스를 기다리고 싶었지만, 길이 거의 끝나 가고 있었다. 지금이야. 아니, 지금이어야만 해. 마카사는 마지막으로 모퉁이를 돌며 추격자들을 이끌고 천둥경기장 안으로 곧장 들어갔다.

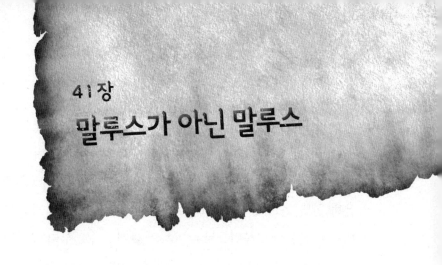

41장
말루스가 아닌 말루스

마카사는 이곳 천둥경기장에서 결투를 본 적이 있었다. 아람을 만나기 몇 달 전의 일이었다. 쏜 선장은 개인적인 일이 있다며 자리를 비웠다. 지금에 와서야 챠르나스를 만나러 갔다는 것을 알게 되었지만, 당시엔 무슨 일인지 알 수 없는 노릇이었다. 그래서 마카사는 더간 원갓에게 이끌려 천둥경기장으로 갔다.

여기에서 노겐포저 남작은 여러 갈등을 결투로 해결하는 일을 총괄했다. 거리에서는 싸움이 금지되었다. 만약 거리에서 싸움을 했다가는 노겐포저의 밥통고블린 그러니까 떡대 한 부대가 망치로 머리를 내리칠 것이었다. 하지만 매일 밤 경기장 안에서는 싸울 수 있었고, 실제로 그렇게 했다. 가젯잔의 평화를 유지하고자 그렇게 한다고는 하지만, 마카사 생각에 진짜 목적은 지역 주민들과 방문

객들이 결과를 놓고 내기를 하도록 부추기고 남작이 모든 내기에서 배당금을 거둬들이려고 하는 게 아닐까 의심스러웠다.

마카사는 도박을 하지 않았지만, 원갓은 체격 좋은 고블린에게 은화 한 닢을 걸었다. 그 고블린이 살피는 상대는, 작지만 체격이 비슷한 건장한 고블린으로 마카사의 빨랫줄을 일부러 끊어 빨아놓은 옷이 진흙탕에 떨어지게 했던 이웃이었다. 어쨌거나 키 작은 고블린이 승리했고, 원갓은 은화를 잃었지만 충분히 즐긴 듯했다.

그랬다. 천둥경기장은 일종의 투기장이었다. 혈투의 전장에 있는 투기장과 용도가 그리 다르지 않았다. 그곳에서 아람과 쓰싹은 오우거 왕 고르독의 재미를 위해서 싸웠다. 이제, 마카사는 사방이 막힌 천둥경기장 한가운데 서 있었다. 경기장 밖을 둥글게 둘러싼 관람석 아홉 열에 고블린, 노움, 인간, 늑대인간, 트롤, 드워프까지 가득했다. 싸움 한 판이 막 끝나고 떡대들이 승자를 호위하며 나오는 그때, 마카사는 더 안쪽으로 들어갔다. 곧바로 그 뒤를 이어 적들이 쫓아왔다. 마카사는 노겐포저 남작을 바라보며 모두가 듣도록 '이 해적들이' 자기 치즈를 훔쳐갔다고 말했다. 마카사 머릿속에서 제일 먼저 떠오른 거짓말이었다. 마카사는 결투를 요청했다.

노겐포저가 옆으로 몸을 기울여보니 키가 큰 인간 여자가 자기 앞에 서 있었다. 그리고 자스라, 발드레드, 스로그, 회색청의 여자 오우거가 보였다. 배불뚝이 오우거는 보이지 않았다. 아마 말루스를 데리러 갔거나 뿔피리를 불고 마카사를 추격하느라 숨이 차서 여기까지 오는 것을 포기했으리라 짐작했다. 노겐포저는 머리를 긁적이더니 마카사에게 돌아서서 물었다.

"네 명 모두와 결투를 하겠다고? 치즈를 얼마나 훔쳤는데?"

"결투할 만큼."

경기장 밖에 선 채로, 노겐포저는 다시 몸을 기울여 '치즈 도둑들'에게 물었다.

"이 여자에게 치즈를 돌려주겠나? 아니면 적절한 손해 배상을 하겠어?"

자스라와 스로그는 무슨 말인지 몰라 혼란스러운 듯했다. 하지만 발드레드는 무미건조하게 킬킬거리며 쓸모없는 폐를 쥐어짜 대답했다.

"치즈는 절대로 돌려주지 않겠다!"

노겐포저는 환호하는 관중들에게 외쳤다.

"그렇다면, 결투 시합을 열겠습니다! 4대1! 돈을 거세요!"

관중들은 환호하며 내기에 걸 금액과 배당률을 외쳐댔다. 마카사는 가즈로도 내기에 돈을 걸려고 몸을 굽혀 핫픽스만 한 노움 꼬마에게 동전을 건네주는 모습을 보았다. 그리고 순간 가즈로 저 작자가 누가 이긴다고 예상했는지, 배당률은 얼마인지 궁금해졌다.

마카사도 자신의 조건이 마음에 들었다. 말루스는 보이지 않지만, 자스라와 스로그를 해치우고 발드레드는 다시 일어나지 못할 정도로 손상을 입힐 수 있을 것 같았다. 여자 오우거는 신경 쓰이지 않았다. 그 눈에는 무언가가 있었다. 어쨌거나 상대는 넷이었다. 한 번에 상대하는 수로는 지난번의 셋보다 하나가 더 늘어 있었다. 마카사는 자신이 여기서 죽을지도 모른다고 생각했다. 하지만 죽을 때 죽더라도 말루스의 오른팔, 왼팔 같은 수하들은 없애고 말겠다고 생각했다. 그건 동생에게 주는 선물이었다. 그리고 마지막 선물이 될 수도 있었다.

말루스도 자신의 조건이 마음에 들었다. 경기장 뒤편으로 살짝 들어간 말루스는 상황을 자세히 파악해보았다. 부하 한둘, 어쩌면 셋까지 잃을지도 모른다고 판단했다. 말루스는 마카사가 싸우는 모습을 보았으니까. 하지만 결국 언데드 검객 발드레드가 마카사를 쓰러트리고 말 터였다. 그건 확실했다. 아람은 최고의 아군과 영원한 이별을 하고, 두 아라코아 싸르빅과 싸브라와 함께 말루스는 지금 도시 안 어딘가에 있을 아람과 나침반을 찾아 나설 생각이었다.

말루스는 다시 천둥경기장 밖으로 조용히 빠져나갔다.

아람은 숨을 제대로 쉴 수 없었다. 쓰레기통 안에 같이 있는 게 무엇인지 확실히는 모르겠지만, 그게 죽은 것과 죽은 것과 죽은 것이라는 사실은 분명했다. 문득 속삭이는 남자, 발드레드가 말리꽃 향수를 그렇게나 뿌려대는 게 이해가 갔다. 그럼에도 5분 동안 꼼짝 않고 기다리다가 밖을 살짝 내다보았다. 귀를 쫑긋 세우고 주위를 둘러봤다. 근처에는 아무도 없었고 오우거의 뿔피리 소리만이 아주 멀리서 들려왔다. 마카사가 너무 걱정되었지만, 한편으로는 마카사의 능력을 믿어 의심치 않았다. 아람도 도망 다니는 동안 자신이 마카사에게 짐이 된다는 걸 모르지 않았다. 아람이 없으면 마카사는 추격자들을 쉽게 따돌릴 수 있었다. 이제 아람이 할 수 있는 일은 한시바삐 수정 조각을 찾아낸 후 거리를 빠져나와 위니프레드의 집으로 돌아가는 것이었다.

바늘이 빙글빙글 돌고 있으리라 예상하며, 내내 꼭 쥐고 있던 나침반을 살펴보았다. 바늘이 쓰레기통을 가리키며 그쪽으로 당기기에 아람은 수정을 찾으려고 쓰레기통을 뒤질 각오까지 했다. 냄새가 나든 말든.

하지만 바늘이 돌지 않았다. 밝게 빛나긴 했지만, 같은 방향을 가리키고 있었다. 쓰레기통의 뒷벽을. 아람은 수정 조각이 쓰레기통 옆, 정체 모를 건물 안에 있는 게 틀림없다고 생각했다. 쥐고 있던 손을 풀고 쓰레기통을 기어 올라가려는데, 나침반이 공중으로 솟구쳐 올랐다. 묵직한 쇠사슬 목걸이가 머리를 스치고 빠져나가더니 나침반이 포물선을 그리며 2층 건물 지붕 위에 쿵 떨어지는 모습을 멍청하게 보고만 있었다.

수정 조각이 지붕 위에 있다고?

수정 조각 하나는 페랄라스 경계의 흙 속에 묻혀 있었고, 다른 하나는 버섯구름 봉우리의 흐린빛 구덩이 바닥에 있었는데, 지붕에 있다 한들 그게 뭐가 그리 이상하겠는가? 아람은 그 이유를 딱히 설명할 수는 없었지만 지붕 위가 더 이상하다고 생각했다.

다시 주변을 둘러보며, 아람은 쓰레기통에서 기어 나와 지붕 위로 어떻게 올라갈지를 고민했다. 벽 쪽으로 다가가서 어딘가를 잡고 올라가려고 시도해보았다. 아주 매끈한 벽은 아니었지만, 딱히 잡을 만한 곳도 없었다.

'이렇게 가까이 있는데! 분명 올라갈 방법이 있을 거야!'

아람은 건물 안에 지붕으로 올라갈 수 있는 길이 있다고 생각하고 빙 돌아 건물 정면에서 입구를 찾아보았다.

3미터 정도 앞에 2층으로 가는 계단이 있었다. 아람은 자기 이마를 탁 치고는 서둘러 계단을 올라갔다.

계단 맨 위에서 다시 나무 난간을 타고 올라갈 수 있었다. 위험하긴 했지만 지붕 끝에 팔을 뻗어 몸을 위로 끌어 올렸다.

마침내 날아가 버린 나침반과 수정 조각이 아람의 눈에 들어왔다. 작은 수정 조각이 아니었다. 아람은 서둘러 허리띠에서 탈리스의 보라색 가죽 주머니를 풀어낸 다음 앞서 찾은 수정 조각을 꺼냈다. 흙과 물속에서 찾은 두 개의 조각을 하나로 합친 수정 조각이었다. 두 개를 합쳤지만, 그래도 새끼손가락 정도의 크기에 불과했다.

이번에 찾아낸 조각 역시 단단한 수정이었다. 하지만 칼자루 같은 모양이었다. 그것도 꽤 큰 검의 손잡이. 아람은 수정 칼자루를 집어 들고 무게를 가늠해보았다. 어느 정도 무게가 나갔고, 구체적인 형태가 있었다. 없는 건 검뿐이었다.

'아니야, 그럴 리가 없어.'

칼자루에는 새끼손가락만 한 크기의 작은 홈이 나 있었다. 아람은 조심스럽게 두 개의 조각을 합친 수정을 홈에 끼워보았다. 곧바로 빛이 번쩍하며…….

"셋이 하나가 되리라."

빛의 목소리가 말했다. 아람의 내면 어딘가에서 솟아나는 듯했다. 목소리도, 빛도.

"셋이 하나가 되었어요."

아람도 동의했다.

"이제 넷 남았나요?"

"일곱이 하나가 되리라."

"그러니까 넷 남았잖아요."

주위에서 웃음소리가 메아리쳤다. 붉은 불길로 만들어진 원 안에 서 있다가 위를 향해 올라가는 자신이 보였다. 이상하게도 두렵지 않아서 그 이유가 궁금했다. 아래를 내려다보았다. 손에 거대한 수정 칼자루가 쥐어져 있었다. 마치 자신의 손이 원래부터 이 수정 칼자루를 쥐고 있었던 것처럼 느껴졌다.

말루스가 다시 웃음을 터뜨렸다.

"언제나 옳은 것 같지? 네가 특별하다고 생각하나?"

말루스가 말루스 같지 않았다. 말루스의 그림자 주위가 불타오르며 더는 아람이 기억하는 말루스의 모습이 아니었다. 말루스는 키가 컸지만, 이 그림자는 더 컸다. 더 크고 더 호리호리했다. 그리고 이마에 커다란 뿔 두 개가 솟아 있었다. 이건 말루스가 아니었다. 말루스인 적도 없었다. 말루스가 이 존재와 연결되어 있기에 아람이 둘을 합친 것뿐이었다. 이제 좀 더 또렷하게 보였다.

빛의 목소리가 말했다.

"보았느냐? 아람, 넌 특별하다. 검을 치유해다오. 날 구해다오. 일곱은 하나가 되어야만 한다."

"절대로 그 검을 치유하지 못할 거야."

말루스가 아닌 말루스가 말했다. 바람 때문에 불길이 일렁였고, 다른 그림자가 뿔이 난 형체와 합쳐졌다.

"네가 검을 치유할지도 모르지. 이의는 없다."

위테이 노 무에잘라의 으스스한 검은 모래가 속삭였다.

"심판이 있으리라. 네가 원하는 대로 자신을 무장해라. 전투가 다가온다."

"불이 타오르리라."

말루스 아닌 말루스의 말이었다.

"무에잘라는 마음껏 먹으리라."

이제 한목소리로 말하고 있었다.

"아제로스의 모두를, 아제로스의 모두를."

아람은 헉하며 환상에서 깨어났다. 손을 내려다보았다. 한 손에는 수정 칼자루가, 다른 손에는 나침반이 쥐어져 있었고 두 손은 떨리고 있었다. 아람은 마음을 진정시키며 두 손이 떨리지 않도록 애썼다. 주위를 둘러보다가 손가락 크기의 합쳐둔 수정 조각이 보이지 않자 순간 극심한 혼란에 빠졌다.

그러나 곧 기억이 났다. 수정 칼자루를 살펴보았다. 더는 홈이 보이지 않았다. 이전 조각은 흔적도 없이 수정 칼자루와 합쳐져 있었다. 원래부터 홈 같은 건 없었던 것처럼, 수정 조각 세 개가 한 번도 떨어진 적이 없었던 것처럼 보였다. 아람은 손잡이를 자세히 살펴보았다. 아랫부분에 삐죽삐죽한 가장자리가 보였다. 남은 건……검이었다. 찾아야 할 네 조각은 이 검의 조각이었다.

아람은 나침반을 들고 다음 수정 조각이 어디 있을지 확인해보았다. 바늘은 빛나지도, 빙빙 돌지도 않았다. 바늘은 동쪽을 가리키고 있었다. 호숫골 방향이었다. 아람은 다음 조각을 찾아야 했다. 그 사실만은 그 어느 때보다 분명하게 다가왔다. 드렐라가 호숫골을 보고 싶다고 했으니 곧 그 바람대로 될 것 같았다.

아람은 지붕의 가장자리를 가로질렀다. 동쪽을 바라보았다. 호숫골이나 동부 왕국이 보이지는 않았다. 저 멀리 가젯잔 끝자락에 커다랗고 둥근 지붕의 구조물이 보였다. 그 안에서 관중들이 환호하는 소리가 희미하게 들리는 것 같았다. 잠깐이었지만 관중들이 무엇에 환호하는지, 누구를 응원하는지 문득 궁금했다.

하지만 그런 걸 궁금해할 때가 아니었다. 아람은 위니프레드의 집에서 마카사를 만나야 했다. 그래서 바지 뒤에 수정 칼자루를 꽂아 넣고 지붕을 가로질러 아래로 내려갔다.

Crystal Sword Hilt
수정검 칼자루

A. Thorne

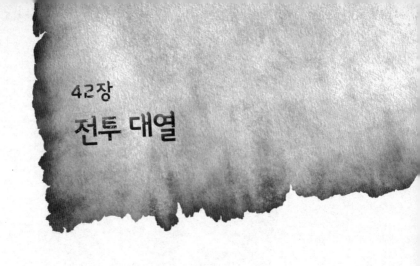

42장
전투 대열

내 깃돈을 거는 데 시간이 한참 걸리는 모양이었다. 가즈로가 노겐포저 남작과 남작의 수익 배당을 놓고 입씨름하느라 시간이 더 지체됐다. 마카사는 '가즈로 아저씨'가 마음에 들지 않는 이유가 또 하나 늘었다. 빨리 싸움이 시작되었으면 해서 조바심이 났다. 빨리 끝났으면 싶었으니까. 마카사는 투기장 저 너머에 있는 상대 네 명을 보았다.

스로그가 오른쪽 손목에 천천히 철퇴를 끼웠다. 마카사는 그 철퇴가 파도타기호의 동료 선원이었던 카시우스 믹스를 죽였던 무기임을 알아보았다.

여자 오우거는 넓적검을 뽑아 들었다. 오우거와는 어울리지 않는 무기를 쓴다는 생각이 들면서 어쩌면 드물게 정확도를 중요하게 여기는 오우거일지도 모른다고 추측했다.

트롤 자스라는 긴장한 듯했다. 줄파락에서의 일이 있었으니 그럴 만도 하다고 생각했다.

발드레드만은 헤아리기가 어려웠다. 창백한 얼굴이 두건으로 완전히 가려져 있었다.

'자스라 먼저야.'

마카사가 생각했다.

'제대로 기운을 차리기 전에 작살로 쓰러뜨리자. 그런 다음 스로그가 휘두르는 철퇴를 피하고 내 흰날검 끝으로 여자 오우거 목을 노려야지. 빠르게 움직인다면, 스로그가 두 번째 공격을 휘두르기 전에 사슬을 풀어 돌릴 수 있어. 그럼 바로 머리를 공격해야지. 그러면 발드레드만 남겠지.'

왜인지는 모르지만 마카사는 발드레드 남작이 끈질기게 자기 차례가 올 때까지 기다리리라는 걸 알았다. 아니, 안다고 생각했다. 발드레드는 동료가 살든 말든 상관하지 않고 모두 처리된 후에 마카사의 실력을 확인해보고 싶어 할 터였다.

'사슬이 잘 먹힐 거야. 조각조각 부술 수 있으니까. 그런 다음 그 조각을 박살 내고 다시는 합쳐지지 못하게 만들어야지.'

둥근 경기장 주위에 드문드문 횃불이 놓였다.

'포세이큰 발드레드의 뼛조각 하나 남기지 않고 모조리 불태워버리겠어.'

그렇게 하려면 할 일이 많다는 걸 마카사도 모르지 않았다. 으스스한 미소를 지어 보였다. 작살, 흰날검, 쇠사슬이 믿음직스러웠다. 다른 누구도 아닌 자기 자신이 믿음직스러웠다. 하지만 누군가는 다른 생각을 한 모양이었다.

쓱싹, 머키, 드렐라가 경기장 안으로 숨을 헐떡이며 뛰어들어 왔다. 그 모습을 보고 잔뜩 화가 난 마카사가 곁눈질로 보니 작은 노움이 위니프레드와 스프링송을 이끌고 가즈로의 관람석으로 가고 있었다. 모두 가즈로 옆에 앉았다. 가즈로가 곧바로 편안히 자리를 잡고 앉더니 노겐포저한테 이제야 내기 조건이 맞는다고 말했다.

"뭐 하는 거야?"

마카사가 전투 곤봉을 움켜쥔 쓱싹에게 화를 내며 식식거렸다. 쓱싹이 옆으로 비켜나 마카사 오른쪽에 섰다. 작은 창을 든 머키는 왼쪽에 섰다. 드렐라는 마카사와 적 사이에 서서 밝은 표정으로 손을 흔들며 말했다.

"마카사, 당신 옆에서 싸우러 왔어요. 우리의 적을 당신 혼자 상대하게 둘 수는 없어요."

"그렇다." 쓱싹이 동의했다.

"아옳." 머키도 동의했다.

이런 대화가 오갈 때 노겐포저가 투기장으로 내려왔다. 새로 추가된 투사들을 둘러보며 말했다.

"이건 뭐지?"

"억울해서 배상을 받고 싶은 당사자들이 더 있나 보군. 우리가 치즈를 좀 많이 훔쳤거든."

웃음기 가득한 목소리로 발드레드가 대꾸했다.

자스라, 스로그, 여자 오우거가 발드레드를 빤히 쳐다보았다.

머키와 쓱싹과 마카사도 발드레드를 빤히 쳐다보았다.

드렐라가 한마디 했다.

"난 치즈 안 먹어요."

그때 노겐포저가 목소리를 높이며 말했다.

"내기는 마감됐어. 4대 1이야. 그게 내기 조건이었어."

그 말에 가즈로가 소리쳤다.

"자, 이제 4대 4야! 인간 여자 쪽에 10대 1로 걸겠어!"

곧바로 관중 전체가 고함을 치며 아까 걸었던 내기를 바꾸느라 야단법석이었다. 노겐포저는 인상을 쓰면서도 자기 몫을 제대로 챙기려고 서둘러 다시 내깃돈을 걸었다.

"난 누구의 도움도 요청하지 않았어."

마카사가 쓱싹을 내려다보며 말했다. 그러자 쓱싹이 마카사를 올려다보며 대꾸했다.

"마카사 도움 요청하지 않는다. 마카사는 도움받는다."

"아옳, 아옳."

"머키가 동의한대요. 나도 그렇고요."

드렐라가 말했다.

마카사가 긴 한숨을 내쉬며 사람이 얼마나 오래 숨을 참을 수 있을지 생각해봤다. 그러다 쓱싹을 내려다보고는 도움이 되리라는 것을 인정했다. 쓱싹은 작은 놈이지만 강인하고 실력도 있었다. 마카사가 힐끗 보니 자스라는 쓱싹과 마카사 둘을 함께 상대해야 하는 상황이 마음에 들지 않는 게 분명했다.

"드렐라, 가서 스프링송 옆에 앉아 있어."

"싫어요."

드렐라가 딱 잘라 대답했다. 여전히 적에게 등을 보인 채로 말이다.

"머키, 드렐라 데리고 가. 가서 가즈로와 스프링송 옆에 같이 앉아 있어."

"응크!"

머키가 적을 노려보면서 창으로 허공을 찔러댔다.

"빌어먹을!"

마카사가 소리쳤다. 발드레드와 그 무리가 있다는 사실을 까맣게 잊어버리고 친구들에게 화를 낼 참이었다.

"아람은 우리 한편이라고 한다. 아람 편과 마카사 편이다. 한편은 마카사와 함께한다."

쓱싹이 차분하게 말했다.

"안 돼. 나는……."

"한편은 한편이다."

쓱싹이 계속 말을 이었다.

"마카사는 이것 알아야 한다. 아람은 이것 안다. 마카사는 알아야 한다. 한편은 한편이다. 한편은 함께한다. 한편은 마카사가 안 원해도 마카사와 함께한다."

'한편이라.'

그 말에 마음이 진정되었다. 마카사는 아랫입술을 깨물며 하얀 이로 잘근잘근 씹었다. 쓱싹의 말이 옳았다. 파도타기호에서나 바다왕호에서 마카사는 주저하지 않고 한편인 선원들과 함께했다. 그리고 그들은 마카사가 함께해주길 기대했을 것이다.

아람과 함께 긴 여정에 나선 이후로, 마카사는 새로운 한편이 생길 때마다 화를 내기만 했다. 다른 이가 필요하다는 사실에 화를 냈다. 왜 그랬지? 마카사의 인생은 혼자 외롭게 살았던 삶이 아니었다. 구명정에서 홀로 사는 삶이 아니었다. 배와 함께한 삶이었다. 그리고 배에서는 모든 선원이 서로를 의지했다. 한편이었다.

네 명에게 하는 소리였지만, 모두에게 들릴 만큼 큰 소리로 마카사가 말했다.

"쓱싹, 머키, 드렐라, 함께해서 영광이야!"

드렐라가 깡충깡충 뛰어 머키 옆에 와서 섰다.

"이제 때가 됐네요."

'그래.'

마카사가 속으로 생각했다. 마치 커다란 돌덩이가 가슴에서 사라진 것 같았다.

'때가 됐지.'

마카사가 씩 웃었다.

어둠 속에 가려진 채로, 말루스는 아람의 멀록과 놀이 발드레드
가 말한 드리아드와 함께 들어가는 걸 지켜보았다. 무리 중에는 나
이트 엘프와 고블린도 있었다.

'그 아이는 도대체 어디서 이런 자들을 골라오는 거지? 다음에는
설인과 같이 다니겠군.'

싸르빅은 말루스가 무리에 관심이 부족하다며 열변을 토했다.
말루스는 싸브라에게 한마디만 했다.

"말해줘."

싸브라는 덜 똑똑한 오빠 싸르빅에게 아람의 패거리를 따라다
니는 건 의미가 없다고 말해주었다. 중요한 점은 아람이 그들과
같이 있지 않다는 것이었다. 즉, 그들도 아람과 함께 있지 않다는
뜻이었다.

"그러니 그 애가 아무도 모르게 마을로 와이번을 데려오는 게 아
니라면, 지금 이 도시에 친구 하나 없이 혼자 있다는 뜻이지. 자, 가
서 그 애를 찾아."

새인간 남매는 나란히 서서 손을 잡고 깃털 달린 손가락으로 깍
지를 낀 채 함께 주문을 중얼거렸다. 무슨 말인지는 거의 들리지 않

았다. 말루스는 팔에 난 털이 곤두서는 걸 느끼며 검고 윙윙거리는 마력의 기운이 두 아라코아의 발밑에서 흘러나오는 것을 지켜보았다. 가장자리는 시뻘겋게 탄 검은색 흔적이 만들어졌다. 그 흔적은 이 거리 저 거리를 누비며 말루스와 불타는 군단에 있는 공포의 군주가 찾는 것을 찾아다녔다.

말루스가 새 인간 남매에게 말했다.

"여기 있어라. 내가 나침반에 닿을 때까지 길을 유지하고. 안 그랬다간 너희 둘의 시체를 주인님 발밑에 던져버릴 테니."

말루스는 마법을 따라갔다. 혼자서.

아람은 가젯잔의 거리가 익숙하지 않아 위니프레드의 집을 찾는 데 약간의 행운과 시행착오를 거쳐야 했다. 하지만 결국 위니프레드의 집을 찾아냈다. 아람은 안으로 들어가 곧장 위층으로 달려 올라갔다.

마카사는 없었다. 쏙싹, 머키, 드렐라도 없었다. 무슨 이유에선지, 이름을 부르기가 두려웠다. 그래서 다시 아래층으로 내려왔지만 위니프레드의 모습도 보이지 않았다. 부엌, 지하 저장실, 다락까지 확인해보고는 마법처럼 다시 나타나지 않을까 싶어 방으로 되돌아왔지만 방은 텅 비어 있었다.

뭘 해야 할지 아무 생각도 나지 않았다.

어찌할 바를 모르다가 다시 아래층으로 내려가기로 했다. 밖으로 나가서 찾아볼지, 아니면 문간에서 기다릴지 아직 결정하지 못했다. 계단을 절반쯤 내려갔을 때 문이 열리는 소리가 들렸다. 아람은 한달음에 계단을 뛰어 내려갔다.

　말루스가 문 앞에 서 있었다. 아람을 똑바로 바라보며 만족스럽다는 듯 미소를 짓고 있었다. 키가 큰 말루스의 발밑에는 붉은 테두리를 두른, 검게 탄 흔적처럼 보이는 무언가가 있었다. 순식간에 그 기이한 흔적이 말루스를 지나 아람을 덮쳤다.

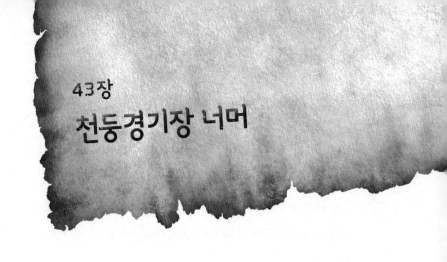

43장
천둥경기장 너머

마카사의 예상은 거의 다 빗나갔다.

자스라는 두려움을 무마하려고 지나치게 애쓴 탓인지, 종이 울리기가 무섭게 곧바로 마카사를 향해 석궁 두 발을 발사했다. 마카사는 가까스로 어깨를 틀어 살을 노리며 파고드는 화살 두 발을 피했다. 자스라는 재장전할 생각도 하지 않고 거칠게 공격해 들어왔다. 단검을 뽑아 들고 마카사를 향해 달려드는 자스라를 쓱싹 이 막았다.

노예들이 서로 맞붙어야 했던 혈투의 전장 투기장과는 달리, 천둥경기장에서의 갈등 해결 결투는 죽을 때까지 싸워야 하는 싸움이 아니었다. 하지만 누군가가 이 특별한 투사들에게 그런 사항을 전달하지 않은 듯했다.

마카사는 여자 오우거를 정확하게 조준하여 작살을 던졌다. 하지만 스로그가 다가와 철퇴로 작살을 쳐냈다. 오우거 둘이 마카사를 향해 다가왔지만, 사슬을 돌려 저지했다.

유일하게 발드레드가 뒤에 남아 기다릴 것이라는 예상만 맞아떨어졌다. 실제로 발드레드는 그렇게 뒤에 남아 마카사를 지켜보며 속삭였다.

"정말 놀라워. 널 보면 생각나는 인물이 있어. 누군지 기억해낼 수만 있다면……."

하지만 피에 열광하는 관중들의 함성에 발드레드의 말은 그대로 묻혀버렸다.

투기장 반대편 끝에는 드렐라가 남아 있었다. 고개를 갸우뚱한 채로 한 손가락을 입술에 대고 있었다. 마치 무언가를 듣고, 또 듣는 듯했다.

자스라는 아직 제 상태로 돌아오지 못했다. 쓱싹이 커다란 전투 곤봉을 휘두르자 자스라는 뒤로 물러났다. 장전하지 않은 석궁과 단검으로는 공격적으로 다가오는 놀을 막을 방법이 없었다. 단 한 가지만 빼고. 자스라가 혀를 쯧쯧 두 번 차자 쌩쌩이가 가슴에서 뛰쳐나와 쓱싹을 쏘았다.

느닷없이 머키가 작은 창을 내동댕이치고는 물갈퀴 손으로 전갈을 붙잡았다. 머키가 "우어, 우어, 우어!"라고 짜증스레 외치는 걸 보니 쌩쌩이한테 서너 번 연달아 찔렸음을 알 수 있었다. 하지만 전갈의 독은 작은 멀록에게 아무런 효과도 없는 듯했다. 머키는 전갈 독에 면역이 되어 있는 게 분명했다. 모든 멀록에게 적용되는 특성인지, 아니면 머키 같은 멀록에게만 적용되는 특성인지, 그건 자스라에게 중요하지 않았다. 그저 드렐라가 멀록에 관해 맹독의 어머니에게 했던 말이 떠올랐다. 아람 일행에 관한 기이한 미신 혹은 두려움에 이미 사로잡힌 자스라는 자기도 모르게 몸을 떨기 시작했다. 머키가 쌩쌩이를 머리 위로 들고 있는 동안, 쓱싹이 자스라를 향해 다가갔다. 자스라는 뒤로 물러나지도 못했다.

그때 발드레드가 메마르고 거친 소리로 웃기 시작했다.

"좋아, 좋아. 이제 끝내야겠군."

드디어 발드레드가 검은빛의 검과 혈암단검을 꺼내 들었다.

마카사는 적의 진정한 약점을 파악했다. 적 하나하나는 각기 놀라운 투사들이었지만, 결집력은 없었다. 이들은 용병이었다. 한편이 아니었다.

반면, 마카사에게는 한편이 있었다. 마카사가 어깨너머로 외쳤다.

"숙여!"

그러고는 돌리던 사슬의 방향을 아래로 내렸다. 마카사의 의도를 정확히 파악한 머키와 쓱싹은 키가 작은 덕에 마카사의 사슬이 빙빙 도는 원 바로 아래로 안전하게 지나갈 수 있었다. 하지만 오우거, 트롤, 포세이큰은 아니었다.

쓱싹은 사슬이 회전하는 속도를 고려해 전투 곤봉을 위로 휘둘렀다. 곤봉에 정통으로 맞은 자스라는 뒤로 나가떨어졌다.

"머키, 오우거들에게 네 새 친구를 소개해줘!"

마카사의 외침에 머키가 앞으로 달려가며 쌩쌩이를 스로그에게 들이밀었다. 혼란스러워진 전갈은 스로그를 향해 독침을 쏘아댔다. 여자 오우거가 넓적검으로 쌩쌩이와 머키를 찌르려고 했지만, 마카사의 사슬이 닿는 범위가 여자 오우거의 공격 범위보다 더 넓었다. 여자 오우거는 후퇴할 수밖에 없었다. 스로그는 신경계에 맹독이 돌기 시작하자 한쪽 무릎을 꿇었고, 마카사가 휘두른 사슬의 쇠고리에 턱을 정통으로 맞았다.

그렇게 쓰러진 스로그는 일어나지 못했다.

이 정도면 괜찮았다. 자스라와 스로그가 모래와 톱밥 위에 뻗어 있었다. 하지만 스로그의 턱을 가격한 충격으로 사슬의 회전이 느려진 틈을 타 발드레드와 남아 있던 여자 오우거가 재빠르게 움직이자 마카사는 방어 태세를 취해야만 했다. 마카사가 찔러 들어오는 발드레드의 검을 흰날검으로 막아내는 동안 머키와 쓱싹은 이제 상당히 넓어진 여자 오우거의 공격 범위를 피해 뒤로 후퇴할 수밖에 없었다.

관중들이 숨을 죽인 채 누군가가 죽기를 바라는 이 위급한 순간에 드렐라의 목소리가 들렸다.

"그래요. 고마워요. 그것참 사랑스럽겠네요."

드렐라는 참을성 있게 기다렸다. 1초, 2초, 3초. 그러자 드렐라의 발아래 땅에 잔물결이 일고 작은 구멍이 생기기 시작했다. 땅에 귀를 대본다면 낮게 우르릉거리는 소리가 들릴 듯했다. 다시 한 번 잔물결이 일었고, 드렐라가 팔을 들었다. 그러자 갑자기 굵은 덩굴이 땅속에서 솟구치며 발드레드와 여자 오우거, 의식이 없는 자스라와 스로그까지 잡아채며 칭칭 감아버렸다. 머키는 이 광경에 너무 놀란 나머지 꿈틀대던 쌩쌩이를 떨어뜨렸다. 하지만 전갈 쌩쌩이도 멀리 도망가기 전에 덩굴에 잡혀버렸다.

덩굴이 발드레드의 왼팔과 오른쪽 다리를 꺾었다. 꽉 잡힌 터라 어차피 움직일 수도 없었지만. 덩굴은 여자 오우거가 묶인 것을 잘라내고 도망치려는 시도조차 하지 못하도록 팔과 넓적검을 칭칭 감아버렸다.

마카사, 머키, 쓱싹은 의기양양해진 드렐라를 돌아봤다.

"난 정말 큰 도움이 되는군요! 사실, 난 참 놀라운 존재예요! 나는 세나리우스의 딸, 놀라운 타린드렐라예요!"

"맞아, 넌 정말 놀라운 아이야."

마카사가 드렐라를 보고 있자니 더는 마카사가 기억하는 어린 드리아드의 모습이 아니었다. 드렐라가 갑자기 나이를 먹은 것처럼 성숙해 보였다.

"키가…… 컸나?"

마카사가 묻자 드렐라가 대답했다.

"여름이 왔어요. 거의 다요."

노겐포저 남작은 마카사 쪽이 이겼다고 선언했다. 떠들썩한 관중 사이에서 동전이 수없이 오갔다. 가즈로는 항상 그렇듯 특히 더 많이 벌었다. 그렇지만 승자나 패자 양쪽에서 돈을 받는 노겐포저 남작만큼 번 사람은 아무도 없었다. 뒤늦게 은화 네 닢이 공평하게 승자 넷의 손으로 들어갔다. 네 명의 승자는 무기를 낚아채고는 가즈로, 스프링송, 위니프레드를 기다리지도 않고 경기장 밖으로 달려 나갔다. 적들을 단단히 붙들고 있는 초록색 덩굴을 끊어줄 생각이 없는 모양이었다.

시원한 밤공기 속으로 나온 뒤에 마카사가 일행을 세웠다. 정중함을 한껏 담아 감사의 인사를 되풀이했다.

"쓱싹, 머키, 드렐라와 한편이 되어 영광입니다."

"놀라운 타린드렐라예요!"

마카사가 미소 지으며 고개를 끄덕이고는 다시 한 번 말했다.

"영광입니다."

이 순간이 마카사에게, 그리고 모두에게 중요하다는 걸 느낀 쓱싹과 드렐라가 말했다.

"쓱싹 영광이다."

"영광이에요, 정말."

그리고 머키가 진지하게 말했다.

"우우우아."

입가에서 미소를 지우지 않은 채, 마카사가 말했다.

"자, 가자. 아람이 우리한테 무슨 일이 생겼을까봐 걱정하고 있을 거야."

넷은 위니프레드의 집으로 달려갔다.

무아지경 상태로 어둠 속에서 조용히 주문을 읊조리는 아라코아 둘과 그 앞에 붉은 테두리의 검은 흔적이 꿈틀거리며 아람에게 다가간다는 사실을 그 누구도 눈치채지 못했다.

위니프레드의 집에서는 어둠의 마법이 아람을 덮쳐 드렐라의 덩굴보다 더 세게 몸을 조였다. 아람은 혼자였다. 마카사도 없었다. 탈리스도 쓱싹도 머키도 드렐라도 아버지도 어머니도 롭 아저씨도 없었다. 아람은 혼자 남겨졌다는 사실이 이토록 두려운 것은 평생 처음이었다.

상황이 만족스러운 말루스가 천천히 다가오며 말했다.

"난 네게 기회를 줄 만큼 줬지. 이 일은 네가 자초한 거야. 그 아비에 그 아들이라니까."

말루스는 아람의 아버지를 죽였다. 이제 말루스는 아람을 죽이려 하고 있었다.

하지만 쏜 선장은 말루스에게 쉽게 무릎 꿇지 않았다. 싸워보지도 않고 죽지는 않았다. 아람 역시 이대로 질 수는 없었다. 시도라도 해봐야 했다.

아직 한 손이 자유로운 상태였다. 안 쓰는 팔이긴 했지만, 몸을 뒤틀어 가까스로 흰날검을 뽑아 말루스가 있는 쪽을 겨눴다.

말루스가 경멸하는 눈빛으로 어이없다는 표정을 지었다. 아람은 마카사가 저 표정을 보고 불같이 화를 내줬으면 좋겠다는 생각을 했다. 귀찮다는 듯이 말루스도 자신의 넓적검을 뽑아 들었다. 해볼 가치도 없다는 태도였다.

그리고 정말 그랬다. 검고 불타는 마법의 띠가 아람을 조여들며 더 세게 압박했다. 숨 쉬기가 점점 어려워졌다. 아람은 흰날검으로 그 괴이한 띠를 잘라보려고 했지만, 이런 마법에 검은 무용지물이었다.

말루스가 빠르게 손목을 움직였다. 넓적검이 움직이는 것도 보지 못했는데 흰날검이 바닥에 쨍그랑하고 떨어지며 아람은 무장해제 상태가 되었다. 말루스가 아람의 셔츠와 그 아래 잘 숨겨놓지도 않은 나침반을 향해 쇠로 감싼 왼손을 뻗었다.

공기가 절실했다. 정말이지 절실했다. 아람은 유일하게 손이 닿는 물건을 잡았다. 수정 조각 칼자루를 허리춤에서 꺼내, 마법과 자신의 가슴 사이에 쐐기를 박아 넣듯 앞으로 가져왔다.

갑자기 숨이 막힌 건 말루스였다. 말루스는 뒤로 물러나 얼어붙은 채로 낮게 씩씩거리며 말했다.

"다이아몬드 검!"

실제로 검은 없었다. 아니, 있었나? 칼자루에서 반짝이는 불빛이 뿜어져 나와 아람의 흐릿해진 눈앞에서 순수하고 빛나는 빛의 검이 되었다!

말루스는 가까스로 충격에서 벗어났다. 정신을 차린 뒤 자신의 칼자루로 손을 뻗었다. 하지만 빛은 점점 밝아지고 더 밝아져서 결국 말루스는 뻗으려던 손으로 눈을 가려야만 했다.

하지만 아람은 꿈에서 훈련이 되었던 터라 눈을 돌리지 않았다. 빛이 얼마나 밝아지든, 아람은 계속 볼 수 있었다. 그리고 들을 수 있었다. 빛의 목소리가 마음속에서 말했다.

'한 번, 빛을 네 것으로 품었다. 이제 넌 빛을 품을 수 없다.'

아람은 빛의 목소리가 자신한테 말하고 있는 게 아님을 알아차렸다. 빛은 비참하게 신음하는 말루스에게 말하고 있었다.

말루스의 고통은 계속되었고, 목소리가 다시 말했다.

'너는 배신했기에 다이아몬드 검을 박탈당했다. 다시는 그 검을 가지지 못하리라.'

말루스가 낮게 신음하기 시작했다. 애써 고개를 들어봤지만, 밝디밝은 빛에 눈이 멀어버렸다. 그리고 어떤 실체가 말루스의 머리를 짓누르는 듯했다.

그 빛이 아람에게는 고통을 주지 않았다. 아람은 빛 안에서 무게가 없는 존재가 된 기분이었다. 광휘가, 그 밝은 빛이 온몸을 죄어오던 어두운 마법의 띠를 잠식하기 시작하자 아람은 다시 숨 쉴 수 있었다. 아람은 이 빛의 검으로 마법의 결속을 끊으려고 해봤다. 흰 날검보다 훨씬 효과적이었다. 마치 새하얀 칼로 곰팡이 핀 검은 버터를 베듯 빛이 암흑의 마법을 잘라냈다.

게다가 빛은 계속 밝아지고 더 밝아졌다. 말루스는 검을 떨어뜨리고 두 팔로 눈을 가렸다. 다시 한 번 말루스는 괴로운 듯 신음했다. 그리고 그 신음은 으르렁거림으로 변했고, 으르렁거림은 포효로 변했다. 곧이어 포효는 내부의 강렬한 고통에서 나오는 비명으로 변했다.

목소리가 말했다.

'네 주인에게 빛이 아직 완전해지지 않았다고 전해라. 그렇지만, 이 한심한 그림자를 쫓아버릴 힘은 충분히 있노라.'

잠시 후 불타는 듯한 마법의 띠는 극심한 고통이라도 겪는 듯 물러났다.

밝아지고 더 밝아졌다. 밝아지고 더 밝아졌다.

그리고 아람은 여전히 눈을 돌리지 않았다.

빛이 사그라들 때, 기운을 되찾은 말루스가 몇 번 눈을 깜빡거리고는 눈물을 닦았다. 홀로 남겨져 있었다. 그곳엔 아무도 없었다. 아람도 없고, 다이아몬드 검도 없고, 나침반도 없었다. 그저 흰날검 한 자루만 바닥에 떨어져 있었다.

말루스는 기진맥진했다. 온몸의 기운이 모조리 빠졌다. 이렇게 피곤했던 적이 있었는지 기억조차 나지 않았다. 말루스는 비틀거리며 걸어가다 계단에 풀썩 주저앉았다.

하지만 힘은 빠르게 회복되었다. 그와 함께 분노도 회복되었다. 휘청거리며 일어나 아람이 다시 이곳으로 돌아오지 않으리라는 것을 알고 비틀비틀 위니프레드의 집 밖으로 걸어 나간 뒤 그대로 사라졌다.

말루스는 포기하지 않았다. 포기할 생각도 없었다. 아직 아니었다. 영원히 아니었다. 그 아이가 다이아몬드 검을 얼마나 복원했는지 몰랐던 까닭에 허를 찔렸다. 그래서 흔들렸을 뿐이었다. 하지만 다음번에는 대비할 것이다. 반드시 대비할 것이다.

말루스는 철 장갑 아래에 있는 왼손을 풀어보았다. 고통이 느껴지자 어떤 만족감이 채워졌다. 다음번엔 그 무엇도 말루스를 막을 수 없었다. 대비하고 있을 것이다.

위니프레드의 집에서 도망친 지 얼마 되지 않아 아람은 마카사, 머키, 쓱싹, 드렐라와 마주쳤다. 그래서 어떤 일이 있었는지, 왜 위니프레드의 집으로 돌아가면 안 되는지 설명했다.

"그러면 이제 어디로 가지?"

마카사가 물었다. 아람도 생각했던 질문이었다. 아람은 나침반을 꺼내 마지막으로 본 방향이 변하지 않았는지 확인했다. 변하지 않았다. 아람은 굳은 결심과 확신으로 다음 목적지를 정했다.

44장
길을 따라서

말루스가 노겐포저 남작을 내려다보며 떡 버티고 서 있었다.
스무 명 남짓한 밥통고블린이 지켜주고는 있지만, 남작은
자신도 모르게 말루스의 위협적인 시선을 받고 몸이 점점 뒤로 물
러났다.

위협을 받는다고 느낀 건 노겐포저 남작만이 아니었다. 싸브라
는 자신만만하게 허세 부리던 모습이 사라졌다. 아직도 무슨 일이
있었는지 제대로 이해하지 못했다. 싸브라와 싸르빅이 주문을 외
고 모든 것이 잘 진행되고 있었다. 그림자 마법이 나침반을 좇아갔
다. 하지만 다른 마법이 그에 맞서 두 아라코아가 시전하는 마법의
흐름을 따라 거꾸로 올라와 갈기갈기 찢었고, 둘은 쇠망치에 맞은
듯 강한 타격을 받고 의식을 잃었다.

싸르빅은 말루스가 분노하는 소리에 깨어났다.

"도대체 무슨 놈의 주문술사가 이 모양이야? 너희 마법은 대상이 없으면 그냥 스르르 녹아 없어지나? 그 애를 찾을 수 있는 건가, 없는 건가?"

싸브라와 싸르빅 둘 다 멍한 상태인지라 대답을 할 수 없었다. 그러니 사실상의 대답은 '없다'인 셈이었다.

"쓸모없는 것들!"

말루스는 화를 내며 천둥경기장으로 들어가 최고의 부관인 스로그를 찾았다. 의식은 있었지만, 여전히 드리아드가 만든 덩굴에 꽁꽁 묶여 있었다. 설상가상으로 스로그는 자스라의 전갈 독침에 쏘여 죽음이 임박한 모양이었다.

턱이 잔뜩 부어오르고 발드레드만큼 창백해져서는 휘청거리며 제대로 서 있지도 못하는 스로그를 싸브라가 힐끗 쳐다보았다. 로쿨과 로자크가 양쪽에서 부축해 쓰러지지 않도록 잡고 있었다. 부서진 손 오우거 스로그는 거대한 덩치 덕에 목숨을 부지했다. 게다가 쌩쌩이가 아람의 작은 멀룩한테 맹독을 너무 많이 쏘아댄 터라 스로그의 몸에 들어간 독은 그리 많지 않았다.

싸브라는 말루스가 자신들을 본보기 삼아 처벌하지 않자 내심 놀라면서도 안도했다. 화가 단단히 난 말루스였지만, 수하 모두를 실패했다는 이유로 모조리 처벌할 수는 없었으리라 추측했다. 가려진 자들은 이 하룻밤에 모든 전투에서 패했다. 지금 확실히 아는

건 아람과 아람의 동료들이 도시 어딘가에 숨어 있으리라는 사실
뿐이었다.

천둥경기장에서 관중들이 빠져나간 후에, 말루스 선장은 나머지
가려진 자들과 정예 전사들을 이끌고 가젯잔의 노겐포저 남작 앞
에 섰다. 말루스는 이제 분노하고 있지는 않았다. 속삭이듯 말하고
있었다. 그러나 어째서인지 그게 더 무서웠다. 너무 무서운 나머지
싸브라는 왜 주인님이 이 인간 남자를 선택해서 자신들을 이끌고
아제로스로 보냈는지 이해가 가기 시작했다.

"내 말 똑똑히 들어라. 난 아람을 원한다. 남작, 지금 당신의 도시
안에 있지. 당신이 그 아이를 찾아서 나한테 직접 데려와라."

노겐포저는 있는 용기 없는 용기를 끌어모아 대답했다.

"난…… 가젯잔의 남작이야. 당신한테 명령 같은 건 받지 않아."

"난 명령을 내리는 게 아니다. 선택할 기회를 주는 거지. 그 애를
데려오거나……."

"아니면……?"

"아니면 내가 이 도시를 봉쇄해버리겠다. 내 부하들은 이미 봤겠
지만, 그중에는 가장 지독한 암흑의 마법을 쓰는 아라코아 둘도 포
함되어 있다."

싸브라는 이 말을 듣고 속으로 생각했다.

'말루스는 우리를 그다지 신뢰하지 않지만, 노겐포저가 그 사실
을 모르니 다행이지 뭐야.'

말루스가 계속 말을 이었다.

"내 배에는 전 아제로스를 통틀어 가장 무자비한 약탈자들이 가득 타고 있다. 그리고 매일, 혈투의 전장에서 오우거들이 가젯잔으로 오고 있다. 나는 그들의 왕이니 그들을 이용해서, 이곳을 완전히 파괴해버리겠다."

"명령이 아니군. 협박이지. 선장, 난 협박당하는 걸 좋아하지 않아. 그리고 가젯잔은 이전에도 해적이나 무법자와 싸워서 이긴 적이 있다고."

"난 그런 피라미들하고는 다르다. 그리고 당신은 실리적으로 계산이 빠른 자라고 생각했는데."

노겐포저가 그 말을 곰곰이 되새겨봤다. 실리적으로 계산이 빠른 자라는 말은 맞는 얘기였다. 사실, 노겐포저는 실리우선주의를 내세우는 자신이 자랑스러웠다. 말루스라는 남자의 협박은 사실이었고 반드시 실행에 옮기리라는 것을 알았다. 그리고 인간 소년에게 충성해야 할 의무는 없었다.

* * *

가젯잔을 벗어난 지 하루, 구원의 배를 탄 아람은 지도를 살펴보았다. 자신이 올바른 선택을 했는지 조금, 아주 조금 걱정이 되었다. 어쨌든 아람 일행은 말루스에게서 도망쳤다.

불가피호는 바다에서 스톰윈드 항구로 향하는 등딱지호를 포위하고 있었다. 노겐포저는 말루스에게 소년과 친구들이 그 배표를 사두었다고 귀띔했다. 말루스는 거짓말이라고 의심했다. 하지만 노겐포저는 승객 명단과 영수증을 보여주며 사실임을 증명했다. 말루스는 노겐포저가 자신을 가젯잔에서 떠나게 하려고 일부러 범선이 항해를 시작할 때까지 기다렸다가 정보를 알려준 건 아닌지 의심했다. 하지만 노겐포저는 그리 머뭇거리지 않았다. 등딱지호는 곧 따라잡을 수 있을 터였다. 그리고 이번에는 그 무엇도 말루스가 나침반을 손에 넣고 다이아몬드 검을 되찾지 못하게 막을 수는 없었다.

'한숨 돌릴 때 생각이 어디로 흘러가는지 보면 참 재미있어. 스프링송이 깃털 달린 달빛야수로 변하는 걸 못 봤네. 할 수 없지.'

아람은 혼자 생각에 잠겨 있다가 시끌시끌한 소리를 듣고 무슨 일인가 보려고 일어섰다.

한편 가젯잔에 있는 노겐포저는 말루스의 협박에 굴복했다는 사실 때문에 기분이 계속 편치 않았다. 남작 부인은 남편이 이런저런 생각으로 언짢아한다는 걸 알고 긴 귀를 어루만지며 기분을 풀어주려고 했다. 노겐포저는 사랑스러운 부인, 스프링클이 이런 위로를 해주고 중요한 정보를 알려줘서 고마웠다. 어떻게 해서인지 남작 부인은 등딱지호에 대한 얘기를 듣고 남편에게 그 소년과 친구들이 배표를 예약했다는 말을 전했다. 남작은 이 정보를 말루스에게 전했고 그 결과 그 미치광이는 가젯잔을 떠났다.

남작 부인 스프링클은 남편의 정수리에 가볍게 입맞춤을 하고 너무 조바심 내지 말라고 다독였다. 따지고 보면, 조바심 낼 일은 없었다. 해적들은 가버렸다. 그들이 쫓아간 배에는 남작 부인이 만난 적도 없는 자들이 타고 있을 뿐이었다.

노겐포저 남작은 부인에게 항상 자신을 먼저 생각해줘서 고맙기 그지없다고 말했다.

남작 부인은 혼자 웃으며 흐뭇하게 옛 연인 생각을 했다. 잘됐지, 뭐!

아람은 함교 문을 열고 무엇 때문에 고함 소리가 들리는지 살폈다. 가즈로와 스프로켓이 배가 최적 속도―그게 뭔지는 몰라도―로 계속 움직이게 하려면 가장 효과적인 증기 지수―그게 무슨 뜻인지는 몰라도―가 몇인지 목청 높여 설전을 벌이고 있었다.

아람은 웃지 않으려 애쓰며 뒤로 물러나 조용히 문을 닫았다. 그러고는 나룻배 가장자리로 가서 옆에 기대섰는데 눈이 휘둥그레졌다. 비행선 구름차기호가 타나리스의 반짝이는 사막 모래 위로 솟구쳐 오르고 있었고, 버섯구름 봉우리와 페랄라스 열대우림의 반짝이는 물이 이렇게 아찔한 높이에서도 선명하게 보였다. 일행은 잿더미 계곡이라는 곳에서 열리는 가즈로와 스프로켓의 다음 아기조 시합을 위해 북쪽으로 가고 있었다. 아람은 와이번을 타봤지만, 지금 느끼는 기분에 비할 바가 아니었다.

'배라고. 하늘을 나는 배! 다음엔 뭘 만들어낼까?'

"꽤 장관이지? 훌륭한 화가라면 화폭에 담고 싶을 만한 광경이라고 생각하는데."

아람이 뒤를 돌아보며 미소를 짓고 있는 챠르나스에게 활짝 웃어 보였다. 챠르나스는 아기조의 공식 화가로서 사촌과 함께 배에 타고 있었다. 그랬다. 사촌은 가즈로였다.

두 화가는 난간에 몸을 기대고 그림을 그려나가기 시작했다. 아람은 구름차기호에서 보이는 광경을 그린 다음 구름차기호를 그렸다. 수정 칼자루를 그렸다. 그리고 상대했던 적들을 모두 그렸다. 말루스 선장, 속삭이는 남자인 발드레드 남작, 전갈을 가슴보호갑처럼 두른 트롤 자스라, 오우거 스로그까지. 하지만 이 정도로는 만족스럽지 않아서 아람은 전부 다시 그렸다. 이번에는 새인간, 여자 오우거, 쌍둥이 오우거와 두 머리 오우거, 뿔피리를 든 배불뚝이 오우거, 항상 하품하던 거인 오우거까지 그려 넣었다. 그리고 그 뒤에 가장자리가 불타오르며 뿔이 달린 어둠의 형체를 그렸다. 적의 모습을 종이에 옮기는 것이 그들에 대한 두려움을 없애주는 의식 같았다. 이들 모두 가젯잔에 남겨두고 떠나는 상황에서 말루스 또한 자신을 따라올 방법이 없으리라 생각했다.

아람은 스케치북을 주머니에 넣고 몸을 폈다.

챠르나스가 말했다.

"너희 삼촌 실버레인 생각을 계속해봤어. 너희 아버지가 마지막으로 얘기했을 때, 무언가를 북쪽에 남겨놨다는 그런 말을 했지."

"혹시…… 돌발톱에?"

"그렇게 구체적으로 말하지는 않았단다. 하지만 동부 왕국 북쪽이 아니라 칼림도어 북쪽이라는 건 확실해. 노스렌드만큼 아주 먼 북쪽은 아니고."

"그렇다면…… 이 길로 가다가 실버레인 삼촌을 찾을 수도 있겠네요."

"그거야 모르지."

아람은 삼촌을 찾을지도 모른다는 가능성을 곰곰이 생각해보았다.

챠르나스가 헛기침으로 생각에 잠겨 있던 아람을 불렀다.

"새로운 작업을 생각 중이야. 새 책 말이다."

"아기조에 관해서요?"

"어쩌면 일부는 그럴지도 모르겠구나. 한동안 좀 깊이 생각해봐야겠다. 생각하고 또 생각하다 보면 답이 나오겠지. 그러면 알려주마."

"그렇게 해주신다면 좋죠."

The Hidden
거려진거늘

"너도 책에 넣을 그림을 좀 그려주지 않겠니?"

"정말이세요? 그렇게 해주신다면 정말 좋죠!"

"그래, 한번 해보자꾸나."

아람은 마치 구름 위를 걷듯 그야말로 붕붕 떠다니는 기분으로 친구들에게 갔다.

머키, 쓱싹, 드렐라, 마카사는 비좁은 선실 안에 모두 모여 있었다. 마카사는 주기적으로 창문 밖을 내다보고는 고개를 저으며 투덜거렸다.

"말이 안 돼. 이 물건엔 날개도 안 달려 있잖아."

하지만 아람을 보고는 얼굴에 애써 미소를 지었다.

가즈로는 다섯을 데리고, 최소 요금으로 북쪽으로 가는 데 동의했다. 탈다라 전망대까지는 아니었지만, 아람이 지도를 살펴보니 전망대는 잿더미 계곡에서 이틀 정도 거리에 있었다. 다섯 명이 충분히 갈 만한 거리였다.

아람은 셔츠 아래에서 나침반을 꺼내 들여다보았다. 바늘은 여전히 호숫골 방향을 가리키고 있었다. 다음 수정 조각이 있는 곳을 가리키는 것일 뿐인데, 이렇게 우연의 일치로 호숫골과 방향이 같은 것을 보고 있으려니 기분이 묘했다.

그렇지만 아람은 집에 돌아가는 것보다 드렐라를 돕는 게 더 중요하다는 결정을 내렸다. 다이아몬드 검을 찾아야 하는 임무보다도 더 중요하다고 생각했다. 그 임무는 나중에 다시 시작할 생각이었다. 그래야만 했다. 하지만 후회는 없었다. 그저 자신이 선택한 길에서 실버레인 쏜 삼촌을 찾을지도 모른다는 기대 때문만은 아니었다.

아람은 드렐라를 힐끗 보고는 처음에 피어났을 때보다 조금 성숙해 보인다고 생각했다. 확실히 더 자랐고, 어여쁘고 반짝이는 눈은 이제 아람과 같은 높이가 되었다. 쏙싹은 처음 만났을 때와는 달리 굉장한 자신감을 얻은 게 보였다. 마카사를 보았다. 이제는 자신을 가장 염려하는 사람들 중 한 명이었다. 머키를 보니 그물에 걸려 도움 없이 혼자 힘으로 빠져나오려고 애쓰고 있었다.

'세상에는 온갖 종류의 가족이 있단다.'

아버지는 그렇게 말했었다. 아람은 한편이 된 친구들이 또 다른 가족이라는 걸 알았다. 이들이 호숫골의 소중한 가족과 똑같은 무게의 가족임을 분명히 알았다.

몇 달 전, 호숫골을 떠난 이후로 어떤 길을 걸어왔는지 생각해보았다. 분명 평탄한 길은 아니었다. 사실 어찌할 수 없을 정도로 험난하고 구불구불한 길처럼 보였다. 그러나 한 발 한 발 내디딜 때마다 새로운 친구가 생기고, 새로운 경험을 하고 세상을 조금 더 이해할 수 있게 되었다. 이제 와서 가장 확실히 깨달은 것은 그런 일들이 모두 연결되어 있다는 사실이었다. 한 가지가 다른 가지로 이어졌다. 어머니는 아람을 쿡쿡 찌르며 아버지에게 인사하라고 했다. 아버지는 마카사에게 아람을 소개했다. 마카사와 함께한 여정에서 쓱싹과 탈리스를 만났고, 탈리스는 타린드렐라가 피어난 도토리를 아람의 손에 쥐여주었다. 그리고 누가 알겠는가? 드렐라가 아람을 실버레인 삼촌에게로 이끌어줄지.

탈리스의 말이 그 어느 때보다도 절실하게 마음에 와닿았다.

"자연에는 조화가 있다. 길이 있으며 흐름이 있지. 강이 흐르는 물길이 있고, 줄기가 해를 찾아 땅을 뚫고 올라오는 길이 있듯이. 우리 네 명의 여행자에게는 또 다른 길이 있다고 생각하지 않느냐? 어떤 보장이 있다는 이야기를 하는 게 아니다. 강이 댐에 막힐 수도 있다. 줄기는 진딧물이나 메뚜기가 씹어 먹을 수도 있고. 그리고 여행자는 여러 갈래로 방향을 바꿀 수도 있지. 그러나 흐름은 존재한다. 그리고 우리가 전체의 한 부분이라는 사실은 의심의 여지가 없지."

넷이었던 여행자는 이제 다섯이 되었지만 그렇기에 이런 말들이 진실로, 그 어느 때보다도 더 확실한 진실로 다가왔다. 그래서 먼저, 다른 무언가를 하기 전에 드렐라가 앞으로 되어야 할 모습으로 완전하게 자라도록 도와야 한다고 확신했다. 임무든 아니든, 조각이 있든 없든, 검이 있든 없든 그 길이 아버지가 자신을 위해 선택한 길이라 믿었다. 분명, 곧게 뻗은 평탄한 길은 아니었다. 조금도 그렇지 않았다. 하지만 구불구불한 길과 빙글빙글 도는 흐름이 궁극적으로 아람이 경험해야 하는 모든 것을 연결해주었고, 궁극적으로 원하는 결말에 도달할 수 있도록 인도해줄 터였다. 어떻게든 결말은 있어야 했다. 갈팡질팡하는 생각의 사슬을 따라가다 보니 아람의 마음에 평화가 찾아왔다.

마음을 다잡으며, 아람은 머키에게로 다가가 그물 한쪽을 잡고 가볍게 빙글 돌렸다. 작은 초록색 친구가 얽힌 그물에서 떼굴떼굴 굴러 나오며 자유의 몸이 되었다.

"읽기 공부 또 할까?"

아람의 질문에 쓱싹, 머키, 드렐라가 박수로 반겼다. 마카사가 좋다는 뜻으로 고개를 끄덕였다. 아람도 고개를 끄덕이며 생각했다.

'어딘가에서, 아버지도 내게 고개를 끄덕이고 계실 거야.'

Cloudkicker 구름차이호

A.Throne

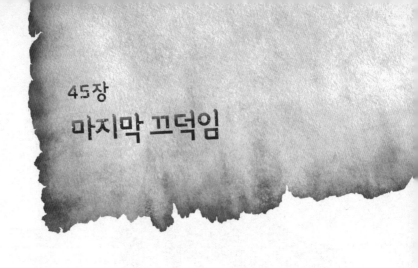

45장
마지막 끄덕임

깜빡 잠들어 꿈을 꾸는 걸 최고의 즐거움으로 여기는 아웃랜드의 한 죄수가 졸지 않고 있었다. 이번 주에 공포의 군주는 불타는 군단의 죄수를 잠들지 못하게 하라는 명령을 내렸다. 그래서 죄수가 깜빡 졸면 빌어먹을 임프가 나타나 빨갛게 달군 인두로 갈비뼈를 찔러댔다. 죄수는 뜨거운 인두보다 억지로 깨어 있어야 하는 고문이 더 고통스럽다고 생각했다.

달라지는 것은 없었다. 거의 두 달을 이 깊고 축축하고 어두운 동굴 안에 묶여 있었다. 자락스 대군주는 20년 동안 어떻게든 이 남자의 영혼을 꺾어버리고자 애써 왔다.

하지만 분명한 사실은, 그레이던 쏜 선장은 그렇게 쉽게 꺾일 사람이 아니라는 점이었다.

278

감사의 말

정말 많은 분이 이 이야기를 마무리할 수 있도록 도와주셨습니다. 일일이 나열할 수도 없을 정도지만, 그래도 최소한 시작이라도 해보려 합니다.

가장 먼저, 그리고 가장 많이 이 책에 아람의 그림을 실현시켜준 트렌트 카니우가에게 감사의 마음을 전하고자 합니다. 챠르나스, 스프로켓, 다른 그림은 두말할 필요도 없고요.

먼 은하계에서 훨씬 더 좋은 일을 하러 이전에 떠났던 블리자드(Blizzard)의 제임스 와에게 감사를 전하고 싶습니다. 아울러 션 코프랜드, 케이트 개리, 브리앤 엠 로프티스, 저스티스 파커, 바이런 파넬, 로버트 심슨, 저스틴 타비랫, 제프리 윙에게 감사를 드립니다. 특별히 용숨결 칠리 요리법을 만들어준 첼시 몬로−카셀에게 경의를 표합니다. 요리법은 『월드 오브 워크래프트: 공식 요리책(World of Warcraft: The Official Cookbook)』에서 확인하실 수 있습니다.

스콜라스틱(Scholastic)의 서맨다 슈츠와 새로운 편집자로서 언제나 든든하게 절 지원해주는 아담 스태파로니에게 다시 한 번 감사의 인사를 전합니다. 또한 게일리 에이버리, 릭 드모니코, 린지 존슨, 다니엘 클리마쇼스키, 수전 리, 캐리스 멜로토, 모니카 파렌주엘라, 마리아 파타라쿼아, 리젯 세라노에게도 감사를 전합니다. 이전 소설의 오디오북 제작을 위해 애써주신 멜리사 라일리 엘라드, 멋진 해설자 라몬 드 오캄포 등 드얀 오디오의 많은 분들께도 감사 인사를 전합니다.

고담 그룹(Gotham Group)의 엘렌 골드스미스-베인, 줄리 케인-리츠, 피터 맥휴, 줄리 넬슨, 조이 빌라렐, 토니 길, 헤더 혼, 매트 슈히트만, 해나 슈테인에게 감사 인사를 전합니다.

아울러, 그토록 정신 사납게 군 저를 참아준 제 본업과 관련된 분들께 그 넓은 아량에 대한 감사를 전하고자 합니다. 그리고 아, 이번에는 본업이 좀 많습니다. 희미함과 빛남(Shimmer and Shine)의

앤드류 블란쳇, 파르나즈 에사나샤리, 더스틴 페러, 리치 포겔, 미셸 라모로, 로버트 라모로, 데이브 파머, 시스코 퍼리즈, 그리고 기계 국가(Mecha-Natio)의 빅터 쿡, 그렉 굴러, 크리스 해밀턴, 프레드 섀퍼, 그리고 젊은 정의(Young Justice)의 샘 에이즈, 브렌트 앤서니, 제이 바스쳔, 크리스토퍼 버클리, 필 보라사, 조나단 캘런, 메이 캐트, 말린 코퍼즈, 피터 데이빗, 니콜 두벅, 조슈아 헤일 피알코프, 리치 포겔, 오리앤 게임린, 폴 지아코포, 티파니 그랜트, 줄리 하로, 빈튼 휴익, 케빈 홉스, 브라이언 존스, 커티스 콜러, 리앤 모로, 바비 페이지, 프란시스코 파레즈, 톰 퍽슬리, 샘 레지스터, 앤드류 로빈슨, 제이미 토마슨, 마이클 보겔, 멜 즈바이어, 그리고 특별히 저의 제작 파트너인 브랜든 비에티에게 감사의 마음을 전합니다. 아울러 저의 '유령의 비(Rain of the Ghosts)' 오디오 드라마 제작 파트너인 커티스 콜러에게도 감사드립니다.

마지막으로 절 지지해준 가족 모두에게 고마움을 전하고 싶습니다. 젤다와 조던 굿맨, 다니엘과 브래드 스트롱, 조카들, 줄리아, 제이콥, 라일라, 케이시, 대시에게 고마운 마음을 전합니다.

끝으로, 남매인 존과 데이나 와이즈먼, 로빈과 그윈 스펜서 와이즈먼, 사촌 브린델 고트리브, 부모님인 실라와 윌리 와이즈먼, 아내 베스와 놀라운 나의 아이들 에린과 베니에게도 감사의 마음을 전합니다.

모두를 사랑합니다.